밥상에서
세상으로

아버지가
가르쳐주신
것들

밥상에서
세상으로
아버지가
가르쳐주신
것들

초판 1쇄 인쇄 2015년 9월 1일
초판 1쇄 발행 2015년 9월 9일

지은이 김흥숙
펴낸이 김승희
펴낸곳 도서출판 살림터

기획 정광일
편집 조현주
북디자인 꼬리별

인쇄·제본 (주)현문
종이 월드페이퍼(주)

주소 서울시 영등포구 양평로21가길 19 선유도 우림라이온스밸리 1차 B동 512호
전화 02-3141-6553
팩스 02-3141-6555
출판등록 2008년 3월 18일 제313-1990-12호
이메일 gwang80@hanmail.net
블로그 http://blog.naver.com/dkffk1020

ISBN 978-89-94445-95-3 03810

김홍숙 에세이 ———

밥상에서 세상으로

아버지가 가르쳐주신 것들

살림터

머리글

올해는 이 나라가 일제에서 해방된 지 70년이 되는 해입니다. 지난 70년간 한국이 농경국가에서 첨단산업국가로 변하는 동안 한국인 또한 숱한 변화를 겪었습니다. 한때는 초등학교만 졸업해도 배운 사람으로 대접받았지만 이제는 대학을 졸업해도 많이 배운 것으로 생각되지 않습니다. 나라는 70년 전보다 훨씬 편리하고 부유해졌지만, 나라의 부富가 특정 계층으로 몰리면서 상대적 빈곤을 느끼는 사람들이 늘고 있습니다. 돈과 출세가 만인의 목표가 되면서 부패가 판치고 양심은 화석화되니 오늘의 한국은 그 어느 때보다 위험합니다.

소위 민주주의 사회에서 정부의 책무는 국민의 안녕을 지키고 행복을 증진시키는 것이지만, 언제부터인가 이 나라의 정부는 그 기본적 기능을 상실한 채 힘 가진 소수가 힘없는 다수 위에 군림하며 힘을 세습하도록 돕고 있습니다. 결과적으로 '개천에서 용'이 나오는 일이 없어져 계층 상승은 불가능한 것이 되었고, 높은 계층에 속하지 못한 대부분의 국민들은 생존 자체에 대한 위기감을 느끼게 되었습니다.

생활을 유지하는 세 가지 요소—의衣, 식食, 주住—에서 가장 기본적인 것은 '식', 즉 밥입니다. 제집이 아닌 곳에서 잘 수도 있고 남이

버린 옷을 입고도 살 수 있지만 음식을 먹지 않거나 제대로 먹지 못하면 생존 자체가 위협을 받으니까요. '의, 식, 주' 중 '식'의 시대가 오고, 가장 보편적 위로 매체인 텔레비전에서 앞다투어 요리 프로그램을 방영하는 건 그만큼 사는 게 힘들어졌다는 얘기이겠지요. 2015년 한국은 '요리 세상'입니다.

상황이 변했으니 살아가는 방식도 변해야 합니다. 자라나는 세대에게 살아가는 방식을 가르치는 것이 교육이니 교육 또한 변해야 합니다. 밥이 없어 물만 마시고도 밥 먹은 사람처럼 이를 쑤시던 '체면'과 '콩 한 쪽도 나누어 먹는 정'을 중시하던 한국인들은, 1997년 말 '아이엠에프IMF' 금융위기를 기점으로 체면이나 정보다 '돈'을 모으는 것과 경쟁에서 이기는 것이 중요하다고 믿게 되었고, 지난 십여 년 동안 '부자와 승자가 되기 위한 교육'에 몰두했습니다. 성적만 좋으면 다른 것은 아무래도 좋다는 분위기가 퍼지면서, '성적과 인간성은 반비례한다'는 말까지 나왔습니다.

그러나 작년 4월의 세월호 사건을 비롯한 무수한 사건과 사고들은 우리에게 '언제까지 그렇게 살 거냐?'고 묻고 있습니다. '세상이 거꾸로 간다', '사회가 뒷걸음질 치고 있다', '이게 대체 나라인가?' 하는 탄식과 자조가 섞인 말과 함께 '어디서부터 잘못된 것일까' 하는 반성의 목소리도 들립니다. 국민소득은 높아졌지만 불행한 국민은 늘고, 평균수명은 길어졌지만 행복한 시간이 늘어난 것은 아닙니다. 교육은 태어나기 전부터 시작하지만 길에 침 뱉는 사람들은 그 어느 시대보다 많고, '21세기는 창의력의 시대'라는 말을 조롱하듯 복고의 바람이 불고 있습니다. 정말 무엇이 잘못된 걸까요? 이 위험하고 위태로운 나라에서 어떻게 해야 그나마 재미있고 행복하게 자연수명을 살아낼 수 있을까요?

　나라가 이 모양이 된 건 '경제가 우선'이라는 기치 아래 사람보다 돈을 중시한 정치 탓이며 정치 지도자들 때문이라고 하는 사람들이 많습니다. 그러나 소위 민주주의 사회에서 정치인들은 선거를 통해 당선되니 그들이 잘못한다면 그들을 선출한 국민이 잘못한 것이겠지요(물론 선거부정이 있었다면 다르겠지만요). 대통령과 장관들이 무능하고 국회의원들이 이기적일 때, 누가 그들에게 공직과 권력을 부여했는지 생각해봐야 합니다. 바로 국민입니다.

　'자선은 집에서 시작된다Charity begins at home.'는 말도 있지만, 인생의 모든 것은 집, 곧 가정에서 시작됩니다. 아버지가 아버지답고 어머니가 어머니다우면 아들딸은 사람다운 사람들로 자라나 살 만한 세상을 이룹니다. 지금 한국 사회의 문제를 파고 들어가 보면, 그 뿌리에는 아버지답지 못한 아버지와 어머니답지 못한 어머니가 있습니다. 문제를 해결하려면 가장 먼저 '돈 벌어다 주는 기계 혹은 아저씨'로 전락한 아버지들이 가정 안에서 자신의 위치를 되찾아야 합니다.

　저는 '아버지'라는 말만 들어도 가슴이 뻐근해집니다. 학교에 들어가기 전 '시냇물은 졸졸졸졸……'에 맞춰 아버지와 춤추던 일, 초등학교 시절 아버지와 산책하던 언덕길, 해 지는 것도 모르고 책에 빠져 있으면 '반짝' 불 켜서 책상 위의 어둠을 쫓아주시던 일, 중고등학교 때 아버지와 밥을 먹으며 세상 얘기를 듣던 식탁, 대학 신입생 딸에게 처음 걸려온 남학생의 전화를 받고 즐겁게 웃으시던 모습, 외출 준비하는 딸에게 "다리가 젓가락 같으니 검은 스타킹은 신지 마라." 하고 충고하시던 일까지……. 아버지는 때로는 스승으로 때로는 친구로 제 삶의 일부가 되었습니다.

친구들과 웃고 떠들다가 아버지 얘기를 하는 일도 흔합니다. 누군가가 좋아하는 일에 너무 깊이 빠져 건강을 해칠까 염려되면 아버지의 말씀을 전해줍니다. "좋아서 하는 일도 건강을 해친다." 어려운 일 지나가고 요즘은 일이 잘 되어간다고 신이 난 친구에게도 아버지의 말씀을 해주게 됩니다. "역경에 인내는 누구나 하지만 순경順境에 근신은 아무나 못한다." 나라에 대한 걱정으로 분노하고 한숨 쉬다 결국 소화불량으로 고생할 때도 아버지의 말씀이 떠오릅니다. "지나친 애국은 건강을 해친다."

아버지 얘기를 하다 보면 아버지 자랑이 되니 친구들에게 미안합니다. 어느 날 직장 후배와 아버지 얘기를 하는데 그가 문득 "에이, 그런 아버지가 어디 있어요?" 하고 고개를 저었습니다. 당시엔 서운했지만 나중에 후배가 자기 아버지에 대해 얘기하는 걸 들으니 그가 왜 그렇게 말했는지 이해가 되면서 제 아버지 같은 아버지를 만난 게 행운이란 걸 새삼 느꼈습니다.

이 책은 그 행운을 나누고 싶어 쓴 것입니다. 수많은 사람들이 이 책의 태어남을 도왔는데, 특히 '아름다운 서당'의 대학생들을 비롯한 젊은 친구들의 도움이 컸습니다. 그 친구들과 책을 읽고 얘기를 나누면서 지금 우리나라에는 '가정'은 있으나 '가정교육'은 없고, '성적'은 있으나 '공부'는 없고, '지식'은 있으나 '상식'은 없다는 것을 깨닫게 되었습니다.

좋은 부모를 만나는 건 '운'이지만 좋은 부모가 되는 건 '노력'이고, 좋은 부모를 만나지 못한 사람도 좋은 부모가 될 수는 있습니다. 이 책이 좋은 부모가 되고 싶은 사람들을 돕는 '작은 지침서'가 되면 좋겠습니다.

이 책은 1부 '아버지가 가르쳐주신 것들'과 2부 '살아오며 배운 것들'로 구성되어 있습니다. 1부는 말 그대로 제 아버지 김경남金慶南 씨가 저와 제 형제들에게 가르쳐주신 것을 중심으로 정리한 것이고, 2부는 제가 살아오며 배우고 깨달은 것을 적은 것으로 2007년부터 최근까지 제 블로그www.kimheungsook.com와 『한겨레』, 『한국일보』, 『자유칼럼』 등을 통해 발표한 글들 중에서 추렸습니다. 가끔 등장하는 토막글은 제가 진행하는 교통방송 프로그램 '즐거운 산책(tbs FM 95.1MHz)'의 제 칼럼 '들여다보기'에서 고른 것입니다.

인생은 요리와 같습니다. 보기는 좋아도 맛없는 요리가 있고, 그저 그래 보이는데 혀를 놀라게 하는 요리도 있습니다. 훌륭한 요리사는 재료의 맛을 살려 보기도 좋고 맛도 좋은 요리를 만들어내는 사람입니다. 인생을 요리라 하면 아버지와 어머니는 재료를 제공하고 요리법을 가르쳐주는 사람입니다. 유전자라는 재료는 정해져 있지만 요리법은 다양합니다. 자녀가 어떤 유전자를 타고났든, 보기에도 좋고 맛도 좋은 요리와 같은 인생을 살게 되는 데는 부모의 요리법이 결정적입니다. 특히 성인이 되기 전 인격이 형성되는 시기formative years의 요리법이 가장 중요하겠지요.

이 책의 독자들이 최고의 인생 요리사가 되어 맛없는 세상에서도 맛있는 인생을 사시길 기원합니다.

2015년 초여름
김 흥숙

차례

1부

아버지가 가르쳐주신 것들

아버지라는 스승

태어나는 것도 쉬운 일이 아니지만 살아가는 일은 더욱 힘이 듭니다. 무수한 질병과 사고를 피해 소위 정상적인 몸으로 성장한다 해도 권선징악보다 약육강식이 지배하는 세상에서 행복하게 살기는 쉬운 일이 아닙니다. 아무리 뛰어난 재능을 갖고 태어나도 그 재능을 펼칠 수단이 전무한 나라에서 태어나면 '다음 생生'을 기약하며 죽을 수밖에 없습니다. 물론 '다음 생'이란 것이 있는지도 알 수 없습니다.

나라를 선택할 수 없는 것처럼 부모도 선택할 수 없습니다. 종교인들 중엔 나의 전생이 나의 현생을 결정했다고 하는 사람들이 있고, 과학자들 중엔 부모의 유전자가 환경보다 결정적 영향을 준다고 하는 사람들도 있지만, 이 다양한 견해들은 아직 '지구는 둥글다'와 같은 보편적 진리로 받아들여지지 않고 있습니다.

태어나는 사람이 선택하지 않고 일생 동안 조국(모국)만큼, 아니 어쩌면 훨씬 더 큰 영향을 받는 대상이 바로 부모입니다. 형편없이 미개한 나라에 태어나도 부모를 잘 만나 좋은 교육을 받고 자신의 능력을 한껏 펼쳐 보이는 사람들이 있는가 하면, 모두가 부러워하는 나라에 태어났지만 부모가 마약이나 알코올에 젖어 살며 자녀들의 앞길을 막는 경우도 비일비재합니다. 이러니 '복福' 중의 으뜸은 '부모 복'이라고 해도 지나치지 않겠지요?

한마디로 저는 '부모 복'을 타고 난 사람입니다. 돈이 지배하는 세상이니 돈 많은 부모냐고 묻는 사람들이 있겠지만 '돈'과 '복'은 같은 것이 아닙니다. 저희 부모는 결코 부자가 아니지만 제가 부모 복을 타고 났다고 생각하는 것은 두 분이 평생 추구하며 실천으로 보여준 '정의' 때문이며, 그 '정의'가 품고 있는 '사랑' 때문입니다.

어린 시절 아버지와 집에서 멀지 않은 산등성이를 함께 오른 적이 있습니다. 6·25 전쟁의 상흔을 안고 피폐하기 이를 데 없이 사는 사람들의 남루한 거처를 지나가며 들은 아버지의 한마디, 그 말씀이 아니었으면 저는 지금 아주 다른 사람이 되어 있을 겁니다.

"이담에 네가 어른이 되면 저 사람들을 위해 무엇을 해야 할지 생각해야 한다."

아버지는 부자가 되라고 가르친 적도 없고 책을 읽으라고 권한 적도 없습니다. 아버지는 아침이면 신문을 읽고 저녁엔 책을 읽고 주말이면 식탁에서 당신의 자녀들과 대화했습니다. 다른 집에선 '밥 먹을 땐 말하지 말고 밥만 먹으라'고 한다지만 우리 집 식사 시간의 주인공은 음식보다 대화였습니다. 찌개가 식는다고 반찬이 마른다고 어머니는 채근했지만 아버지는 자녀들과의 대화를 멈추지 않았습니다.

그 대화를 통해 우리는 젓가락질부터 세계정세까지 수없이 많은 것을 배웠습니다. 훗날에야 그것이 가장 이상적인 형태의 교육이라는 것, 그러나 우리나라에서는 매우 드문 일이라는 것을 알았습니다. 아버지는 특별한 날 특별한 경우에 엄숙하게 가르치지 않고, 언제 어디서나 행동으로, 또 자연스러운 대화로 가르쳐야 할 것을 가르치는 '스승'이었습니다.

대화가 아버지가 자녀를 교육하는 직접적인 방법이었다면 '메모'는 아버지가 자신을 단련하고 단속하는 방식이었습니다. 언제부턴가 우리 사회에는 '메모하는 사람이 성공한다'는 말이 유행하고, 문구점에는 온갖 종류의 수첩이 즐비합니다. 어떤 것을 써놓으면 그것을 기억할 가능성이 34퍼센트에 이르지만 그것을 써놓지 않으면 그 가능성은 5퍼센트밖에 안 된다는 연구 결과를 본 적이 있습니다. 어쩌면 우리나라 학생들이 창의력은 부족해도 암기력이 뛰어난 건 시대착오적인 주입식 교육 아래서 늘 노트에 적기 때문인지도 모릅니다.

저는 학교 다닐 때 필기하는 건 좋아하지 않았지만 성인이 된 지금도 메모하는 버릇이 있습니다. 산책하러 나갈 때에도 손바닥만 한 수첩과 볼펜을 넣고 나갑니다. 갑자기 어떤 생각이 떠오를 때 붙잡아두고 싶어서입니다. 요즘은 집에 이면지가 많아져 이면지 묶음과 볼펜을 가지고 나가기도 합니다. 스마트폰을 가지고 다녀야 마음이 놓인다는 사람들이 많은 시절이지만 저는 스마트폰은 없어도 종이와 펜만 있으면 마음이 놓입니다. 아무래도 이 메모 버릇은 아버지에게서 물려받은 것 같습니다. 아버지는 제가 아는 한 평생 메모하는 사람이니까요.

언제나 아버지의 서랍엔 노트가 있고 책상엔 메모가 있었습니다. 그날 해야 할 일을 적는가 하면, 일생 동안 기억해야 할 사항을 적기도 했습니다. '도적 조심'이나 '불조심'처럼 짧은 글도 있고, '역경에 인내는 누구나 하지만 순경順境에 근신은 아무나 못한다' 같은 격언도 있었습니다. 아버지는 그런 글들을 이면지 조각에 적어 당신의 책상에 깔린 유리 아래에 넣어두시곤 했는데, 격언집이나 유명 작가의 책에서 가져온 문장보다는 당신의 머릿속을 스치는 생각을 적어두셨던 것 같습니다. 학교도 다니지 못하고 자신을 지도해줄 어른도 없는 집 안에서 자신이 쓴 문장들을 아침저녁으로 보면서 스스로 절차탁마하 셨을 아버지에 비하면 저는 얼마나 운 좋은 사람일까요?

교양의 척도, 젓가락질

젓가락질은 우리나라를 비롯한 몇몇 아시아 국가에서 사람과 동물을 구별하는 가장 기본적 잣대입니다. 요즘은 어린이들은 물론이고 사십 대 성인들―이미 아이의 부모가 된 사람도 있습니다―중에도 젓가락질을 제대로 하지 못하는 사람들이 있지만 우리 형제들은 초등학교에 입학하기 전에 젓가락을 완벽하게 사용했습니다. 우리나라 과학자들이 줄기세포 연구에서 괄목할 성공을 거두었다고 세계인의 박수를 받을 때, 그렇게 섬세한 솜씨로 실험을 해낼 수 있었던 건 어려서부터 몸에 밴 젓가락질 덕이라는 분석이 나왔고, 텔레비전에 연예인들이 나와 젓가락으로 콩 집는 시합을 벌이기도 했습니다.

어떤 이는 머리 좋은 사람이 젓가락질을 잘한다고 하고 또 어떤 사람은 젓가락질을 하면 머리가 좋아진다고 하지만, 저는 머리 좋은 것과 젓가락질은 상관이 없다고 생각합니다. 저보다 머리가 훨씬 좋은 오빠와 남동생이 저보다 젓가락질을 못했던 것만 보아도 알 수 있습니다. 아버지는 성냥개비를 이용해서 오빠와 남동생에게 젓가락질을 가르쳤습니다. 발목에 모래주머니를 차고 연습하던 육상선수들이 주머니를 풀고 달리면 날아갈 듯 달리듯, 성냥개비로 연습한 두 사람이 젓가락질을 아주 잘하게 된 건 당연합니다. 이제 성냥을 보긴 힘들지만 젓가락질 훈련을 위한 젓가락이 나와 있으니 그것으로 연습하면 됩니다.

'학學'이라는 한자는 보통 '배울 학'이라고들 하지만 한문과 중국어 고수인 석규관 선생은 '흉내 낼 학'이라고 합니다. 배운다는 것은 흉내 내는 것입니다. '먹고 자고 싸는' 것과 같은 본능적 행위는 배우지 않아도 할 수 있지만 젓가락과 숟가락을 사용하는 법, 방바닥에 요를 깔고 자거나 침대에 시트를 깔고 자는 것, 땅에 묻은 항아리나 변기에 똥을 싸는 것 등은 배워야 하는 것입니다. 자녀가 '교양인'으로 살아갈 수 있도록 부모가 가르쳐야 하는 기본기의 으뜸은 젓가락질과 숟가락질입니다. 그보다 더 기본이 되는 건 '용변' 아니냐고요? 정해진 장소에서 똥, 오줌을 싸는 건 중요하지만 그건 고양이도 하는 일이니 사람의 기본기라 할 수는 없을 겁니다.

인간을 비롯한 동물은 모두 뭔가를 능동적으로 취해 먹지만, 젓가락을 사용하는 건 사람뿐입니다. 젓가락 대신 포크를 사용하면 어떠냐고요? 포크는 찍는 도구이고 젓가락은 집는 도구입니다. 쥐눈이콩처럼 작은 것을 포크로 찍어보세요. 결코 찍히지 않습니다. 그러나 젓가락으로 쥐눈이콩을 집는 건 그리 어려운 일이 아닙니다. 서양 음식을 먹을 때조차 포크보다 젓가락이 유리할 때가 많습니다. 얇은 상추 잎이 접시에 붙어 있을 때 포크로 찍어 올리려고 하면 아무리 해도 안 되지만 젓가락으로는 어렵지 않게 집어 올릴 수 있습니다. 한마디로 젓가락은 포크보다 훨씬 진화된 연장입니다. 그래서 그런지 요즘은 서양 사람 중에도 젓가락질을 잘하는 사람이 자주 보입니다.

젓가락 중에도 쇠로 만든 젓가락이 나무로 만든 젓가락보다 위생적이고 편리합니다. 나무젓가락은 제조과정에서 표백제, 곰팡이제거제, 광택제 등 인체에 유해한 화학약품을 사용하는 데다 잘 썩지 않아 환경을 오염시킵니다. 그런데도 불구하고 우리나라에서 일 년에 사용되는 일회용 나무젓가락이 25억 개나 된다니 안타깝습니다. 나무젓가락은 위생적으로나 환경적으로 좋지 않을 뿐만 아니라 끝이 뭉툭해 무엇을 집기에도 불편합니다.

대구경북과학기술원과 영남대병원이 성인남녀 20명을 대상으로 나무젓가락, 쇠젓가락, 포크를 사용해 콩을 옮기는 실험을 했더니, 포크와 나무젓가락 사용에는 정교한 손기술과 두뇌 활동이 필요하지 않았고, 쇠젓가락을 사용할 때 두뇌 활동이 가장 활발했다고 합니다. 쇠젓가락을 사용할 때 시각, 행동 계획과 실행을 담당하는 전두엽 부분이 다른 도구를 사용할 때보다 두 배나 활발하게 반응했다는 겁니다 (2012년 8월 23일 SBS 보도).

젓가락 사용의 장점을 아는 시민들을 중심으로 매년 11월 11일을 '젓가락데이'로 만들자는 움직임이 일고 있습니다. 언제부턴가 모 제과회사의 과자 이름을 따서 '○○○데이'로 일컬어지는 이날이 꼭 '젓가락데이'로 개칭되었으면 좋겠습니다. 일부 지방자치단체가 주최하는 젓가락질 잘하기 대회가 전국적인 행사가 되어도 좋겠지요? 집집마다 부모와 아이들이 함께 젓가락질 연습을 하는 풍경, 생각만 해도 흐뭇합니다.

대중가요 중에 '젓가락질 못한다고 밥 못 먹나요' 하는 가사로 젓가락질을 못하는 사람들의 박수갈채를 받은 노래가 있습니다. 물론 젓가락질을 못해도 먹을 수는 있습니다. 원시인들에겐 젓가락이 없었을 것이고, 지금도 세계 어느 곳에서는 손으로 음식을 집어 먹는 풍습이 남아 있습니다. 그러나 적어도 한반도에서 젓가락질은 '사람'의 특질로 자리 잡은 지 오래입니다. 그러니 올바른 대접을 받으려면 젓가락질을 제대로 하는 게 중요합니다. 무엇을 먹는가도 중요하지만 어떻게 먹는가도 중요합니다. 인간 세상에는 '동물의 왕국'에는 없는 '교양'이란 것이 있고, 먹는 방법은 바로 '교양'과 직결되기 때문입니다.

저는 어린 시절 시나브로 젓가락질을 익힌 덕에 성냥개비 훈련을 받진 않았지만 꼭 한 번 젓가락질을 하다가 아버지의 꾸중을 들은 적이 있습니다. 어느 날, 쇠젓가락으로 깍두기를 집는데, 오각형 모양의 깍두기가 자꾸 미끄러지며 잡히지 않았습니다. 서너 번 시도하다 포기하고 다른 조각을 집어 입으로 나르려는 순간 아버지가 말씀하셨습니다. "원하는 깍두기 하나도 집어 들지 못하는 사람이 무슨 일을 할 수 있겠느냐?" 얼굴에 불이 붙는 것 같았습니다. 집었던 깍두기를 놓고 다시 포기했던 깍두기를 집기 시작했습니다. 마침내 집어 올려 입에 넣으며 '다시는 중도에 그만두는 일은 없을 것'이라고 다짐했습니다. 그 후 시작했던 일이 잘 안 되어 중도에 그만두고 싶어지면 언제나 그 깍두기 사건이 떠올랐습니다. 그 일을 통해 그만두고 싶을 때 참고 조금만 더 하면 안 되던 일도 된다는 것을 배웠습니다.

옳은 말을 할 땐 낮은 목소리로

젓가락질 사건에서 알 수 있듯이 아버지는 훈육의 말은 짧게 했습니다. 가끔 카페나 식당에서 자녀들을 가르친답시고 주절주절 잔소리를 늘어놓는 부모들을 봅니다. 하지만 긴 훈계는 교육적 효과를 거두기는커녕 듣는 이의 반감을 일으키기 쉽습니다. 평소보다 낮은 어조로 짧게 해야 훈계의 효과를 거둘 수 있습니다.

말에 대한 얘기가 나왔으니 아버지에게서 배운 말하는 법 한 가지를 알려드리지요. 일찍부터 아버지로부터 "공분公憤이 없는 인간은 값나가는 인간이 아니다"라고 배운 덕에 우리 형제들은 모두 공분이 충만한 사람으로 자랐습니다. 저도 충만한 공분 덕에 첫 직장인 신문사에서 십이 년간 기자 생활을 하면서 싸우는 일이 잦았습니다. 신문사의 높은 분들과 싸우는 건 물론이고 출입처에 나와 있는 사복경찰이나 안전기획부(지금의 국가정보원) 요원들과도 싸우곤 했습니다. 평소엔 잘 웃고 상냥해 보였지만 싸울 땐 아버지를 닮아 좋은 목청을 한껏 돋우어 소리치곤 했습니다. '내 말이 옳으니 큰소리쳐도 된다'고 생각한 것이지요. 아버지는 '공분'을 강조하면서도 '옳은 말일수록 낮은 목소리로 해야 한다'고 가르쳤지만 그 말씀은 그냥 '옳은' 말씀일 뿐

실행되진 못했습니다.

그 말씀이 실천해야 할 목표가 된 것은 1980년대 중반 제가 『코리아타임스』 정치부 기자로 일할 때였습니다. 당시 저는 세종로 정부종합청사에 있는 외무부에 출입하고 있었습니다. 어느 날 저녁 출입처에서 나와 신문사로 돌아가던 길, 교보문고에 잠깐 들러 책 구경을 하고 싶었습니다. 다른 신문사 동료와 함께 종합청사를 벗어나 세종문화회관 쪽으로 걷는데, 웬 남자가 우리를 가로막으며 어디 가는 거냐고 물었습니다. 묻는 태도가 오만불손해 기분이 나빴습니다. "내가 어디로 가는지 왜 댁한테 얘기해야 하죠?" 하고 되물으니, "물으면 대답이나 하지, 거참 이상한 아가씨네." 하고 빈정거렸습니다. 바로 저기 교보문고를 가는데 왜 그러느냐고 하자 그는 시종일관 고자세로 왔던 길로 되돌아가 지하보도를 이용해 건너편 길로 가라고 했습니다. 저는 대체 왜 왔던 길을 돌아가게 하느냐, 시민이 서울 시내 길을 걷는데 허락을 받아야 하느냐고 목청을 높였습니다. 그러자 그 사람은 "오늘 세종문화회관에서 하는 오페라 공연 티켓이 있느냐"고 물었고, 제가 없다고 하자 "그러면 돌아가라"고 고압적으로 말했습니다.

그 사람과 제가 설전을 벌이는 동안 우리 주변엔 우리와 똑같이 통행을 저지당한 시민들이 모여들었습니다. 아마도 주변에 저와 같은 입장에 있는 사람들이 많다는 사실이 제 목소리를 더욱 크게 했을 겁니다. 말싸움이 계속되고 있을 때 다른 남자 하나가 나타나 그 사람에게 무슨 일이냐고 물었습니다. 상관인 듯한 그이는 대충 이야기를 듣고 나더니 "사실은 오늘 저녁에 세종문화회관에서 하는 오페라 공연에 대통령이 오시게 되어 있어 경호 때문에 통행을 막았습니다." 하고 설명했습니다. 저는, 그러면 길 초입에서 막았어야 시민들이 헛걸음을 하지 않았을 것 아니냐, 그렇지 않고 여기까지 오게 한 다음 돌려보내려면 먼저 죄송하다고 양해를 구해야 하는 것 아니냐며 눈에 힘을 주고 따졌습니다. 그 사람은 맞는 말씀이라며 사정이 이러니 돌아가주시면 고맙겠다고 고개를 조아렸습니다. 저는 잠시 승자의 기쁨 같은 것을 느끼며 돌아섰고, 결국 왔던 길을 돌아가 지하보도를 거쳐 교보문고로 갔습니다.

처음엔 '이겼다'고 생각했지만 시간이 흐를수록 기분이 찜찜했습니다. 가만히 생각해보니 처음에 저를 화나게 했던 사람이 끝내 제게 미안해하지 않았고 제가 옳다고 인정하지도 않았던 것입니다. 다시 곰곰이 생각해보니 그건 제가 고래고래 소리쳤기 때문이었습니다. 제가 낮은 목소리로 시민의 권리를 일깨웠다면 그 사람도 선선히 사과했을지 모른다는 생각이 들었습니다. 그때부터 옳은 말을 할 때 화내지 말자고 다짐했고 그러기 위해 노력했습니다.

아이들을 훈계할 때도 낮은 목소리가 더욱 효과적이라는 것을 경험으로 알게 되었는데, 그것이 과학적으로도 근거가 있다는 걸 나중에 신문에서 읽었습니다. 옳은 말을 할 때 큰소리를 내면 잘못한 상대방은 이편의 얘기를 듣기도 전에 큰 목소리 때문에 기분이 상합니다. 이편이 아무리 옳은 얘기를 해도 그 내용에 상관없이 싸움할 태세를 취합니다. 우리의 목적은 잘못을 뉘우치게 하는 것이지 상대방의 화를 돋워 싸우는 것이 아닙니다. 그러므로 옳은 말을 할 때일수록 낮은 목소리로 해야 합니다.

세계로 열린 창, 신문

요즘 아이들은 어린이집과 유치원을 다닌 후에 초등학교에 가지만 제가 어렸을 때는 집 안팎에서 놀다가 초등학교에 갔습니다. 동네 어른들과 또래들 사이에서 사회생활이란 걸 직접 경험하고 신문을 통해 간접 경험을 했던 것 같습니다. 아침에 잠자리에서 일어나면 제일 먼저 신문을 찾아 읽는 아버지를 보며 하루의 시작은 신문을 보는 것이라고 생각했습니다.

아침 식탁이든 저녁 식탁이든 식탁은 대화하는 자리였습니다. 아버지는 신문에 난 중요한 사건들을 얘기해주시고 자녀들의 생각을 물으셨습니다. 우리 형제들이 자라면서는 각기 의견을 갖게 되었고, 때로는 그 의견이 아버지의 의견이나 다른 형제의 의견과 달라 설전을 벌이는 일도 있었습니다. 견해차가 심할 때는 목소리가 커지기도 했습니다. 결혼 전 우리 집에 놀러 왔다가 식탁 대화를 목격한 제 남편(당시에는 남자 친구)은 자식들이 어떻게 아버지와 '맞먹느냐?'며 놀라기도 했습니다. 그러나 삼십여 년이 흐른 지금 남편의 생각도 많이 바뀌었습니다. 이제는 식탁에서 '조용하고 평화롭게' 밥만 먹던 자기 집보다 설전까지 불사하던 저희 집의 문화가 자녀들에게 유익했다며 '아버님은 참 앞서 가시는 분'이라고 말합니다.

신문이 없었다면, 아버지가 우리 형제들에게 해줄 말씀이 훨씬 적었을 겁니다. 신문이 있었기에 국제정세에서부터 연재소설, 정치경제 및 문화예술에 이르기까지 다양한 소재로 대화를 이끌 수 있었겠지요. 요즘은 디지털 시대라 신문을 구독하는 집이 적습니다. 네이버, 다음 같은 포털사이트는 물론 신문사마다 웹사이트를 운영하니 무엇 하러 돈 내고 신문을 구독하느냐고 묻는 사람들이 많습니다.

그러나 저는 아직도 종이신문을 구독하는 것이 인터넷으로 기사를 검색해보는 것보다 유익하다고 생각합니다. 신문을 볼 때는 소위 '진보적인' 신문과 그렇지 않은 신문 각 한 종과 영자신문 한 종을 보는 게 좋다고 생각합니다. 신문 한 달 구독료는 보통 만 오천 원에서 이만 원 사이입니다. 한 달 내내 문 앞에까지 배달해주고 그만큼을 받으니 결코 비싸다고 할 수는 없습니다.

제가 어렸을 때 여유 없는 살림을 꾸려가느라 고생하던 어머니가 아버지에게 구독하는 신문의 수를 좀 줄이자고 했다고 합니다. 그러자 아버지는 한 달에 한 신문에서 중요한 것 한 가지만 알게 되어도 구독료의 값어치는 하는 것 아니냐고 반문했다고 합니다. 어머니도 아버지의 말씀이 옳다고 동의했고, 결국 저희 집에선 언제나 세 가지 이상의 신문을 구독했습니다.

그때 저희 집 한가운데에는 오늘날 거실의 역할을 하던 대청이 있었는데, 대청 한쪽 벽엔 커다란 갈색 목재로 만든 책상이 있었고, 반대편 벽엔 제 키보다 큰 검정 책장이 있었습니다. 책장 맨 아래 칸엔 색이 누렇게 바랜 신문들이 있었는데, 아버지가 우리나라 현대사의 중요한 사건들이 보도된 신문들을 모아둔 것이었습니다. 우리 형제들은 위 칸의 책들과 함께 그 묵은 신문들을 읽으며 성장했습니다.

요즘은 신문도 책도 '공부'의 대상이 되었지만 우리 형제들에게 신문과 책은 모두 재미있는 읽을 거리였습니다. 그냥 재미있게 읽었을 뿐인데도 학교에서 우리 오형제 모두 국어 성적이 아주 좋았습니다. 제가 대학 4학년 때 준비도 없이 친구들을 따라 신문사 시험을 쳤다가 혼자 합격한 것도 어린 시절부터 몸에 밴 신문 구독 습관 때문이었을 겁니다. 독해와 글쓰기 능력과 상식을 높이는 데 신문 읽기보다 더 좋은 방법은 없다고 생각합니다. 물론 신문 읽기를 '공부'하듯 하면 효과가 다르겠지요. 저처럼 공부하기 싫어하는 사람이라면 아무리 재미있는 기사가 실린 신문이라도 보지 않으려 할 테니까요. 자녀들의 국어 실력을 키운다고 신문 읽기를 강요하는 대신, 아버지와 어머니가 신문을 읽으며 아침을 시작하면 아이들도 덩달아 신문을 읽게 될 겁니다.

신문 자체도 중요하지만 '신문을 읽는 문화'를 만드는 게 더 중요합니다. 영자신문을 하나 구독하라는 것도 영어를 '공부'하지 말고 재미로 즐기자는 겁니다. 우리말 신문을 보고 나서 영자신문을 보면 똑같은 기사를 우리말로는 이렇게 쓰고 영어로는 이렇게 쓰는구나 하고 깨닫게 됩니다. 영자신문도 부모는 안 보면서 자녀들에게만 강요하면 안 됩니다. 부모가 영자신문을 읽는 것을 보면 자녀들도 보게 됩니다. 부모가 영자신문을 보면서 자녀에게 이게 무슨 뜻이냐고 묻는 것도 관심을 끄는 좋은 방법이겠지요. 모르는 단어를 함께 찾아보고 "네 덕에 이 단어 뜻을 알게 되어 고맙다. 자식 키운 보람이 있구나." 하고 얘기하면 자녀들의 기분도 좋아지고 영어에 대한 관심도 높아질 겁니다. 영어든 다른 외국어든 언어는 재미로 배워야지 공부로 하면 늘지 않습니다. 우리말을 배울 때 했던 것처럼 자연스럽게 배워야 자기 것이 되고 영자신문은 그런 점에서 큰 도움이 됩니다. 영자신문 자체도 도움이 되지만 영자신문이 있는 분위기가 '지구적 사고global thinking'를 하는 데 도움이 되니까요.

같은 기사를 인터넷에서 무료로 볼 수 있는데 굳이 신문을 봐야 하는 이유는 신문이 '전체를 보는 눈'을 키워주기 때문입니다. 인터넷 기사를 볼 때는 화면에 나타난 제목을 보고 읽고 싶은 것을 클릭해야 읽을 수 있는데, 그렇게 보아서는 사회 전반에 어떤 일이 일어나고 있는지 알기가 어렵습니다. 인터넷으로 보아도 정치, 경제, 문화 등 모든 것을 볼 수 있다고 하지만 신문 한 면의 몇 분의 1밖에 되지 않는 화면에 나타난 한 줄짜리 제목만으로 세상을 조망할 수는 없지요. 게다가 어떤 연예인 커플이 아이를 낳았다는 기사와 어떤 나라에서 내전이 일어났다는 기사에 똑같이 한 줄짜리 제목이 붙으니 인터넷 기사만 읽는 사람이 기사의 중요도를 가릴 줄 모르게 되는 건 당연합니다. 신문도 정치면, 경제면, 문화면, 외신면 하는 식으로 구분이 되어 있고 의견과 칼럼을 싣는 면이 따로 있지만, 제일 중요한 기사는 1면에 싣고 다른 면에 관련 기사를 실어 중요도를 따집니다.

인터넷엔 있으나 종이신문엔 없는 것 한 가지는 바로 '댓글(덧글)'입니다. 대개의 경우 '댓글'은 쓰는 사람에겐 '배설'이고 읽는 사람에겐 '시간 낭비'입니다. 신문의 독자가 기사를 읽으며 머릿속으로 필자의 견해와 자신의 견해를 비교하고 정리하는 동안, 인터넷 독자는 기사 바로 아래에 붙은 댓글을 읽고 '찬성'이나 '반대' 버튼을 누릅니다. 이런 행위가 습관화되면 '자기만의 생각'이 없고 남들의 말이나 행동을 따라 하는following 사람, 혹은 자신은 아무것도 하지 않으면서 남이 해놓은 것에 대해 이러쿵저러쿵하는 사람이 되기 쉽습니다. 인터넷 기사는 '읽는' 것이라기보다는 '보는' 것입니다. 신문을 읽는 것은 책을 읽는 것과 같아 신문을 많이 읽은 사람은 책을 많이 읽은 사람처럼 글을 잘 쓰게 됩니다. 그러나 인터넷 기사를 많이 '보았다'고 글을 잘 쓰게 되진 않습니다. 신문은 손으로 직접 만질 수 있는 만큼 읽는 사람에게 주는 영향 또한 인터넷보다 직접적입니다. 요즘은 신문이든 인터넷 언론이든 기사나 논설에 '비문非文'이 실리는 경우가 잦지만 그래도 신문 기사는 인터넷에 떠도는 글들보다 수준이 훨씬 높습니다.

인터넷 기사보다 신문을 읽어야 하는 또 하나의 이유는 집중할 수 있어 시간 낭비가 적다는 것입니다. 신문을 읽는 사람은 기사를 1면부터 마지막 면까지 순서대로 읽든 읽고 싶은 면만 골라 읽든 하지만, 인터넷으로 보는 사람은 기사를 보다가도 선정적인 제목이 올라오면 그쪽으로 눈을 돌리는 경우가 많습니다. 아주 심지가 굳은 사람이 아니면 자신이 보려던 기사와 관련 기사에 집중하기보다는 이것저것 보기 일쑤입니다. 그러니 한 가지 사안에 대해 신문 기사를 읽은 사람과 인터넷 기사를 본 사람이 이해하는 정도는 큰 차이가 날 수밖에 없습니다. 신문 독자가 '알게 되었다면' 인터넷 독자는 '안다고 생각한다'고 말할 수 있겠지요. 가족 구성원들이 사회적인 주제에 대해 대화하기를 원한다면, 부모만이라도 꼭 신문을 보아야 합니다. 그래야 인터넷 기사만 본 자녀들과의 대화를 이끌 수 있고 자녀들의 인정과 존경을 받을 수 있으니까요. '역시 엄마 아빠가 우리보다 한 수 위이시구나' 하는 인정이고 존경입니다.

신문을 읽는 가장 중요한 이유는 신문이 곧 역사가 되기 때문입니다. 우리가 살고 있는 '오늘'도 언젠가는 '역사'가 됩니다. '오늘' 일어나는 사건들이 모여 '역사'가 되는데, 그 역사가 제대로 기록되는지 지켜보아야 합니다. 조선시대엔 예문관의 검열檢閱이나 승정원의 주서注書가 역사를 기록했지만, 오늘날의 역사는 신문이 기록합니다. 1980년대 전두환 정권이 언론 검열과 통제를 시행한 것을 비롯해 독재정권들이 언론을 탄압하는 건 바로 '역사'를 기록하는 언론의 기능 때문이겠지요. 신문을 읽는 것은 곧 역사를 읽는 것, 역사에 대해 생각하는 것입니다. 신문에서 '오늘'을 읽다 보면 자연히 '어제'와 '내일'도 생각하게 되니까요. 언어를 배우는 것도 그렇지만 역사도 재미있는 이야기로 익히다 보면 절로 지식이 쌓입니다. 부모와 아이들이 '어제' '오늘' '내일'에 대해 함께 얘기한다면 '한 집안 딴 식구'가 되는 일 따위는 없을 겁니다.

부모와 어린이

어린 시절 저는 저희 집이 부자인 줄 알았습니다.
저희 집엔 많은데 친구들 집에는 없는 게 있었거든요.
첫째는 책이었습니다.

대청 한가운데에 아버지의 책상이 있었습니다.
책상에 앉아 책 읽는 아버지의 모습이 멋져
저도 그 책상에 앉아 책을 읽었습니다.

우리 집엔 있고 친구들 집엔 없는 것,
그 두 번째는 음악이었습니다.

아버지는 축음기에 엘피판을 걸어
'낮에 나온 반달'을 틀어주셨습니다.
때로는 음악에 맞춰 아버지와 춤도 추었습니다.

저희 아버지는 가난 때문에 초등학교 2학년을 중퇴했지만
책과 음악으로 스스로를 키웠습니다.
그 덕에 저희 오형제에겐 책과 음악에 얽힌 추억이 많습니다.

가끔 자신이 '큰 인물'이 되지 못한 건 부모의 잘못이라며
부모를 원망하는 사람들이 있습니다.
그러나 나이 들어서도 부모 탓을 하는 사람은
어리석은 사람이겠지요.

부모 복은 없어도 좋은 부모는 될 수 있습니다.
아이를 키우기 전에 자기를 키우면 되니까요.
부모가 아이에게 해줄 수 있는, 제일 좋은 일은
추억을 만들어주는 것입니다.

책과 음악으로 자신을 키우고
아이들의 추억을 만들어주는 부모님이 많아지면
지금보다 행복한 아이들이 많아질 겁니다.

행복한 아이들이 많아지면 행복한 어른들도 많아지겠지요.
아이가 자라 어른이 되니까요.

세상을 비추는 거울, 책

어린 시절 아버지가 우리 형제들에게 해주신 일 중 제일 감사한 것은 집에 제법 많은 책을 비치해두신 겁니다. 아버지는 우리 동네에서 학력이 높은 사람은 아니었지만 우리 집엔 동네 어느 집보다 책이 많았습니다. 사실 아버지는 어려운 가정형편 때문에 초등학교 2학년을 중퇴한 것을 끝으로 정규교육을 받지 못했습니다. 그러나 젊은 나이에 이미 신문과 책의 교육 효과를 알아차렸고, 평생 그 둘로써 자신의 친구 겸 선생을 삼았습니다.

역사적 사건이 담긴 묵은 신문을 보관해둔 책장의 위 칸에는 백과사전부터 시, 소설, 정치경제 및 철학과 역사 서적, 그리고 잡지에 이르기까지 다양한 책들이 꽂혀 있었습니다. 집에 계실 때 아버지는 거의 언제나 그 책장 앞 이끼 빛깔의 우단으로 감싼 회전의자에 앉아 책을 읽으셨습니다. 우리 반에는 저보다 화려한 옷을 입고 고급 문구류를 자랑하는 아이들이 있었지만, 그 누구의 집에도 우리 집에 있는 책장이나 큰 책상은 물론 책도 없었습니다.

아버지는 한 번도 책을 읽으라고 하신 적이 없었지만 우리 형제들은 모두 책 읽기를 좋아했습니다. 아버지가 늘 책을 읽으시는데 그 모

습이 보기 좋으니 따라 했던學 것이지요. 요즘 부모들은 자기는 일 년
에 책 한 권도 읽지 않으면서 아이들더러는 일주일에 한 권씩 읽으라
고 강요한다는데, 아무리 재미있는 책도 숙제가 되면 읽기 싫어집니
다. 아이들에게 책을 읽히고 싶으면 부모가 먼저 읽어야 합니다.

부모들 중엔 책은 책이고 장난감은 장난감이라고 생각하는 사람들
이 있습니다. 그러나 우리 형제들에겐 책도 때론 장난감이었습니다. 백
과사전을 한 권씩 빼들고 앉아 아무 데나 펼쳐서 사진이 제일 많은
페이지를 펼친 사람이 이긴 것으로 하는 장난을 하곤 했으니까요. 그
렇게 놀다 보면 무슨 사진인가 들여다보게 되고, 사진 설명을 읽다가
관련 지문을 읽게 되고, 그러다 게임 중이었다는 사실 자체를 잊고 백
과사전에 빠져든 적도 많았습니다. 책을 읽어야 공부를 잘할 수 있다
고도 하고 책을 읽어야 훌륭한 사람이 될 수 있다고도 하지만, 제가
책을 읽는 이유는 예나 지금이나 재미 때문입니다.

책은 세상과 사람을 보여주는 거울입니다. 어린 시절 다양한 책을
접해보지 않았다면 세상이 얼마나 넓은지, 세상에 훌륭한 사람이 얼
마나 많은지, 인간이 얼마나 위대한 존재인지 알지 못한 채 '우물 안
개구리'로, 기껏 '닭의 머리' 노릇에 만족하며 살았을 겁니다. 빠듯한
살림 속에서도 늘 책을 읽고 집에 책을 비치해둠으로써 책 읽는 재미
를 알게 해주신 아버지께 감사합니다.

음악, 그 황홀한 날아오름

이 책 첫머리에도 썼지만 어린 시절을 생각하면 제일 먼저 아버지와 듣던 음악이 떠오릅니다. 오늘날엔 음악을 컴퓨터나 스마트폰으로 듣지만 제가 어렸을 땐 '축음기'라는 기구를 이용해 들었습니다. 우리집 축음기는 언뜻 보면 가방 같았습니다. 007 가방보다 조금 크고 두꺼운 누렇게 바랜 녹색 케이스였는데, 아버지는 그 뚜껑을 열고 턴테이블 위에 사기로 만든 엘피LP판을 조심스럽게 올려놓았습니다. 아름다운 음악을 만든 사람들과 그 음악을 들을 수 있는 장치를 만든 사람들에 대한 존경의 표시인 듯 겸손한 태도였습니다.

아버지가 들려주신 음악 중에서도 드보르작의 「신세계 교향곡」이 떠오릅니다. 아버지는 작곡가가 누구고 곡명이 무엇인가를 얘기하는 대신 어린 딸의 손을 잡고 그 음악에 맞추어 춤을 추었습니다. 춤이라고 해보았자 정해진 틀에 맞춘 동작이 아니라 손을 맞잡고 음악에 맞추어 이리저리 움직이는 것이었지만 저는 더없이 행복했습니다. 평소엔 무척 엄해서서 다가가기도 어려웠지만 음악에 맞추어 춤을 출 때는 동네 어떤 어른보다 순하고 다정했습니다. 그러니 음악을 듣는 시간만큼은 아버지와 제가 동등한 듯한 기분이 들었고, 저는 그 '자유

시간'을 좋아할 수밖에 없었습니다.

고전음악을 듣고 나면 음반 한가운데에 노랗고 동그란 종이가 붙은 동요 판을 틀어주곤 하셨는데, 고전음악만 듣게 되면 어린 딸이 질리지나 않을까 하는 아버지의 속 깊은 배려가 아니었을까요? 지금도 레코드판을 따라 빙빙 돌던 노란 종이와 거기 그려진 토끼 두 마리가 눈에 선합니다. 절구 공이를 들고 절구질을 하고 있던 토끼들. 그 음반의 첫 곡이 「반달」이었는지 「낮에 나온 반달」이었는지 또렷하게 기억나진 않지만, 그때를 생각하면 형언할 수 없는 평화와 행복이 가슴속에 차오릅니다.

저는 2012년 3월부터 교통방송tbs에서 '즐거운 산책FM 95.1MHz'이라는 프로그램을 맡아 진행하고 있는데, 이 프로그램은 매주 일요일 아침 7시부터 9시까지 방송됩니다. 일요일 이른 시간이라 어린이나 젊은 이보다는 나이가 드신 청취자가 많겠지만 가끔 동요를 틀어드립니다. 동요는 행복했던 어린 시절로 가는 가장 빠르고 아름다운 타임머신이니까요.

음악을 좋아하는 분답게 아버지는 아이들이 노래 부르는 걸 좋아했습니다. 시끄러운 건 싫어하면서도 큰 소리로 노래하는 걸 야단치거나 말린 적은 없었습니다. 어린 저는 가끔 아주 크게 노래를 부르며 아버지의 기색을 살폈습니다. '이렇게 크게 불러도 아무 말씀 안 하실까?' 속으로 아버지를 시험했는지도 모릅니다. 어쨌든 아버지는 한 번도 큰 소리로 노래하는 걸 핀잔하지 않았습니다. 그래서 그런지 우리 가족은 모두 노래를 잘하는 편입니다. 아버지는 악기들을 두루 좋아하셨고, 그중에서도 바이올린을 비롯한 현악기를 특히 좋아합니다. 자손들 중에 악기를 배운 사람이 여럿이고, 그중 한 사람이 전문 음악가가 된 것도 아버지의 영향일지 모릅니다.

십여 년 전 병원에 입원해 있던 어느 날, 어디로부턴가 무지개 바람 같은 음악이 들려왔습니다. 몸이 거북한 것도 잊고 음악의 향기를 따라가 보니 복도 천장에 달린 작은 스피커에서 독일의 작곡가이자 오르간 연주자인 요한 파헬벨(Johann Pachelbel, 1653~1706)의 「카논 Kanon」(세 대의 바이올린과 계속 저음을 위한 카논과 지그 라 장조: Kanon und Gigue in D-Dur für drei Violinen und Basso Continuo) 변주곡들이 흘러나왔습니다.

작은 스피커 아래 환자복을 입고 서서 카논의 세례를 받는 동안 저는 배의 상처와 그로 인한 고통과 불편에도 불구하고 '저 높은 곳'으로 날아오르는 듯한 기분을 느꼈습니다. 그 우울한 순간에 찾아와준 한 줄기 음악의 힘을 음미하며 처음 저를 음악의 세계로 인도해준 아버지께 다시 한 번 깊이 감사했습니다. 가끔 '난 음악 같은 거 몰라' 하는 사람을 만납니다. 그러나 음악을 모르는 사람은 아무도 없습니다. 들이쉬고 내쉬는 우리의 숨, 우리 몸속을 흐르는 붉은 피 속에 이미 음악이 흐르고 있으니까요.

음악을 듣는 사람과 듣지 않는 사람의 삶의 질은 크게 다를 겁니다. 두 사람에게 똑같이 힘겨운 시간이 주어졌을 때 두 사람의 회복속도도 다를 겁니다. 음악에겐 사람이 갖지 못한 위로와 치유의 힘이 있으니까요. 스스로 음악을 모른다고 생각하는 분들에게 제가 어린 시절 들었던 드보르작의 「신세계 교향곡」과 조금 성장해 들은 「카논」, 라흐마니노프의 「파가니니 주제에 의한 랩소디」와 임권택 감독의 영화 「서편제」에 나오는 음악을 권합니다.

포옹

슬픔에 잠긴 친구를 만났습니다.
무슨 말로도 위로할 수 없다는 걸 아는데도
자꾸 말이 나왔습니다.
제 입이 하는 말을 제가 들어도
말이 되지 않았습니다.

마음을 말로 표현하는 건 쉬운 일이 아니지만
위로가 필요한 사람 앞에서 말은
갈 곳을 모르는 말처럼 허둥거립니다.
그러다 보면, 위로하고 싶어 횡설수설하는 사람을
위로받아야 할 사람이 오히려 위로하는 일이 비일비재합니다.
친구가 제게 고맙다고 하는 건 제 말에 위로받아서가 아니고
그 두서없는 말에 담긴 사랑을 알기 때문이겠지요.

헤어지기 직전 슬픔으로 작아진 친구를 가슴에 안았습니다.
제 사랑과 온기가 그에게로 흘러들어
그의 몸의 한기가 가시는 것 같았습니다.
그럴 줄 알았으면 처음부터 그냥 안아주는 건데……

누군가를 위로하고 싶은데
무슨 말을 해야 할지 알 수 없을 때에는
그냥 그 사람을 안아주세요.
말이 하지 못하는 일을 몸이 할지도 모르니까요.

수학보다 어려운 위로, 영어보다 힘든 칭찬

수학 문제 풀기도 어렵고 외국어 배우기도 어렵지만 더 어려운 일은 사람의 마음에 관여하는 것입니다. 그중에서도 어려운 것은 사람을 위로하고 격려하거나 칭찬하는 것입니다. 절망적인 상황에 빠져 있는 사람을 위로한답시고 '괴로워하지 마, 다 잘될 거야'라고 말하지만 말만으로는 부족합니다. 그 사람이 그 상황에서 벗어날 수 있는 처방까지 제시할 수 있어야 제대로 된 위로입니다. 때로는 말만으로 위로할 수도 있는데, 그때의 말은 건성이 아니라 진심이 담긴 말이어야 합니다.

전두환 대통령이 통치하던 5공화국 시절 신문기자 노릇을 할 때 저는 아버지로부터 큰 위로를 받은 적이 있습니다. 그때는 제가 결혼하여 삼십 대 초반의 아이 엄마가 되어 있을 때였지만 출근은 아버지와 함께했습니다. 아버지는 매일 아침 차를 타고 저희 집에 와서 저를 태우고 당시 제가 출입하던 세종로 정부종합청사 뒤쪽에 저를 내려주고 출근하셨습니다. 이십 분 남짓 동승하며 아버지와 세상 돌아가는 일에 대해 얘기하다 보면 즐겁기도 하고 공부도 되었습니다.

그때 저는 외무부(지금의 외교통상부) 출입 기자였는데, 당시 그곳엔 안전기획부(지금의 국가정보원)와 치안본부 사람들이 상주했습니다. 외교 기사는 '국익'에 직결된다며 자유롭게 쓰지 못하게 해서 외무부에서 주는 '보도자료'를 기사화하거나 나무의 잔가지 같은 기사만 쓸 수 있었습니다. 외교를 청와대가 도맡아 하니 외교관들의 스트레스도 매우 심했을 겁니다. 민주사회에서는 기자와 정부 관리가 건전한 긴장 관계를 유지하는 게 원칙이지만, 당시에는 기자와 정부 관리가 함께 울분을 나누는 일이 흔했습니다.

어느 날 아침 아버지 차를 타고 가며 그런 상황을 말씀드리다가 저도 모르게 "참 살기가 힘드네요." 했더니, 아버지는 큰 잘못을 저지른 사람처럼 "정말 미안하다, 이런 세상에 너를 낳아 이 모든 일을 겪게 해서……"라고 말씀하셨습니다. 그 표정과 어조가 너무도 진지하여 오히려 송구한 나머지 얼른 "태어난 건 불행이지만 아버지 같은 아버지를 만났으니 불행 중 다행이지요." 하자, 아버지는 "그렇게 생각해주니 고맙긴 하지만 사실 네가 이런 세상을 살아가는 건 참 힘들 거야. 그러니 만날 아픈 것 아니냐?"고 미안해하셨습니다. 늘 아픈 딸에게 '너는 왜 그리 만날 아프냐? 대체 자기 관리를 어떻게 하는 거냐?' 하고 야단칠 수도 있었지만 아버지는 그런 식으로 저를 위로하신 거지요.

고등학교 2학년 때 아버지로부터 받은 위로도 생각납니다. 당시에는 중학교와 고등학교 모두 입학시험이 있었지만, 동계진학이라는 게 있어서 중학교와 같은 재단의 고등학교에 진학하면 시험을 치지 않고도 갈 수 있었습니다. 저는 동계진학을 해서 같은 재단의 학교를 사 년째 다니고 있었는데, 이 학교가 중도에 집에서 먼 곳으로 이사하는 바람에 통학이 매우 힘들었습니다. 그러던 어느 날, 아버지가 아기 손바닥만 한 신문광고를 주시며 "그 먼 학교를 앞으로 2년 더 다니면 네 몸이 배겨내지 못할 테니 이 학교로 가는 게 좋겠다"고 말씀하셨습니다. 광고엔 당시 제 통학 거리의 절반 거리에 있는 학교의 '편입생 모집공고'가 나와 있었습니다. 집에서 구독하던 신문에는 나지 않은 광고인데, 이웃 약국에서 다른 신문을 보시다 거기 실린 광고를 보고 얻어 오신 겁니다.

저는 편입시험을 치러 그 학교의 학생이 되었고, 4월인가 첫 모의고사를 보았습니다. 본래부터 책은 좋아해도 공부는 좋아하지 않았지만 원래 다니던 학교에서는 상위권에 머물렀는데, 첫 모의고사 성적표를 받으니 62명 중 40등인가를 했다고 나와 있었습니다. '방귀 뀐 놈이 성낸다'는 말처럼 저 스스로 화가 나서 성적표를 받는 즉시 확 우그러뜨리고 말았습니다. 당시 그 학교는 2학년과 3학년 학생들을 자연계와 인문계로 나눠 수업했는데, 대학 전공과는 상관없는 우열반 제도 같은 것이라 자연계 두 반에 공부 잘하는 아이들이 많았습니다. 저도 그중 한 반에 속해 있었으니 40등도 그렇게 나쁜 등수는 아니었을 텐데 그땐 그런 생각을 할 여유가 없었습니다. 너무나 우악스럽게 성적표를 구겨버리자 선생님께서 그걸 보시고 "아니, 저놈이……." 하시다가 입을 닫으셨습니다.

구겨진 성적표이지만 새 학교에서 처음 받은 것이니 아버지께 보여드리지 않을 수가 없었습니다. 고개를 푹 숙인 채 꾸깃꾸깃한 성적표를 펴서 아버지께 드렸습니다. 그런데 성적표를 들여다보신 아버지는 야단을 치는 대신 껄껄 웃으셨습니다. "성적이 떨어졌으니 얼마나 다행이냐? 힘들게 학교를 옮겼는데 저쪽 학교에 다닐 때보다 성적이 좋게 나왔으면 손해 봤다는 생각이 들었을 게야. 네 성적이 그전보다 나쁘다는 건 이 학교에 공부 잘하는 애들이 더 많다는 것이니 옮기길 잘

했다는 증거지." 아버지가 환하게 웃으시는 바람에 저도 따라 웃고 말았습니다. 성적표를 처음 받았을 때 아버지처럼 생각하지 못하고 선생님과 아이들 앞에서 성질을 부린 제 자신이 부끄러웠습니다.

언제부턴가 우리 사회에는 칭찬과 좋은 교육이 동의어라고 생각하는 사람들이 많아졌습니다. '칭찬은 고래도 춤추게 한다'며, 아이들을 보면 무조건 '예쁘다, 잘생겼다'를 남발합니다. 그러나 그런 칭찬은 진짜 칭찬이 아닙니다. 사전에도 나와 있듯 칭찬은 '다른 사람의 좋고 훌륭한 점을 들어 추어주거나 높이 평가하는 것'입니다. 여기서 '좋고 훌륭한 점'은 그 사람의 행위를 뜻하지 타고난 용모를 뜻하는 게 아닙니다. 미국이나 영국 등 소위 선진국에서는 외모에 대해 언급하는 게 금기시되고 있지만 우리는 타인의 외모에 대해 아주 쉽게, 자주 언급합니다. 오랜만에 만난 친구들이 "어머, 너 왜 이렇게 쪘니?", "어머, 너 왜 이렇게 빠졌니?"로 대화를 시작하는 일이 흔하고, 방송에서 웃기기 위해 소위 '못생긴' 사람이나 '뚱뚱한' 사람을 노골적으로 비하하는 경우도 많습니다. 그러나 그런 웃음의 끝은 씁쓸할 뿐만 아니라 '공정한' 사회의 발전을 방해합니다. 공정한 사회란 무엇보다, 시민이 외모, 나이, 성별 등 자신이 선택하지 않은 조건으로 인해 불이익을 받거나 모욕당하지 않는 사회이니까요. 미국이라는 나라가 숱한 장점을 가진 나라라는 걸 인정하면서도, '미국은 정말 본받을 만한 나라인가'라는 질문에 선뜻 '그렇다'고 대답할 수 없는 것은 아직도 그 나라의 많은 국민이 자신이 선택하지 않은 피부색으로 인해 차별받고 있기 때문입니다.

그러면 좋은 칭찬, '칭찬다운 칭찬'은 어떤 것일까요? 그건 그 사람이 한 일을 치하하는 것입니다. 어린아이에게 도움 되는 칭찬은 '공주

같네!', '예쁘네!'가 아니고 '손을 잘 씻네!', '혼자서도 양말을 잘 신네!' 입니다. 어떤 일을 잘해서 칭찬받은 아이는 그 일을 더 잘하게 되고 칭찬받을 일을 찾아 하게 됩니다.

일반적으로 제가 성장하던 1960년대와 1970년대 부모들은 지금의 부모들에 비해 칭찬하는 일이 적었습니다. '사람은 이래야 한다, 저래야 한다'는 요구 사항이 오늘날보다 많았는데, 대개의 아이들이 그 요구를 충족시키지 못하다 보니 칭찬받을 일이 적었던 겁니다. 제 아버지와 어머니도 칭찬하는 일이 드물었습니다. "늘 미소를 머금어라", "웃음도 절제해라" 같은 요구 사항은 많았지만 하라는 일을 했다고 칭찬하진 않았습니다. '당연히' 해야 할 일을 한 것이니 칭찬할 필요가 없다고 생각하신 것이지요. 열 가지 중에 아홉 가지를 잘해도 한 가지를 잘못하면 그 한 가지를 지적당하곤 했습니다.

그런데 아버지의 칭찬이 드문 만큼 오히려 큰 힘이 될 때가 있습니다. 제가 대학교 2학년 때 처음 써본 단편소설로 학보사에서 주최하는 문학상을 받았을 때, 학교신문에 게재된 소설을 읽으신 아버지는 "박화성보다 낫구나!"라고 말씀하셨습니다. 대부분의 아버지들은 '잘 썼다!'고 하겠지만 저희 아버지는 "박화성보다 낫구나!"라고 하신 겁니다. 박화성 선생께는 송구하지만 저로선 첫 이십 년 생애 동안 두 번째로 받아본 큰 칭찬이었습니다. 첫 번째 칭찬은 초등학교 1학년 때 담임선생님으로부터 받은 칭찬입니다. 봄을 그려 오라고 하시기에 바위에 낀 이끼를 그려 갔는데, 선생님은 교실 맨 뒤 벽 한가운데에 제 그림을 붙이시고는 "정말 봄 냄새가 나는 것 같군요!"라는 꼬리표까지 붙여주셨습니다.

다시 아버지의 칭찬으로 돌아가자면 박화성 선생이 어떤 작가였는지 알아야겠지요? 브리태니커 사전의 박화성(1904~1988) 편은 "긴장감 있는 문체로 현실을 꿰뚫어 보는 글을 썼다"는 문장으로 시작하여 "처음에는 농민이나 노동자의 궁핍한 삶과 지배계급의 기생적인 생산양식의 모순을 파헤치는 데 힘썼다. 그녀는 사회주의 운동에 영향을 받기는 했으나 어느 한쪽에 치우치지 않고 일제강점기의 암울한 현실과 반항의식을 그렸다"고 기술합니다.

아버지가 박화성 선생에 빗대어 저를 칭찬한 것은 우선 그분과 제가 여자라는 사실을 의식했기 때문이겠지요. 남녀를 차별 또는 구별하던 시대의 사람답게 아버지는 '남자와 여자'라는 이분법에서 자유롭지 못했으니까요. 어쨌든 박 선생은 여성 작가들의 활동이 두드러지지 않던 20세기 초 이 나라 여성으로는 드물게 사회의식을 문학작품으로 표출해냈고, 아버지는 박정희 씨의 독재정권에 대한 비판의식을 드러낸 제 작품을 보며 박화성 선생을 떠올리셨던 거지요. 들을 당시 가슴을 뭉클하게 했던 아버지의 칭찬은 제가 부모가 된 후엔 저의 부모 노릇을 도왔습니다. 부모 노릇을 제대로 하려면 제대로 칭찬할 줄 알아야 하고, 제대로 칭찬하려면 아는 게 있어야 한다는 걸 깨우쳐주었으니까요.

좋은 웃음, 나쁜 웃음

음악을 틀어놓고 춤출 때처럼, 행복할 때 사람들은 자기도 모르게 웃음을 짓습니다. 어린 시절 저는 웃지 않으면 화난 듯 보이는 아이여서 종종 아버지의 지적을 받았습니다. 웃을 일이 있으면 잘 웃었지만 웃을 때와 웃지 않을 때 표정이 너무 다른 게 문제였습니다. 어른들 중에도 그런 사람들이 많이 있습니다. 입을 다물고 있을 땐 무표정하다 못해 무서워 보여 말을 붙이기도 힘들지만, 웃으면 데드마스크 같은 얼굴이 사라지며 한결 부드러운 얼굴이 드러나는 것이지요. 그런 사람이 다시 본래의 무서운 얼굴로 돌아가는 걸 보면 그러지 말라고 얘기해주고 싶습니다. 그 표정 때문에 얼마나 많은 사람들이 그 사람과 말을 나눠보기도 전에 친교를 포기할지 알 수 없으니까요. 아버지는 일찍부터 그런 문제를 알았던 것 같습니다. 수시로 제 '어두운' 얼굴을 지적하며 '미소를 머금을 것'을 주문했으니까요.

하지만 늘 미소를 머금고 있는 건 쉬운 일이 아니었습니다. 재미있는 얘기를 듣거나 웃기는 광경을 목격하면 크게 웃거나 미소를 띠었지만 웃어야 할 이유도 없는데 늘 미소를 머금기는 어려웠습니다. 게다가 왜 그래야 하는지도 알 수 없었습니다. 물론 지금은 그 이유를 압니다. 누구의 얼굴이든 그의 얼굴 중엔 미소 띤 얼굴이 가장 아름답고, 늘 미소를 머금은 채 늙은 사람의 얼굴은 '노화老化'하긴 해도 '노추老醜'하는 일은 없기 때문입니다. 쉽게 성내고 쉽게 찡그리고, 희로애락을 절제나 여과 없이 드러내는 것은 배우의 연기에는 좋을지 몰라도 '기품 있는 노화'를 방해합니다.

미소를 머금고 있기가 어려운 건 마음이 흔들리지 않아야 하기 때문입니다. 파안대소나 박장대소는 자극에 대한 반응이니 무릎을 톡치면 다리가 자동적으로 올라가는 현상과 다르지 않습니다. 교양이 있든 없든 어린이든 노인이든 누구나 그런 웃음을 웃을 수 있습니다. 좋게 말하면 '자연스러운' 것이니까요. 그러나 인간 사회는 인위의 세상이라 자연스러운 것이 꼭 좋은 것은 아닙니다. 누군가의 양말에 생긴 구멍과 그 구멍으로 삐져나온 발가락을 보면 자연스럽게 웃게 되지만, 영정 앞에서 절하다 그 발가락을 보고 크게 웃는다면 큰 결례가 됩니다. 그런 상황에서는 아무리 '자연스러운' 웃음도 '인위적 노력'으로 참아야 하는 것이지요.

'굴러가는 소똥만 보아도 웃는다'는 중학생 시절 아버지와 식사할 때였습니다. 아버지의 재미있는 말씀이—지금 기억난다면 얼마나 좋을까요?—제 안의 웃음폭탄에 불을 붙였습니다. 그야말로 '뱃가죽이 아프도록' 웃었지만 그칠 수가 없었습니다. 멎을 듯 멎을 듯하다 다시 살아나는 웃음 때문에 꺽꺽거리는 저를 한참 바라보시던 아버지가 "이제 그만 웃어라." 하고 말씀하셨습니다. 말씀을 듣고 그만 웃으려했지만 웃음은 가파른 길을 굴러 내려가는 공처럼 멈추지 않았습니다. 그러자 아버지가 웃음기 가신 얼굴로 말씀하셨습니다. "이제 그만 웃어라. 웃음 정도는 네 마음대로 해야 하는 것 아니냐?" 저는 그제야 부끄러움에 얼굴을 붉히며 웃음을 멈췄습니다.

나오는 웃음을 나오지 않게 하는 것은 감정을 조절할 줄 아는 것입니다. 살다 보면 웃고 싶은 만큼 웃어도 좋을 때가 있고, 아무리 우스워도 웃지 말아야 할 때가 있습니다. 또 계속 웃어도 좋을 때가 있고 적당히 웃다가 냉정을 회복해야 할 때도 있습니다. 아버지의 꾸지람을 듣고서야 웃음을 그쳤던 그날의 기억 덕에 저는 웃음은 물론 감정도 어느 정도 조절할 줄 아는 사람이 되었습니다.

당시의 아버지보다 더 나이 들어 제가 깨달은 건 '바른 웃음은 전염된다'는 것입니다. 웃음에도 '바른' 웃음과 바르지 않은 웃음이 있느냐고 갸웃거릴 사람이 있을지 모르지만 저는 그렇다고 생각합니다. 카페나 교실에서 옆자리에 앉은 사람들이 웃을 때가 있습니다. 왜 웃는지는 모르지만 웃음이 투명하고 소리가 너무 크지 않으면 그들을 보는 사람들도 따라 웃게 됩니다. 그러나 음흉하게 웃거나 실내가 울릴 정도로 크게 웃는 사람들을 보면 그들에게 동조하기 어렵습니다. '웃는 얼굴에 침 뱉으랴?'는 속담이 있지만 웃는 얼굴에도 침을 뱉을 수 있습니다.

아시다시피 지난해(2014년) 우리나라에는 나쁜 일이 참 많았습니다. 4월 16일 인천과 제주를 오가던 정기여객선 세월호가 진도 앞바다에서 침몰해 삼백 명 넘는 승객이 불귀의 객이 되고, 군대에서는 사건과 사고가 잇달아 일어나 수많은 젊은이들이 목숨을 잃었습니다. 그런 일이 일어나도 정부가 나라 살림을 꾸려가는 방식은 별로 변하지 않아 시민들 가슴에는 슬픔과 분노와 절망이 쌓였습니다. 그러다 7월 30일, 전국 15개 선거구에서 국회의원 재보선이 치러졌고, 선거가 끝난 후 신문과 방송을 비롯한 도하 각 언론에는 승리한 후보들의 웃는 얼굴이 실렸습니다. 100만큼 웃고 싶어도 60정도 웃는 얼굴들은 보아 넘길 만했지만 잇몸까지 드러내며 활짝 웃는 얼굴들은 눈을 돌리게 했습니다. 그중에서도 제일 거슬린 건 8월 11일 언론에 보도된 새누리당 이정현 의원의 얼굴이었습니다. 야당의 텃밭이었던 전남 순천-곡성 선거구에서 당선된 이 의원은 김무성 새누리당 대표 등에 업혀 온 이를 드러내고 웃고 있었습니다. 국회에서 차로 20분 남짓 떨어진 광화문에서는 세월호 희생자 가족을 비롯한 각계각층 시민들이 세월호 진상 규명을 요구하며 단식투쟁을 하고 있는데, 소위 공인이라는 사람이 기자들 앞에서 그렇게 마음껏 웃어젖히는 그 무신경이 실로 놀라웠습니다.

슬픈 이웃이 많을 때 자신에게 좋은 일이 있다고 희희낙락하는 건 잔인하고 철없는 짓입니다. 그래도 웃고 싶으면 잠시, 아주 조금만 웃어야 합니다. 웃을 일이 있어 웃을 때라도 가끔은 주변을 둘러봐야 합니다. 카페나 지하철처럼 닫혀 있는 공적 공간에서 박장대소하는 건 피해야 합니다. 나는 신이 나서 웃는데 이웃이 나의 웃음에 동조하지 않거나 내 웃음을 보며 냉소하거나 분노하면 내 웃음이 '바른' 웃음인지 자문해보아야 합니다. 그 질문에 대한 답이 명확하지 않을 때에는 아무리 웃고 싶어도 웃지 말아야 합니다. 웃음에도 예의와 절제가 필요하니까요.

사랑에도 절제가 필요하다고?

절제라는 말이 나왔으니 말이지만 아버지는 '절제 대왕'입니다. 저와 제 형제들이 아버지를 묘사할 때 자주 쓰는 표현 중 하나가 '기쁠 때나 슬플 때나'입니다. 기쁠 때나 슬플 때나 한잔하신다는 뜻이거나한 대 피우신다는 뜻이냐고요? 아닙니다. 그건 아버지의 식사량에 대해 얘기할 때 쓰는 표현입니다. 아버지는 기쁠 때나 슬플 때나 맛있을때나 맛없을 때나 섭취하는 음식의 양이 일정합니다. 보통 사람은 기분이 좋거나 음식이 맛있으면 많이 먹고 기분이 좋지 않거나 음식이맛없으면 적게 먹지만, 아버지는 기쁠 때나 슬플 때나 밥 반 공기 국반 대접을 잡수십니다. 지금만 그런 게 아니고 평생 그랬습니다. 술도마찬가지입니다. 식사할 때 가끔 반주 한잔을 곁들일 뿐 인사불성이되게 마셔보신 적이 없습니다.

아버지가 일흔 살에 출간한 자서전 『홀로 걸어온 길, 함께 가야 할길』에 보면 아버지가 '절제 대왕'이 된 건 무절제한 생활로 '300년 동안 안정을 유지해온 한 가문의 종가'를 위태롭게 한 자신의 부친을 보며 마음을 다진 결과인 것 같습니다. 제 할아버지는 아버지가 열두살 때 돌아가셨는데, 그때만 해도 '동네에서 두 번째로 잘살던' 집안의 가산을 다 탕진하여 집 한 칸도 남아 있지 않았다고 합니다. 아버지는 할아버지가 기생의 거짓말에 속아 재산을 날렸음을 알게 된 후 술과 여자관계에서 절제하게 되었고, 할아버지가 말년에 호구지책으로 담배 밀매를 하시는 바람에 죄 없는 어머니가 전매서원에게 폭행당하는 것을 보고 평생 담배를 피우지 않겠다고 결심했다고 합니다. 할아버지가 돌아가신 게 아버지 열두 살 때이니 아버지가 결심한 시기도 기껏해야 열두 살 때이지만, 아버지는 아흔을 넘기신 지금까지 그 결심을 실천 중입니다.

아버지의 절제는 술, 담배, 음식 같은 것에만 국한되지 않습니다. 아버지는 언젠가 "즐거워서 하는 일도 몸을 해친다"고 충고하셨는데, 그 깨달음은 약한 몸으로 살다 보니 저절로 터득하신 것 같습니다. 저는 가끔 책 읽는 재미에 푹 빠져 눈병이 나기도 하고, 비 맞는 재미를 만끽하다 며칠씩 감기 몸살을 앓곤 하는데, 그럴 때면 언제나 왜 아버지의 말씀을 되새기지 못했을까 후회합니다.

또 하나 아버지로부터 배운 절제의 대상은 사랑입니다. 우리 형제들이 아주 어렸을 때부터 아버지는 가까이하기 어려운 분이었습니다. 아버지는 우리를 안거나 업지 않았고 어른들에게 하듯 말씀하셨습니다. 칭찬보다는 훈계를 하시니 아버지는 늘 두려운 대상이었습니다. 요즘 아버지들 중엔 아이들에게 '사랑해!'라고 말하는 사람도 많고, 아이들에게 장난삼아 뺨을 맞아가며 친구나 종노릇을 하는 사람들도 있습니다. 그러나 제 아버지는 친구도 종도 아니었습니다.

어머니 말씀을 들으면 저희가 갓난아기이던 시절, 그러니까 '남자가 부엌에 들어가면 고추가 떨어진다'는 말이 있던 시절에도 아버지는 동년배들과 달랐다고 합니다. 방 안에 혼자 있는 아기가 울면 아버지가 제일 먼저 달려가 기저귀를 살폈다고 합니다. 대소변을 본 기저귀를 빨리 갈아주지 않으면 아기의 피부가 상하고 아기의 기분이 나빠져 성격도 나빠진다며 서둘렀다는 겁니다. 아버지는 자녀들에게 한 번도 '사랑한다'고 말씀하신 적이 없지만 아이들이 다치거나 아플까 봐, 또 몸에 흉터가 남을까 봐 늘 신경을 썼습니다. 아이들이 넘어져 무릎을 다칠까 봐 어머니에게 무릎보호대를 만들어주라고 하시기도 했습니다. 요즘엔 그런 물건을 아예 만들어 팔지만 당시엔 그런 물건이 없었을 뿐만 아니라 그런 데 신경 쓰는 아버지도 드물었습니다.

오래전 제 막내 동생이 수술받던 일이 떠오릅니다. 배가 심하게 아파 동네 의원을 찾아간 동생에게 머리가 하얀 의사는 '오늘 밤에 좀 더 지켜보자'며 진통제 주사를 놓았습니다. 다음 날 아침 동생의 고통은 줄었지만 뭔가 이상했습니다. 종합병원에 실려 간 동생은 맹장염이 터져 복막염이 되었다는 진단과 함께 수술을 받았는데, 복막염으로 인한 고열을 내리고 수술을 해야 해서 꽤 긴 시간이 걸렸습니다. 그때 수술실 앞에 꼼짝 않고 앉아 계시던 아버지가 생각납니다. '입술이 탄다'는 말이 사실임을 그날 아버지의 입술이 까맣게 타 들어가는 것을 보며 확인했습니다. 아버지는 한 번도 동생을 사랑한다고 말씀하신 적이 없지만 저는 아버지의 입술을 보며 아버지가 동생을 끔찍이 사랑하신다는 걸 깨달았습니다. 그런데 아버지는 우리만 사랑한 게 아니었습니다. 아버지가 세놓은 작은 건물의 임대료는 동네에서 제일 낮았습니다. 누가 임대료를 올리라고 하면 "그러면 저 사람들은 언제 집을 사느냐?"고 반문하셨답니다.

그런 아버지가 어느 날 제게 남에게 주는 것을 절제하라고 하실 때는 왜 그러시는지 이해가 되지 않았습니다.

"많이 준다고 좋은 것이 아니다. 네가 십만 원을 주고 싶으면 칠만 원을 주어라. 네가 오만 원을 주고 싶으면 삼만 원만 주어라. 그래도 받는 사람은 네 마음을 알 것이다."

그러나 저는 그 말씀을 따르지 않고 주고 싶은 대로 주었습니다. 그리고 한참 시간이 지난 후에야 아버지의 말씀이 옳았음을 깨달았습니다. 저는 십만 원을 주고 싶으면 남에게 빌려서라도 십만 원을 주는 식이었는데, 그렇게 살다 보니 사는 게 너무 힘들기도 하고 부자로 오인받는 일도 많았습니다. 지금도 주는 것을 좋아하지만 제 분수에 맞게 주려고 애쓰고 있습니다.

성공과 행복에 대한 네 생각, 내 생각

'성공'의 사전적 의미는 '목적하는 바를 이루다'이지만 사람마다 다른 정의를 내릴 수 있겠지요. 제 아버지처럼 굶기를 밥 먹듯 하던 사람에겐 하루 세끼 밥만 먹어도 성공일 수 있고, 오늘의 한국처럼 젊은이의 비명횡사가 많은 사회에서는 나이 들어 자연사하는 것도 성공일지 모릅니다. 사람들은 대개 '성공'해야 '행복'하다고, 성공은 행복의 전제 조건이라고 말합니다.

요즘 텔레비전에는 분노한 어머니들의 모습이 자주 보입니다. 자녀를 성공시켜 행복하게 살게 하려고 일류 대학 입학생을 많이 배출하는 '자사고(자율형사립고)'에 넣었는데 새로 당선된 교육감이 자사고를 폐지하려 해 성난 어머니들도 있고, 중고생들의 아침 등교 시각을 9시로 늦췄다고 화내는 어머니들도 있습니다. 그 어머니들이 자녀를 '사랑'하는 건 틀림없겠지만 과연 그들의 '사랑법'이 옳은지는 의문입니다. 그들이 생각하는 성공은 무엇인지, 그들이 정말 자녀들을 위해서 그러는 건지, 그 어머니들이 생각하는 성공과 행복이 자녀들이 생각하는 성공과 행복과 일치하는지 궁금합니다. 아이들 중 몇이나 자기 어머니가 말하는 성공과 행복을 꿈꿀까요? 어머니가 말하는 성공과 행복을 꿈꾸는 아이가 있다면 우선 그 아이가 정상인지 따져보아야 합니다. 밥도 제대로 해주지 않으면서 '성적'만을 외치는 어머니들에게 제 아버지가 자신의 책에 쓴 말씀을 전하고 싶습니다.

자녀교육은 애정이나 열성만으로 되는 건 아니다. 아이의 개성과 능력과 환경과 현실과 미래를 분석해서 방향을 설정하고 알맞은 방법을 써야 한다. 100년 전까지만 해도 봉건적 계급사회였기 때문에 공부 잘해서 장원급제하여 지방현감만 되어도 3권을 휘두르는 권력을 가졌으나, 지금은 민주주의와 자본주의 사회가 되어 일류 대학의 박사나 판검사가 된다 해도 자기가 맡은 직책 수행 이상을 관심 두는 것은 월권이 될 뿐 아니라, 감투가 아무리 높고 커도 돈의 힘을 당하기는 어려운 세상이다. 그런 세상이니 공부하기 싫어하는 아이에게는 억지로 공부시키려 하지 말고 자기가 하고 싶은 전문인으로 키워주는 게 아이의 탈선을 막는 길이라 생각한다.

또한 고등학생 시절까지는 꼭 필요하다고 생각될 때 본인과 대화한 후 본인의 동의를 얻어 교육적 매를 때리는 게 큰 효과를 가져온다. 이때의 매질은 절대로 흥분하지 말고 약속한 횟수만 종아리를 때리되 반드시 참기 힘들 만큼 아프게 때려야 한다. 자녀 때문에 화가 났을 때는 절대로 매를 들어서는 안 된다. 그리고 아이들에게 잔소리를 해서는 안 된다. 꼭 해야 할 말을 요약해서 해주는 게 좋다.

저는 아버지에게 맞아본 적이 없지만—어머니에게 맞은 적은 있습니다—제 동생 하나는 고등학교에 다닐 때 아버지에게 종아리를 맞은 적이 있다고 합니다. 동생이 학교 공부를 너무 등한히 해서 성적이 계속 하위권에 머물자 아버지는 동생과 그 문제에 대해 얘기를 나눈 후 동생의 동의를 얻어 종아리를 때렸다고 합니다. 그 후 동생의 성적은 일취월장하여 소위 명문으로 불리는 대학교에 진학할 수 있었습니다. 이제 중년이 된 동생은 지금도 가끔 그때 일을 얘기하며 "그때 아버지한테 매를 맞지 않았으면 대학에도 못 갔을 거"라고 웃습니다.

위에 인용한 아버지의 글은 한마디로, 부모는 '선택을 강요하는 사람'이 아니고 '선택을 돕는 사람'이 되어야 한다는 뜻이겠지요. 아버지가 제 선택을 돕지 않았다면 저도 사회적으로 아주 다른 사람이 되었을 겁니다. 대학교 4학년 때 중고교 교사가 될까 신문기자가 될까 고민할 때 대부분의 어른들은 "여자가 무슨 기자를 해? 여자는 선생이 제일이지!"라고 말했습니다. 그러나 저희 아버지는 교사도 좋은 직업이지만 신문기자가 되어 '사회정의'를 실현하는 데 기여하는 게 어떠냐고 말씀하셨습니다. 저는 기자가 되었고, '2급 정교사' 자격증은 한 번도 써보지 못했지만 제 선택을 후회하지 않습니다.

아버지에겐 음악에 전념하기 위해 대학교를 중퇴한 손자가 있습니다. 무명 음악인인 손자가 서른이 넘은 어느 날 아버지께서 그 손자를 불렀습니다. 아버지는 왜 음악인으로 살려 하는지, 다른 사람들처럼 살면서 취미로 음악 활동을 할 수는 없는지 물으셨습니다. 손자가 깨어 있는 시간 내내 음악을 생각한다는 걸 솔직하게 말씀드리자 아버지는 "네가 음악에 단단히 미쳤구나. 어떤 것에 미쳤을 땐 그것을 해야지. 하는 데까지 해봐라. 그런데 이게 아니다 싶을 땐 그만두어라. 지금까지 했는데 그만두면 남 보기 창피하다는 생각 때문에 마지못해 계속할 필요는 없다. 남 안 하는 걸 하는 것도 용기이지만, 더 할 필요가 없을 때 그만두는 것도 용기다"라고 말씀하셨습니다.

그렇다고 아버지가 처음부터 자녀의 선택을 존중하여 개입하지 않은 것은 아닙니다. 저도 그렇지만 나이 든 사람들은 대개 젊은 시절에 세운 가치관으로 평생을 삽니다. 그 가치관엔 자기 시대의 정신과 관습이 배어 있습니다. 그러다 보니 '아무리 훌륭한 사람도 자기 세대의 가치관으로부터 자유롭지 못하다'는 말이 나왔겠지요. 아버지도 한 번 실수하신 적이 있습니다.

제겐 아주 어려서부터 그림 그리기를 좋아한 아우가 있는데 아버지는 그 아우를 이해하지 못했습니다. 다른 형제들은 모두 책을 읽는데 너는 왜 그림만 그리느냐며 야단치고 못 그리게 한 적도 많았습니다. 하지만 아우는 타고난 화가였습니다. 아침에 눈뜰 때부터 잠자리에 들 때까지 그림을 그리더니 결국 미술대학에 진학했고 지금은 화가로, 일러스트레이터로 자리를 잡았습니다. 아버지는 아우가 대학에 간 후 그 일을 크게 반성하셨고, 아우가 결혼 후 미술 공부를 계속하려 대학원에 진학할 때는 등록금을 보태주기도 하셨습니다.

어쩌면 아버지가 지금 인디뮤지션인 손자를 격려하는 것도 '저 좋아서 하는 일은 막을 수 없음'을 아우의 경우에서 절감하고 실수를 되풀이하지 않겠다고 결심하셨기 때문인지 모릅니다. 이유야 어떻든 1920년대에 태어난 어른 중 몇이나 아버지처럼 변화하는 시대를 이해할지, 혹은 이해하려 노력할지 궁금합니다. 저는 바로 이 점이 아버지의 '성공'을 말해준다고 생각합니다. 오래전 머그컵에 쓰인 '성공은 하고 싶은 일을 하는 것Success is doing what you love'이라는 말을 보고 참 좋은 정의라고 생각했지만 이젠 '성공'의 정의를 바꿔야 할 것 같습니다. 하고 싶은 일을 하는 것도 성공이지만 '실수에서 배워 부단히 성장하는 것'이야말로 진정한 성공이라고.

아버지는 어린 시절 하도 굶주려 굶지만 않으면 좋겠다고 생각했는데, 이만큼 살게 되었으니 자신은 목표를 초과 달성한, 성공한 인생이라고 말씀한 적이 있습니다. 그러면서 그렇게 성공적인 삶을 살게 된 건 '행운'이라고 했지만, 그분의 일생을 다소나마 아는 저로서는 그 일생을 '행운'이라 부를 수 있는 건지 의심스럽습니다. 오히려 언젠가 바스티유 오페라 총감독으로 취임한 정명훈 씨가 인터뷰에서 했던 말이 더 설득력 있게 들립니다. 그는 동양인 최초로 총감독이 되었으니 운이 좋은 것 아니냐는 질문에 '운도 실력이다'라고 답했습니다. 저는 그 말이 옳다고 생각합니다. 좋은 기회를 맞는 건 운일지 모르나 기회가 왔을 때 그것을 자기 것으로 만드는 건 바로 그 사람이고 그 사람의 실력입니다. 아무리 좋은 기회가 와도 준비가 되어 있지 않으면 기회를 포착할 수 없으니까요. '행운'이라는 말은 어쩌면 성공한 사람들이 자신의 성취를 겸손하게 표현하기 위해 사용하는 말일지 모릅니다.

발

날이 더워지니 양말을 신지 않고 다니는 사람이 많습니다.
추울 땐 잊혔다가 여름 되어 드러나니
발이 제일 좋아하는 계절은 여름일지 모릅니다.

몸의 13분의 1밖에 안 되는 작은 발,
신발에 갇힌 채 무거운 몸을 나르면서도 불평하는 법이 없고,
정 힘들면 눈물 같은 땀을 흘리는 게 고작입니다.
빨리 걸을 땐 체중의 1.5배,
조깅을 할 땐 체중의 두 배 무게가 발에 실린다고 합니다.

세상의 소리와 화려한 볼거리를 좇는 사람의 발은
마음에 정한 길을 가는 사람의 발보다 오래, 힘들게 일해야 합니다.

더구나 요즘처럼 여행이 유행하는 시대에는
발의 고생이 이만저만이 아닙니다.

머리로는 지구 끝까지 갈 수 있는 사람도
발이 없거나 아프면 문밖을 나서기조차 어렵습니다.
그러니 자유를 소중히 여긴다면 발을 아껴야 합니다.
애인이 있는 사람도 발을 잘 건사해야 합니다.
그래야 애인이 부를 때 바로 달려갈 수 있으니까요.

더운 날 더러운 거리를 돌아다닌 발,

찬물에 담그고 쓰다듬어주십시오.
때로는 발에게도 휴식을 주시면 어떨까요?
가만히 앉아 발처럼 침묵해보는 것도 좋겠지요.
늘 우리의 말을 들어주는 발,
가끔은 그의 말을 들어주어도 좋지 않을까요?

인맥을 관리하라고?

앞에서 얘기한 대로 아버지는 일흔 살에 『홀로 걸어온 길, 함께 가야 할 길』(서해문집, 1994)이라는 제목의 자서전을 출간했습니다. 사전에는 '자서전自敍傳'의 뜻이 '자신의 생애와 활동을 직접 적은 기록'이라고 나와 있지만 유명 인사들 중에도 자서전을 직접 쓰는 사람은 드뭅니다. 글 잘 쓰는 사람에게 돈을 주고 대신 쓰게 하다 보니, 말만 '자서전'이지 '타서전'인 셈입니다. 그러나 아버지는 직접 썼습니다. 비록 글 잘 쓰는 막내딸이 다듬고 정리하긴 했지만 첫 원고는 손수 쓰셨습니다.

아버지는 그 책에서 '자랑할 만한 학벌도 경력도 없는 사람'이 자서전을 쓴 이유는 자식들이 '아버지의 상처투성이의 인생 기록이 많은 사람들의 삶에 도움이 될 거'라며 설득했기 때문이라고 밝히고, 학벌과 경력 부족인 자신의 삶이 드러나 자식들에게 누가 되지 않을까 염려합니다. 우리나라와 같은 학력 과잉, 학벌 과잉 사회에서 초등교육 2년이 학력의 전부인 아버지가 얼마나 외롭고 고단하게 살아왔을지 상상하기는 어렵지 않습니다. 책을 좋아하셨으니 지성의 목마름은 독서로 해소하고, 신문과 방송을 통해 시사를 파악하고 동시대인들을 이

해한다 해도, '동창'들로 이루어진 거미줄 인맥 사회에서 학연 없이 살려면 참으로 외로웠을 겁니다. 게다가 무녀독남 외아들로 형제도 없으니까요.

언제부턴가 우리 사회에서는 '인맥관리'를 잘해야 한다, 네트워킹을 잘해야 한다는 말이 유행합니다. 인터넷에는 '성공은 인맥관리에서 온다'는 말과 함께 '인맥관리 10계명', '인맥관리 18계명' 같은 것이 떠돕니다. 취직을 잘하려면 '인맥관리'를 잘해야 한다고 이름난 사람에게 다가가는 대학생들도 있습니다. 그러다 보니 사람을 만나면서 '내가 지금 잘하고 있는 건가, 이 사람을 만날 시간에 다른 사람을 만나는 게 낫지 않나' 하는 생각을 하는 사람들이 많습니다. 누군가와 악수를 하면서 더 중요한 사람을 빠뜨린 거 아닌가 하고 그 사람의 어깨 너머를 보는 사람들도 흔합니다. '인맥관리'를 잘하기 위해 여러 단체나 모임에 가입하는 사람들도 있습니다. 만나고 싶어서 만나는 게 아니고 '언젠가 내게 도움이 될지 모르니 관리'하는 것이지요.

그러나 저 같은 사람은 '인맥관리'엔 젬병입니다. 약한 체질을 타고난 탓에 외출을 자주 하면 몸져눕는 일이 흔하고, 마음이 불편한 사람과 밥을 먹으면 소화불량에 걸려 식사를 사교에 이용하기도 쉽지 않습니다. 그러니 제가 먼저 누군가에게 만나자고 하는 일은 '가뭄의 콩'처럼 드물고, 누군가가 만나자고 연락을 해와도 가능한 한 외출할 일을 만들지 않으려 합니다. 주변 친구들 중엔 '너처럼 살면 외로워진다'고 충고하는 사람들이 있습니다. 그들이 진심으로 저를 걱정해서 그런 말을 해준다는 걸 알지만 타고난 체력이 있으니 그들처럼 살 수는 없습니다. 그리고 그런 제가 걱정될 때는 아버지를 생각합니다. 아버지는 외아들인데다 가난으로 일찍 학업을 중단해서 동창도 없으니다. 물론 바깥일을 하면서 수없이 많은 사람들을 만나셨겠지만, 자신의 생각이 분명하고 그 생각을 분명하게 밝히다 보니 '친구'만큼 많은 '적'을 갖게 되셨을 겁니다. 요즘 기준으로 보면 참 외로운 일생이고, '인맥관리'에 실패한 삶일지 모릅니다.

그런 아버지이지만 예순을 넘기며 월급 받는 사람이 되어 아흔이 될 때까지 봉급생활자 노릇을 했습니다. 아흔이 된 후에도 회사에서는 나가란 말을 하지 않았지만 아버지는 스스로 그만두었습니다. '이제 나이가 너무 많아 월급을 받기가 미안하다'는 게 이유였습니다. 사람들은 그런 아버지를 보고 성공했다고 하지만, '세습경제국가'로 불리는 한국에서 물려받은 유산도 없고, 동창을 비롯한 '인맥'도 없이 '성공'한 아버지의 비결이 무엇인지 궁금합니다. 제가 보기에 그건 아버지 스스로 키운 통찰력과 실력입니다. 인맥을 관리하는 데 쓸 시간과 노력을 자신의 지식과 지혜를 함양하는 데 쓴 것이지요.

'인맥관리'라고 하지만 사람은 '관리'의 대상이 아닙니다. '관리'되는 사람은 결코 친구가 될 수 없습니다. 내 명함을 보고 나에게 다가오는 사람은 내가 명함을 잃으면 떨어져 나갑니다. 깊은 산중에서 평생 면벽좌선面壁坐禪하는 스님에게 사람들이 찾아가는 건, 그 스님이 인맥관리를 잘해서가 아닙니다. 그 스님에게 다른 사람들에게 없는 힘이 있기 때문입니다.

혈연관계를 제외하면 인간관계는 결국 일로 맺어지고 유지되는 관계와 우정, 이 두 가지로 정리할 수 있습니다. 일로 관계를 맺고 그 관계를 유지하려면 실력이 필요하고, 우정을 키우고 싶으면 진심이 필요합니다. '인맥관리'로 유지되는 관계는 그 관계를 이룬 사람들이 자신이 '관리 대상'이었음을 자각할 때 와해되기 쉽고, 그 경우 '인맥관리'

를 하던 사람은 외로워집니다. 외롭지 않으려면 실력과 진심으로 사람을 대해야 합니다. 사람들은 일할 때는 실력 있는 사람을, 친구를 사귈 때는 진심으로 대하는 사람을 찾으니까요.

추석

햅쌀을 사고 토란을 벗기고
송편을 빚고 전을 부치며
토란국을 좋아하시던 할머니
깨 송편을 좋아하시던 할아버지를 생각합니다.

가신 임들 무덤과 주변의 풀을 깎다 보면
꼭 그분들의 머리를 깎는 것 같습니다.
무덤 앞에 두루 모여 절을 올리면
재잘거리던 새들도 잠시 조용합니다.

영혼이 어디 있느냐고
차례 상을 차리면 죽은 사람이 와서 먹느냐고
합리적으로 생각해보라고 하는 사람들이 있습니다.

신이 누군가를 편애한다면 신이 아니겠지만
사람은 누구나 제 가족을 편애합니다.
그러니 신에게 기도하며 복을 비는 것보다는
추석날 차례 상 앞에서 조상의 사랑을 구하는 것이
훨씬 합리적이지 않을까요?

이 세상 사람들과 저세상 사람들이 만나고,
세상 곳곳에 흩어져 있던 가족들이 만나는 명절,
추석은 반가운 해후의 날이지만

남자들은 편히 앉아 술잔을 기울이고
여자들만 부엌에서 기름 냄새를 맡는다면
추석은 절반의 명절이겠지요, 인구의 절반은 여성이니까요.

남녀노소 합심하여 차례를 지내고
추석 보름달을 향해 소원을 빌어보세요.
차례 상에 감동하신 조상님들이 그 소원을
틀림없이 이루어주실 테니까요.

종교 없이 살 수 있을까?

스님 얘기가 나온 김에 종교 얘기를 해보지요. 국교는 없지만 이 나라는 종교국가입니다. 각 종교기관이 집계한 통계를 보면 신자의 수가 국민의 수를 넘는 기현상이 벌어지기도 합니다. 우리나라처럼 종교인 양성 기관이 많고, 우리나라 신도들처럼 자주 종교기관을 찾는 나라는 드물 겁니다. 또한 우리나라처럼 각 기관마다 등록 교인의 수가 많은 나라도 없을 겁니다. 그러니 이 나라를 종교국가라고 불러도 되겠지요.

『원불교 대사전』에 따르면, '종교宗教'라는 한자의 뜻은 '으뜸 되는 가르침', 또는 '인간 삶의 근본법도'로 보통 '도道'라고 부르는 것이고, 불교가 말하는 종교는 '근본진리에 대한 다양한 가르침'이라고 합니다. 세계인의 백과사전으로 불리는 위키피디아 영문판에 보면, '종교'를 뜻하는 영어 'religion'은 라틴어 'religio'에서 유래했다고 합니다. 키케로Cicero는 그 말이 'relegere'에서 온 것으로 '엄숙히 집행된 의례'를 뜻한다고 보았으며, 북아프리카 태생의 기독교 호교가護教家인 락탄티우스Lactantius는 그 말이 'religare'에서 온 것으로 '신과 인간을 다시 결합시키는 것'을 의미한다고 했다고 합니다.

요즘 신자들을 관찰해보면, 락탄티우스의 해석보다 키케로의 주장에 무게가 실립니다. 초기 기독교 학자인 락탄티우스가 활동하던 서기 3~4세기 로마제국의 신자들은 '신과 인간의 재결합'을 추구했을지 모르나, 오늘날의 신자들에게 신은 우러러볼 대상이긴 해도 한 몸이 될 수 있는 상대가 아닙니다. 그러나 키케로의 말처럼 모든 종교기관이 엄숙하게 의례를 거행하다 보니 그의 말이 더 설득력을 갖는 것이지요.

종교를 치부致富나 영달榮達의 수단으로 이용하는 사람들도 있지만, 대개의 신도들은 사는 게 힘들어서 종교에 귀의하는 것 같습니다. 가장이 은퇴한 후 퇴직금을 어떤 회사에 투자했다가 그 회사가 망해 살림이 어려워지자 종교의 신자가 된 가족이 있는가 하면, 식구 중 누군가가 중병에 걸리자 종교에 귀의하여 쾌유를 기원하는 사람도 있습니다. 위에서 얘기한 라틴어 'religio'의 의미 중에 '성스러운 것, 즉 신들에 대한 존경'이 있는 것을 보면, 역경에 처한 인간이 신들을 존경하며 그들의 힘을 빌려 역경을 벗어나고자 하는 걸 이해할 수 있습니다.

또 하나 종교적 믿음을 받아들이는 이유는 원하는 것을 이루기 위해서인 것 같습니다. 아들딸이 좋은 대학에 합격하게 해달라고 새벽기도를 다니거나 새벽예불에 가는 사람이 적지 않고, 큰 물질적 축복을 받게 해달라고 종교기관을 찾는 사람도 있습니다. 힘들어서 종교를 찾는 사람과 원하는 것을 이루기 위해서 종교를 찾는 사람은 종교를 '기복祈福'의 수단으로 본다는 면에서 동류입니다.

대부분의 신자들이 '기복'을 위해 종교기관을 찾을 때 소수의 신자들은 '진리'를 찾아 종교에 귀의합니다. 앞에서 얘기한 '으뜸 되는 가르침'이나 '인간 삶의 근본법도'를 알고 싶어 종교기관을 찾는 것이지요.

안타깝게도 우리 주변의 종교기관에는 '기복' 신자들이 많다 보니 이런 '진짜' 신자들을 만나기가 어렵습니다.

최근에 눈에 띄게 늘어난 신자들도 있습니다. 바로 은퇴자들입니다. 생활전선에서 은퇴하며 명함과 직함을 잃은 사람들이 새로운 직함과 명함을 얻기 위해, 또 은퇴 후 갑자기 한가하고 외로워진 시간을 채우기 위해 종교기관에 출석하는 것이지요. 이렇다 보니 많은 사람들에게 신자로 산다는 것은 '기복'과 '사교'를 겸하는 활동이 되었습니다. 물론 '사교'가 '사업'으로 이어지는 경우도 적지 않습니다. 자영업을 하려면 교회나 절에 다녀야 한다는 말도 있습니다. 동료 신자들과 그들이 알음알음 소개해주는 손님들이 사업의 성패를 가른다는 것이지요.

이런 상황에 비추어 볼 때, 가난해서 학교도 다니지 못하고 형제도 없는 제 아버지야말로 신자가 되어야 할 사람이지만 아버지는 신자가 아닙니다. 곤궁한 살림 속에서 존재론적 질문과 씨름하던 젊은 시절, 아버지도 교회에 나가보신 적이 있는데, '왜'냐고 따지지 말고 '그냥 믿으라'는 말이 이상했을 뿐만 아니라, '아무리 착하게 살아도 교회에 다니지 않으면 천당에 못 간다'는 말을 납득할 수 없었다고 합니다.

그러나 아버지는 무신론자는 아닌 것 같습니다. 자서전에도 자신은 '선악을 공정하게 감시하는 신은 존재'한다고 믿고 살았다고 쓰여 있습니다. 그럼에도 불구하고 특정 종교에 몸담지 않은 이유는 "종교단체가 인간의 정신적 안식을 위한 교화 사업보다 단체의 외형과 건물 등에만 신경을 쏟아, 교인들의 물질적 부담을 가중시키고 교인 간에 위화감과 헌금 경쟁을 유발하여 심지어는 가정 파탄까지 초래하는 것을 보았기 때문"이라고 합니다.

아버지는 자녀들에게 '선악을 공정하게 감시하는 신은 존재'한다는 믿음을 강요하지 않았지만, 우리 형제들은 암암리에 '바르게 살면 복을 받고 나쁜 짓을 하면 벌을 받는다'고 배웠습니다. 또한 선택의 기로에서 '무엇이 이익인가?'보다 '무엇이 옳은가?'를 먼저 생각해야 한다는 것도 배웠습니다. 오늘날 세상엔 옳은 것보다 이익이 되는 일을 추구하는 사람들이 많고 그런 사람들이 부자가 된다고 하지만 저는 그런 사람들이 별로 부럽지 않습니다. 이익을 따지는 건 복잡하고 어렵지만 '옳은가?'를 따지는 건 쉽고, 그렇게 살다 보면 삶이 복잡해지지 않습니다. 선택이 모여 삶이 되니까요.

요즘 부모들 중에는 기독교나 불교 등 종교에 대해 제대로 공부하지도 않고, 소위 커넥션을 만들기 위해서 교회나 절에 가거나, 세속적 목적, 즉 시험에서 합격하거나 회사에서 승진하기 위해 새벽기도를 다니는 사람들이 많고, 그들은 자녀들에게까지 이 맹목적 기복 습관을 심어주고 있습니다. 그런 사람들에게 20세기 최고의 지성으로 일컬어지는 버트런드 러셀Bertrand Russell의 책을 권하고 싶습니다. 영국 명문가에서 태어난 러셀은 두 살 때 어머니를 잃고 네 살 때 아버지마저 사망한 후 할머니의 손에 자랐습니다. 그는 훗날 할머니에게 가장 감사하는 것은 자신에게 어떤 종교도 강요하지 않고 스스로 생각할 수 있게 해준 것이라고 회고했습니다. 저는 러셀처럼 훌륭한 사람은 아니지만 저를 특정 종교의 신자로 만들지 않으신 아버지에게 늘 감사합니다.

아래의 문단들은 아버지의 자서전 개정판(200~203쪽)에서 인용한 것으로 아버지의 종교관을 나타냅니다. 말없음표는 생략된 문장이 있음을 뜻합니다. 개정판은 아버지가 80세 때 출간되었습니다.

인간에게 가장 두려운 것은 자기 자신의 두뇌 속에서 작동하는 오욕적 갈등과 양심의 매질이다. 불교나 기독교에서는 인간의 사후에 대한 해설이 많다. 허나 인간이 악행을 하면 죽기 이전에 정신적 벌을 받고 육체적 지옥생활을 하게 되는데, 설사 법률적인 감옥생활은 면한다 해도 정신적으로 받는 양심의 죄책감은 면할 수 없는 것이 만물의 영장인 인간의 영적 작용이다.

한국의 일부 기독교파에서는 이 세상에서 아무리 선하고 착하게 살아도 예수를 믿지 않고 교회에 나오지 않으면 천당에 가지 못한다고 설교한다. 그의 설교를 액면 그대로 들으라 한다면 그것은 그의 신을 크게 모독하는 말이다. 그가 말한 대로 그의 신이 전지전능할 정도로 위대한 신이라면 자기에게 충성했다고 악인을 후대하고 자기에게 충성하지 않았다고 착하고 선량한 사람을 냉대하겠는가? 그런 식의 설교는 중세에나 통하던 방법이 아닐까…….

결론적으로 신의 유무는 살아 있는 인간이 있다고 생각하면 있고 없다고 생각하면 없는 것이다. 그렇기 때문에 신을 인정하는 사람일지라도 신이 사람을 지배하는 게 아니라 사람이 신을 숭배하는 사람이 되어야 한다…… 신이 있든 없든 정신과 영혼과 육신이 살아 움직이는 인간이기에 악행을 하면 반드시 스스로 괴로운 벌을 받게 마련이다. 죽어서 천당이나 극락에 가기 위한 종교생활보다 살아 있는 동안 신을 두려워하고 신의 가호를 받는 사람으로 살려고 노력해야 할 것이다…… 요즘처럼 사회가 악화되는 데는 1차적인 책임이 종교 지도자에게 있고 두 번째가 정치인에게 있다. 이유인즉, 인간 심성을 순화

시키고 정신생활을 어루만져줘야 할 종교계가 어느 분야보다도 황금
경쟁을 부추겨 '인성을 더욱 황폐화시키고 있기 때문이다······ 현실을
개개인의 책임으로 돌린다면 정치인이나 종교인의 할 일이 무엇이겠
는가.

천당도 극락도 죽어서 가는 곳이 아니고, 살아 있을 때 악행하지 않
고 선하게 살면서 몸 건강하고 의식주 족하면 그것이 극락이고 천당
이다. 혹자는 죽은 뒤에 지옥도 천당도 없으니 제 욕망을 채우기 위해
살인강도를 해도 된다고 착각하는 자들이 있다. 그러나 내가 80년 동
안 살아오면서 수없이 목격한 것은, 이 세상에서 악한 행동으로 이익
을 취하거나 목적을 달성한 자들은 반드시 자기 행동의 몇 배 고통을
받으며 비참해지며, 그 본인이 아니면 후손이라도 그렇게 된다는 것
이다.

아버지의 사무실에 들르는 손님 중에 이 장로님이라는 분이 있었습
니다. 그분은 강남에 있는 큰 교회의 장로님으로 아버지와는 주식 투
자에 관해 얘기하다가 친해졌다고 합니다. 늘 평화로워 보이는 아버지
가 궁금했던 이 장로님은 아버지에게 종교적 믿음이 있는가 물었고,
그렇게 해서 두 분은 종교 얘기를 나누었다고 합니다. 이 장로님은 죽
은 후에 가는 천당과 지옥이 있는지 없는지 확실히 알 수는 없지만
혹시라도 있다면 지금 교회를 다녀야 갈 수 있지 않겠느냐고 묻더랍
니다. 아버지는 만일 죽은 후에 가는 천당이 있어 자신에게 천당에 가
라 하면, "나는 살아서도 행복했는데 죽어서까지 천당에 가는 건 옳
지 않다. 천당은 살아 있는 동안 불행했던 사람들에게 양보하겠다"고

답했다고 합니다. 이 장로님은 아버지의 진심을 느꼈고, 그 후로도 두 분의 우정은 계속되었습니다. 저는 아직 천당을 양보할지 어떨지 마음을 정하지 못했지만 아버지만큼 공정한 사람이 되고 싶습니다.

결혼, 할까 말까?

　요즘 젊은이들 중엔 '너무 바빠서' 혹은 돈이 없어서 연애나 결혼을 할 수 없다고 말하는 사람들이 많습니다. 그렇지만 연애나 결혼이 방해가 되는 일을 평생의 업으로 선택한 사람이 아니라면 연애도 하고 결혼도 해보라고 권하고 싶습니다. 연애와 결혼에 특별한 의미가 있어서가 아니라 아주 오래전부터 인류의 중요한 관심사였던 만큼 그것을 해보면 인간을 이해하는 데 도움이 될 것 같아서입니다. 결혼은 몰라도 연애는 인간을 포함한 포유류 모두에게 자연스러운 것입니다. 언제부턴가 중매가 사업이 되어 결혼정보업소들이 호황을 누리고 있지만 그런 업소들을 통해 결혼하는 건 권하고 싶지 않습니다. 한마디로 그건 연애라는 중요한 과정을 생략한 채 조건과 조건을 맞추는 '거래' 같아 보이니까요.

　저는 고등학교 때까지는 연애를 해본 적이 없지만 대학에 다닐 때는 제법 인기가 있었습니다. 훗날 생각해보니 그건 제 정신과는 아무 상관없는 '태도' 때문이었고, 그런 태도를 갖게 된 건 아버지 때문이었습니다. 아버지는 사내아이는 사내답고 여자아이는 여자다워야 한다고 하셨는데, 아버지가 생각하는 '여자다움'은 말이나 행동이 거칠지 않고 부드러운 것을 뜻했습니다. 아버지는 딸의 일거수일투족을 관찰하고 조언을 하시곤 했는데, 그중에는 머리글에서 쓴 것처럼 다리가 가느니 검은 스타킹을 신지 말라는 조언도 있었습니다.

졸저 『시선視線』에도 쓴 적이 있지만, 아버지는 걸을 때 시선은 45도 아래를 보는 게 좋다고 하시고, 남자가 뒤에서 부를 때는 고개만을 돌리지 말고—고개만 돌리면 목이 보기 좋지 않게 휘어지니까—몸 전체를 돌려서 보거나, 남자가 올 때까지 기다리라고 했습니다. 사랑하는 남자가 생기면 되도록 그 남자가 오게 하고 만나는 장소를 제게 가까운 장소로 정하라고 했습니다. 긴 여행을 하는 쪽이 더 큰 열망을 갖게 된다는 것이지요. 중요하지 않은 일에서 남자를 이기려고 하지 말라고도 했습니다. 남자는 자기가 틀린 것을 알면서도 자존심 때문에 우기는 적이 많으니 사소한 일에서 남자를 이기려 하지 말라고 했습니다.

한마디로 아버지는 딸에게 남성male의 본성을 가르치셨던 겁니다. 원시시대부터 사냥을 통해 원하는 것을 얻었던 남성은 땅에 떨어진 것이나 쉽게 손에 들어오는 것보다는 얻기 어려운 것을 갖고 싶어 한다고 합니다. 그러다 보니 대개의 남성은 남자에게 관심이 많고 남자를 쫓아다니는 여자보다는 남자 아닌 다른 것을 추구하는 여자를 더 좋아하게 되는 것이지요.

제가 의식적으로 아버지의 조언을 외워서 실행한 것은 아니지만, 그 구체적인 조언들이 제 마음 어딘가에 남아 있다가 제 일거수일투족을 통해서 뭇 남학생들의 관심을 끌었을지 모릅니다. 예나 지금이나 딸은 아버지를 통해 남자를 배우고 아들은 어머니를 통해 여자를 배웁니다. 아버지와 비슷한 점을 가진 남자를 남편으로 삼는 여자가 많고,

어머니와 비슷한 여자를 아내로 삼는 남자가 많은 것은 바로 그 때문이겠지요.

오늘날 한국의 아버지들은 그런 점에서 실패하고 있습니다. 아버지들이 '돈 벌어 오는 기계'로 전락하는 바람에 어머니들이 자녀들의 양육과 교육을 전담하는 일이 흔합니다. 그러다 보니 육아가 힘들다고 하소연하는 어머니들이 많은 게 당연합니다. 살림하는 것만으로도 힘든데 자녀들의 양육까지 홀로 맡아야 하니 지칠 수밖에 없습니다. 돈 벌어 오느라고 지친 아버지와, 살림과 육아를 전담하느라 지친 어머니들이 만나면 싸우긴 해도 대화는 하지 못합니다. 그러다 보면 아버지는 '돈 벌어다 주는 아저씨'나 가족 안의 '섬'이 되어 겉돌고, 외롭고 지친 어머니는 거칠거나 사나워지기 쉽습니다. 사나운 어머니 아래서 자라는 아들은 분노하거나 주눅 들거나 여성스러워지고, 사나운 어머니 아래서 자라는 딸은 어머니처럼 사나워지거나 남자를 우습게 보는 여자가 됩니다. 사회적으로 남자와 여자는 평등하지만 생물학적으로 남성과 여성은 다릅니다. 그런데 지금 우리나라에서는 사회적으로는 남녀차별이 심하고 생물학적으로는 중성화가 심합니다.

며칠 전 '아름다운 서당'에서 함께 공부했던 대학생 친구를 만났더니 "남자애들이 다 마마보이 같아 사귀고 싶지가 않다"고 토로했습니다. 사귀자는 사람은 많지만 대부분 자신에게 의지하려고 해서 동등한 인격 대 인격으로 사귈 수가 없다는 겁니다. 제가 만나본 젊은이들도 비슷합니다. 젊은 여성 중엔 주관이 뚜렷하고 태도가 당당한 사람이 많은데, 젊은 남성들은 자신 없어 보이고 의사표시가 불분명한 사람이 많습니다. 그들이 성장한 집안 분위기를 반영하는 것이 아닐까 싶습니다. '엄부자모嚴父慈母'는 지나간 시대의 관습이라 해도, 아이의 양육과 교육은 부모가 함께해야 합니다. 아버지가 집에 일찍 들어가 어머니를 도우면 어머니가 사나워지지 않습니다. 아버지와 어머니가 아이들의 양육과 교육을 함께하면 아이들이 자연스럽게 어른다운 어른으로 성장하는 걸 배울 수 있고, 성인이 되면 부모님처럼 결혼해서 살고 싶다는 생각을 하게 됩니다. 오늘날 결혼하는 젊은이가 적은 것은 경제적으로 힘들기 때문만이 아니고 결혼이 행복한 결합으로 보이지 않기 때문이 아닐까요?

저도 젊은 시절에 결혼하지 않겠다고 마음먹었습니다. 아버지와 어머니가 하루가 멀다 하고 싸우셨기 때문입니다. 아버지는 카를 마르크스를 인용하시며 "인류의 역사는 투쟁의 역사라 우리가 이렇게 싸우는 거"라고 농담하시곤 했습니다. 부부싸움은 '칼로 물 베기'라지만 어린 시절 저는 매일 싸우는 부모님 때문에 집에 들어가기가 싫을 정도였습니다. 두 분은 관심사와 경향은 다르지만 똑같이 불같은 성격인 데다 자신이 옳다고 생각하면 뜻을 굽히지 않으니 싸울 수밖에 없었습니다. 연세가 많아지면서 격렬하게 싸우는 건 줄었지만 칠십 년 가까이 함께 산 부부치고는 불협화음이 잦습니다. 두 분을 쭉 지켜보며 둘 사이에 공통분모가 좀 더 많았다면 얼마나 좋았을까 생각한 적이 더러 있습니다. 함께 살아온 세월과 함께 나눈 경험이 두 분을 이어주지만, 두 분의 공통 관심사가 조금 더 많고 함께하는 일이 조금 더 많았다면 두 분은 조금 더 행복했을 겁니다. 따라서 아버지는 결혼에 관한 한 '교사'가 아니고 '반면교사'입니다.

제가 스무 살이 넘자 우리 집에서도 가끔 결혼에 대한 대화가 오갔지만 다른 집의 대화와는 많이 달랐습니다. 지금도 그렇지만 그때 이미 '사' 자 붙은 직업을 가진 사람을 며느리나 사위로 삼으려는 사람이 많았습니다. 그러나 아버지는 '사' 자 붙은 직업을 가진 사람은 안 된다고 하셨습니다. '법이 정치의 시녀'가 되었으니 판사, 검사, 변호사 등 법을 다루는 사람들은 안 되고, 생명을 구하는 일보다 돈을 벌려는 사람들이 '의사'가 되니 의사도 안 된다는 것이었습니다. '사' 자 붙은 직업 중에 교사만이 가능하지만 교사도 유치원 등에서 어린아이를 다루는 사람은 안 된다고 했습니다. "어린이를 가르치는 사람은 어른도 가르치려 들기 때문"이라고 하셨습니다.

제가 미팅에서 만난 남자와 만 삼 년을 사귀고 결혼한다고 하자 어머니가 심하게 반대했습니다. 남자가 너무 마르고 '빈티'가 나며—정말 가난했으니까요—아버지가 안 계신다는 게 반대의 이유였습니다. 예나 지금이나 집안에서 반대하는 사람과 결혼하는 것은 쉬운 일이 아닙니다. 고통스러운 나날을 보낼 때 아버지가 남자 친구를 불러 단둘이 한참 얘기를 나누었습니다. 그러고는 "사내가 사내다우면 됐지 뭐가 더 필요한가"라는 말로 어머니의 입을 막고 결혼을 승낙했습니다.

아버지가 사위나 며느리를 맞는 방식이 이렇다 보니 저희 형제들은 모두 자기의 의사에 따라 결혼했고, 부부싸움은 하되 이혼은 하지 않고 살고 있습니다. 어쩌면 그것도 '결혼에 관한 한 반면교사'인 아버지와 어머니의 영향 탓이 아닐까요?

사과는 지금 바로

'반면교사' 얘기가 나온 김에 또 하나 아버지의 '반면교사' 노릇을 공개하지요. 그건 아들과 딸을 차별한 것입니다. 아버지가 아버지 노릇을 하던 시대에는 '남녀차별'과 '남존여비'가 푸른 하늘처럼 당연한 것이었습니다. 요즘에는 아들과 딸을 차별하는 것은 현저히 줄었지만, 많은 부모들이 여전히 자녀들을 차별합니다. 아이가 둘인 집을 보면 대개 첫째 아이와 둘째 아이를 차별합니다. 차별하는 부모들은 자신은 차별하지 않는다고 말하지만, "나는 둘째 아이는 땀 냄새가 나도 좋은데 첫째 아이는 무슨 짓을 해도 싫어"라고 솔직하게 털어놓는 어머니도 있습니다. 재미있는 건 그런 어머니들이 아이들은 차별당하는 걸 모른다고 생각하는 겁니다. '속으로는 첫째가 싫어도 겉으로는 첫째와 둘째를 똑같이 대하니까' 첫째가 자신이 차별당하는 걸 모를 거라는 것이지요. 그러나 아주 둔하거나 바보가 아닌 이상 자신이 차별당하는 것을 모르는 아이는 없습니다. 그리고 그 차별의 기억은 아주 오래갑니다.

제게는 오빠 하나와 남동생 하나, 그리고 여동생 둘이 있습니다. 그러니 아버지에겐 아들 둘과 딸 셋이 있는데, 저는 하필 남자 형제들

사이에 끼어 가장 노골적인 차별을 받았습니다. 제 동년배들이 태어나 성장한 1950년대부터 1970년대까지는 '남아선호'가 일상화되어 있었고, 특히 맏아들은 집안의 기둥으로 인정받았습니다. 맏아들 노릇 또한 엄청난 부담을 수반하는 것이지만, 그 부담 못지않은 사랑과 관심을 받습니다. 제 오빠는 독자이자 집안의 장손인 아버지의 맏아들로서 무거운 부담을 지고 태어났고, 지금껏 묵묵히 맏아들 노릇을 해내고 있습니다. 저를 비롯한 모든 형제들은 그런 오빠에게 늘 감사하지만, 우리가 부모님으로부터 오빠보다 못한 대우를 받은 것은 사실입니다. 저와 여동생들은 남자 형제들과의 차별을 겪고, 제 남동생은 형과의 차별을 겪은 것이지요.

오빠는 대개의 '궂은일'로부터 자유로운 '귀한 장손'이었습니다. 무거운 짐을 나르는 일 같은 건 남동생과 여동생들이 했고—저는 몸이 약하다는 이유로 면제받는 일이 많았습니다—세무서를 가는 일처럼 사소하나 골치 아픈 일이 있을 때 아버지는 저를 찾으셨습니다. 제가 결혼을 하고 난 후에도 아버지의 차별은 계속되었습니다. 사위는 '백년손님'이라지만 아버지는 당신의 아들들과 제 남편을 차별했고, 저는 남편에게 미안할 때가 많았습니다.

또래 친구들과 얘기하다 보면 남자 형제들과 차별당한 기억 때문에 머리가 하얘진 지금까지도 괴로워하는 사람들이 적지 않습니다. 연세가 많은 부모님이 아직도 자신을 오빠나 남동생과 차별하는 얘기를 하며 눈물짓는 친구들도 있습니다. 어떤 친구들은 "부모님이 재산은 다 아들들에게 주고 아플 때는 나만 찾는다"고 불평하기도 합니다. '아무리 위대한 사람도 자신의 시대의 영향으로부터 자유롭지 못하다'는 말이 있지만, 지금 여든이 넘은 어른들에게 '남존여비'와 '남아선호'는 체질화된 관습인 것 같습니다. 그런 분들에게 아들보다 딸을 선호하는 요즘 젊은 부부들은 외국인이나 외계인처럼 보일지 모릅니다.

딸이라는 이유로 차별당한 것은 같지만 저는 친구들처럼 괴로워하거나 슬퍼하지 않습니다. 그건 아버지가 제게 '사과謝過'하셨기 때문입니다. 몇 년 전 아버지 댁을 대대적으로 수리하는 바람에 저희 집에서 지내시던 어느 날, 아버지가 말씀하셨습니다. 할아버지 대에 몰락한 집안을 일으켜 세우는 게 지상의 과제였는데, 집안을 일으키려면 아들이 잘되어야 한다고 생각해서 아들들에게 모든 것을 쏟다 보니 결과적으로 딸들을 차별했다는 것입니다. 눈물을 글썽이며 미안해하시는 아버지를 보니 어렸을 때 아버지와 함께 족보를 펼쳐 보던 일이 떠올랐습니다. 거기엔 오빠와 남동생의 이름만 있고 제 이름이 없었습니다. 서럽고 분한 마음에 눈이 젖는데 아버지가 말씀하셨습니다. "이건 옛날 책이라 이젠 소용없어. 요즘엔 호적등본이라는 게 있는데 거기엔 오빠 이름이나 네 이름이나 똑같이 쓰여 있어. 그러니 울지 마." 아버지의 말씀이 위로가 되어 마음을 가라앉힐 수 있었습니다.

제 친구들이 아직도 연로하신 부모님의 차별로 인해 마음 아파하는 건 그 부모님들이 제 아버지처럼 사과하지 않으셨기 때문일 겁니다. 일본의 진실한 사과가 없어 정상화되지 못하는 한국과 일본의 관계처럼, 부모와 자식의 관계를 비롯한 모든 관계에서 가해자의 사과와 피해자의 용서는 꼭 필요합니다. 세상에는 잘못을 저지르고도 사과하지 않는 어른들이 참 많습니다. 어른이 '내가 잘못하긴 했지만 이 나이에 사과하랴?' 하는 한, 그 잘못으로 인해 상처받은 사람의 상처는 치유되지 않습니다.

앞에서도 말씀드렸지만 제 아버지는 제 동생에게도 사과했습니다.

어려서부터 그림 그리기를 좋아하던 동생의 재능을 알아보지 못했던 아버지가 동생이 결혼 후 미술 공부를 계속하러 대학원에 진학할 때 등록금을 보태주며 미안해하신 것입니다.

누구나 실수하고 잘못을 저지릅니다. 불의에 맞서 싸우는 게 용기이듯 자신이 저지른 잘못을 인정하고 사과하는 것도 용기입니다. 저는 '반면교사' 아버지를 통해 사과가 얼마나 중요한지 배웠습니다. 잘못을 저지른 분들, 미루지 말고 사과하시기 바랍니다. 영원히 사는 사람은 없습니다. 사과를 미루다 보면 사과할 시간을 놓치게 되거나, 사과받고 용서해줄 사람이 영영 사라져버릴지 모릅니다.

감

시월이 오니 감마다 노을입니다.
작년엔 감나무마다 탐스러운 열매들이 다글다글했는데
올해는 열매도 적고 크기도 작습니다.

수십 년 세상살이에서 얻은 결론을 되새깁니다.
'사람은 선악을 따지나 우주는 균형을 지향한다'는 것이지요.
작년에 풍년 들어 많이 먹은 감,
올해는 조금 열렸으니 조금 먹으면 됩니다.

한쪽에선 세상이 악화일로라고 탄식하고
한쪽에선 세상이 아직 살 만하다고 웃습니다.
어떤 이는 사기꾼 천지가 되었다고 한탄하고
어떤 이는 아직 착한 사람이 많다고 감탄합니다.

선과 악, 사기꾼과 착한 사람, 그 총량을 달아보면
작년엔 많고 올해엔 적은 감처럼 균형을 이룰지 모릅니다.
그러니 중요한 건, 사기꾼과 착한 사람,
작년과 올해 열린 감의 개수가 아니고

내가 어떤 사람인가, 감이 잘 익었는가 하는 것이겠지요.
하루의 아름다움은 노을에 있고 시월은 한 해의 노을입니다.
알마다 어여쁜 감들처럼
겉모습과 속내 두루 아름답게 노을 지고 싶습니다.

존경받으며 나이 들기

존경의 원래 의미는 '우러러 받듦'입니다. 의미가 그렇다 보니 십대, 이십 대는 '존중'은 받아도 '존경'받긴 어렵습니다. 존경은 대개 나이 어린 사람이 나이 든 사람을 대하는 태도를 일컫지만 모든 노인이 다 존경받는 것은 아닙니다. 나이 든 사람들이 젊은이의 존경을 받는 것은 그들이 젊은이가 겪어보지 못한 일을 먼저 겪음으로써 젊은이들이 갖지 못한 지혜를 갖게 되었기 때문입니다. 간혹 지혜롭진 못하나 지식이 많은 사람들이 존경받는 일이 있긴 하지만 그때의 존경은 오래가지 못합니다. 존경을 받으려면 어떤 사람이 갖고 싶어 하나 갖지 못한 것을 갖거나, 그 사람이 하지 못하는 일을 하거나, 그 사람이 목표로 하는 곳에 도달해 있어야 합니다. 어떤 사람이 낯선 상황에서 어찌할 줄 모를 때 길을 제시해줄 수 있는 사람이어야 존경받습니다.

어려서는 부모를 존경하다가 나이 들어가며 더 이상 존경하지 않게 되는 사람들을 자주 봅니다. 열 살 아이 적에 올려다보던 아버지를 서른 살 넘어 내려다보는 건 단지 키가 아버지보다 커졌기 때문만은 아닙니다. 어려서는 '척척박사 해결사'로 보이던 아버지가 중년이 된 자녀의 눈에 '초라한 노인'으로 보이는 일도 있습니다.

한때는 나이 들었다는 이유만으로 존경받을 수 있었지만 이제 존경받으며 늙어가는 건 쉽지 않은 일입니다. 21세기처럼 새로운 정보가 넘쳐나는 시대에 자녀를 포함한 젊은이들의 존경을 받는 건 참으로 어렵습니다. '나이 들었음'이 '더 많이 앎'의 동의어가 아니기 때문입니다. 특히 컴퓨터 관련 기기는 하루가 다르게 발전하니 나이 든 사람들은 기기의 이름조차 기억하지 못하는 경우가 많습니다. 노인들이 젊은이들의 대화를 들으며 외국어를 듣는 듯한 느낌을 받는 일도 흔합니다. 이런 상황이니 존경은커녕 무시당하지만 않아도 다행이겠지요. 이런 시대에도 나이 들어가며 존경받을 수 있을까요?

저는 오랫동안 영어로 밥벌이를 했지만 제 아버지는 영어를 모르십니다. 나라가 일제 치하에 있던 1920년대에 태어나셨으니 일본어는 학교에 가지 않아도 저절로 알 수 있었겠지만 영어를 배울 기회는 없었을 겁니다. 아버지는 영어 알파벳도 모르시는데 영어로 먹고 산 제가 아버지를 존경할 수 있을까요?

영어는 지식을 쌓는 데 도움이 되거나 밥벌이를 하는 수단입니다. 어떤 목적을 이루려면 누구나 수단을 필요로 합니다. 영어 교사에겐 영어가 수단이고, 컴퓨터 프로그래머에겐 컴퓨터가 수단이고, 골퍼에겐 골프공과 골프채가 수단입니다. 어떤 수단을 사용하는가는 각자가 정한 삶의 목표와 자기 시대가 큰 역할을 합니다. 한때 농부의 수단은 쟁기, 호미, 낫 등이었지만, 이제는 트랙터와 콤바인은 물론 소출물의 광고와 영업을 위한 컴퓨터 사용도 필수가 되었습니다. 수단은 시대에 따라 변하지만 일의 목표는 과거와 다르지 않습니다. 농부의 목표는 질 좋은 농산물을 생산하여 인류에 기여하고 농산물 판매로 얻어진 수익으로 여유롭게 사는 것일 겁니다.

'영어 잘하는' 제가 '영어 못하는' 아버지를 존경하는 이유는 아버지가 제가 도달하고 싶은 경지에 먼저 도달하셨기 때문입니다. 굳이 이름을 붙이자면 그곳은 '현명賢明'의 경지, 문자 그대로 '지혜롭고 밝은' 경지입니다.

첫째, 아버지는 흘러넘치는 정보의 홍수 속에서도 무엇이 중요한지 간파합니다. 아버지는 컴퓨터도 할 줄 모르고 영어도 모르지만, 세 개 이상의 신문과 라디오와 텔레비전을 통해 무수한 정보를 얻고, 그 정보를 자신의 경험과 접목시켜 세계가 어디로 가고 있는지 그 흐름을 파악합니다. 아버지의 자녀들과 손자 손녀들은 컴퓨터도 알고 영어도 알아서 아버지보다 더 많은 양의 정보를 얻지만, 넘치는 정보의 홍수 속에서 허우적거릴 뿐 '흐름'을 파악하진 못합니다. '구슬이 서 말이라도 꿰어야 보배'라는 속담처럼 정보가 아무리 많아도 '그래서 어떻다는 건가(So what?)'를 알지 못하면 아무 소용이 없습니다. 정보 속에서 '흐름'을 읽어내는 힘, 그것이 '지혜'이고 '통찰'입니다.

귀

기온이 갑자기 내려가니 귀마개를 쓴 사람들이 보입니다.
귀마개를 쓰면 귀도 따뜻하고 시끄러운 소리도 덜 들리니 좋겠지요.

기계문명이라는 것 자체가 소음을 유발하니
소위 문명사회에서 살면서 듣기 싫은 소리를 피할 수는 없겠지만,
갈수록 증가하는 소음은 도시를 벗어나고 싶게 합니다.

사람의 귀는 물음표를 닮았습니다.
누군가 '물음표(?)'를 만들 때 귀 모양을 본떠 만들었을지도 모릅
니다.

세상에 태어나는 아기들은 제 귀에 들리는 소리를 듣고
저 소리가 무슨 소리일까 물음으로써 학습을 시작합니다.

의식 없이 누워 있는 환자도 소리는 들을 수 있다고 하고,
세상을 떠나는 사람의 기관 중에 마지막까지 기능하는 것이
'귀'라고도 합니다. 그러고 보면 귀는 삶이라는 무대를 열고 닫는
커튼입니다.

종일 이어폰을 끼고 스마트폰을 들여다보는 사람들이 많습니다.
그렇게 귀를 학대하다 보면 귀가 지쳐 듣지 못하게 되는

'소음성 난청' 환자가 되고, 손실된 청력은 다시는 회복되지 않는다고 합니다.

지하철에서 카페에서 필요 이상으로 크게 말하는 사람들은
자신도 모르는 사이에 난청을 앓고 있는 거겠지요.

태어날 때부터 죽을 때까지 쉬지 않고 일하는 우리의 귀,
고마운 두 귀를 위해 이어폰을 멀리하면 어떨까요?

둘째, 아버지는 경청합니다. 지금은 '입'의 시대입니다. '말하지 않으면 모르는 것'이라고 생각하는 사람들이 적지 않습니다. 하나를 아는 사람이 열을 아는 것처럼 떠드는 일도 흔합니다. 대부분의 사람들은 나이 들어갈수록 말이 많아집니다. 제 어머니는 가끔 친구 모임에 가고 싶지 않다고 말씀하십니다. 모두가 말하려 하고 아무도 들으려 하지 않기 때문이라고 합니다. 때로는 열 명이 모인 자리에서 일고여덟 명이 말한다고 하니까요. 저도 가끔 비슷한 경험을 할 때가 있습니다. 예닐곱 명이 모인 자리에서 한 사람이 얘기하고 있는데 다른 사람이 불쑥 새로운 얘기를 시작하여 청중이 나뉠 때가 있습니다. 때로는 나중에 시작한 사람 쪽으로 사람이 몰려 처음에 말하던 사람 혼자 남기도 합니다.

젊은이들이 노인과 동석하기를 꺼리는 이유에는 여러 가지가 있지만 제일 흔한 건 노인들이 '마이크를 독점'하기 때문입니다. 노인이 말하기를 좋아하는 데에도 이유가 있을 겁니다. 아이들이 독립해 나간 후 혼자 혹은 배우자와 둘이만 살다 보니 평소에 말할 일이 적은데 오랜만에 사람들을 만나니 반가워서 말을 많이 할 수 있습니다. 회사생활을 오래 한 사람으로서 지금 회사생활을 하는 젊은이에게 자신이 알고 있는 것을 알려주고 싶을 수도 있겠지요. 정말 중요한 게 무엇인지 모르고 천방지축 하는 젊은이가 안타까워 조언을 해주려 할 수도 있습니다. 한때는 집에서나 밖에서나 자신의 입만 바라보는 사람들이 많았는데, 이젠 아무도 보아주지 않아 서운해하다가 모처럼 말할 기회가 오니 옳다구나 하고 마이크를 놓지 않는 경우도 있습니다.

'서운해하면 늙는 거다'라는 말도 있지만, 노년의 한가함을 여유롭게 받아들이는 게 중요합니다. 한때 세상 한복판에서 열심히 살았으니 이제 좀 쉬어야겠다고 생각하는 것이지요. 젊어서 주연만 하던 배우도 나이 들면 조연을 하게 되는 일이 흔합니다. 주연을 하고 싶어 성형수술로 얼굴을 젊게 고쳐도 소용없습니다. 그럴 땐 조연을 잘하려 노력하는 게 현명합니다. 서른에서 쉰까지의 삶이 주연의 삶이라면 그 후의 나날은 조연의 삶입니다. 조연의 역할은 주연을 도와 영화가 잘 만들어지게 돕는 것입니다.

젊은이를 사랑하여 젊은이에게 도움 되는 조언이나 비판을 하려는 노인들…… 그 마음은 이해할 수 있지만 '원치 않는 조언은 관계를 끊는 칼'과 같은 것임을 상기해야 합니다. 삼사십 대 사람들은 누구나 자신이 인생에 대해 알 만큼 안다고 생각합니다. 오륙십 대는 말할 것도 없습니다. 그런 사람들에게 팔구십 대 노인이 인생 강의를 해보았자 반기지 않습니다. 조언이 진가를 발휘할 때는 오직 젊은이가 먼저 조언을 청할 때뿐입니다. 아버지가 오랜만에 만난 사업가 아들이나 딸에게 사업에 대해 끝없이 조언을 늘어놓으면 그 아들딸을 보기가 더 어려워질 겁니다. 그러면 어떻게 해야 도울 수 있느냐고요? 조언은 하지 말고 사랑만 하면 됩니다. "사업하느라 힘들지? 그래도 그렇게 꾸려가는 거 보면 참 장하다. 자랑스럽다"고만 하면 됩니다. 그러면 아들딸이 먼저 조언을 구해올 겁니다.

제가 어렸을 때 늘 저와 형제들을 가르치시던 아버지는 나이 들어가며 가르침을 그만두셨습니다. 먼저 말씀하시는 일은 드물고 자녀들이 얘기하면 귀 기울여 들으시며 미소를 짓거나 짧게 질문하십니다. 온 가족이 모인 자리에서도 오가는 얘기를 들으실 뿐 말씀을 아낍니다. 자녀들이 한 말씀 해주시라고 보채면 그때서야 아주 짧게 한 말씀 하실 뿐입니다. 그러니 아버지 말씀이 질리기는커녕 늘 더 듣고 싶습니다.

셋째, 아버지는 여전히 배우고 사유思惟합니다. 쉰 살만 되어도 "책을 뭐하러 읽어, 눈 아프게?" 하는 사람들이 있습니다. 그들에게 텔레비전은 오락이나 심심풀이용 기기일 뿐입니다. 그러나 아버지는 창문으로 하늘을 보고 새소리를 듣듯, 텔레비전과 라디오로 세상이 어떻게 돌아가고 있는지 보고 들으십니다. 아버지에게 텔레비전과 라디오는 젊은 시절과 마찬가지로 자신을 교육하고 세계를 이해하게 도와주는 학습 도구입니다. 일본의 엔에이치케이NHK를 통해 일본 사회의 흐름을 파악하고, 일본이 한국 관련 소식을 어떻게 다루는지 보십니다. 영어를 배운 적이 없어도 가끔 시엔엔CNN을 보시는 걸 보면 혹시 아버지가 홀로 영어 공부를 하셨는데 우리 형제들이 모르고 있는 게 아닐까 하는 생각이 듭니다. 아버지는 때로 '아주 재미있게' 종교방송을 보시기도 합니다. 아버지가 이러시니 아버지는 아시고 자녀들은 모르는 일이 적지 않습니다. 지혜는 고사하고 정보에서조차 아버지를 따라가지 못하니 아버지와 함께하는 시간이 지루할 수가 없습니다.

대부분의 친구들은 부모님을 만나면 '할 말이 없다'고 합니다. 부모님이 '잘 지내냐?'고 물으시면 잘 지낸다고 답하고, 부모님께 어디 편찮으시냐고 여쭤보면 어디 어디가 편치 않다고 답하시고, 뭐 필요하신 것 있으면 말씀하시라고 하면 답하시고…… 대충 그런 식으로 대화가 끝난다는 겁니다. 그러나 제 아버지와는 '할 말이 없어'서 대화를 끝내는 일은 드뭅니다. 자녀들은 아버지가 자기들의 얘기를 너무 열심히 듣다 피곤해지시지 않을까 염려하고, 아버지는 자녀들이 모처럼 쉬는 날 효도한다고 아버지 옆에 너무 오래 있는 것 아닐까 우려해서 대화를 끝내는 경우가 많습니다. 이렇게 대화를 지속할 수 있는 건 아버지가 텔레비전, 라디오, 신문에서 보고 들은 것들에 대해 궁금증을 갖게 되셨거나 홀로 사유하며 갈무리해두신 덕입니다.

넷째, 아버지는 아흔이 넘었지만 겸손합니다. 겸손이라는 건 내가 아는 게 적고 내가 아는 게 틀릴 수 있다는 자각에서 나옵니다. 아버지는 이십 대 청년이었던 6·25전쟁 때 피난 중에 겸손을 배우셨다고 합니다. 시골 농가에 숨어 지내던 어느 날, 연로한 집주인 농부를 돕고 싶어 아침 일찍 장작 패기에 나섰지만 처음 해보는 도끼질이 쉽지 않더랍니다. 땀을 뻘뻘 흘리면서도 장작을 제대로 패지 못해 애쓰고 있는데 머리가 허연 주인어른이 아주 쉽게 쩍쩍 패시더랍니다. 아버지는 그때 '누구나 뭔가를 잘 알고 잘할 수는 있겠지만, 아무도 모든 걸 잘 알고 잘할 수는 없다. 그러니 무엇을 조금 알거나 할 줄 안다고 어깨에 힘을 주면 안 된다'는 걸 깨달았다고 합니다. 그래서 그런지 아버지는 제가 기억하는 한 어깨에 힘을 주신 적이 없습니다.

다섯째, 아버지는 유머를 잃지 않습니다. 유머는 자신을 객관화할 줄 아는 사람만이 구사할 수 있는 능력입니다. 60대 초입인 제 경험으로 보면 '노화'는 계단식으로 진행되는 것 같습니다. 계단을 한참 오르거나 내려가다 보면 층계참이 나타나듯, 노화도 한참 진행된 후엔 잠시 휴지기에 들어갑니다. 노화가 진행될 땐 휴지기일 때보다 아픈 곳이 많아지고 일상적인 일들이 힘에 부칩니다. 언젠가 아버지를 뵈러 간 날, 그날은 아버지의 노화에 속도가 붙었었나 봅니다. 아버지가 다리를 주무르시며 "야, 인마, 너 자꾸 까불면 내가 너를 아주 보내버리는 수가 있어!" 하고 웃으셨습니다. 다리가 자꾸 쑤셔 괴로울 때 다른 어른 같으면 '아이구, 다리 아파!' 하며 얼굴을 찡그리실 텐데 아버지는 오히려 자신을 괴롭히는 통증을 협박하며 웃으신 겁니다. 저도 제 주변 사람들도 늙어가며 '아프다'는 말을 많이 합니다. 그러나 아버지에게선 '아프다'는 말을 들어본 적이 거의 없습니다. 젊어서부터 골골하시어 '환갑을 넘기기 힘들 것'이라는 말을 듣던 분이니 남보다 튼튼하지도 않고 체력이 부족해 자주 누워 계셔야 하는데도.

노인

낙엽 깔린 길을 걷다 보면 노인들이 생각나고
노인들에 대해 생각하다 보면
노벨문학상 수상작가 알렉산드르 솔제니친의
「암병동」이 떠오릅니다. 그 소설에 이런 얘기가 나옵니다.

신이 모든 동물들에게 수명을 50년씩 나눠주고 나니
인간에겐 줄 건 25년뿐이었습니다.
인간이 수명이 너무 짧다고 화를 내자,
신은 '그럼 동물들에게 가서 재주껏 얻어보라'고 했습니다.
인간은 제일 먼저 만난 말에게서 25년,
그다음에 만난 개에게서 25년,
마지막으로 원숭이에게서 25년을 얻어
총 100년의 수명을 확보했습니다.

그러자 신은 "너는 처음 25년은 인간으로 살고,
다음 25년은 말처럼 일하고, 다음 25년은 개처럼 짖어라.
그리고 남은 25년은 원숭이처럼 웃음거리가 되어라"고 했다고 합니다.

'인간과 말로 사는 50년'을 살고 난 뒤 어떻게 살아야
개처럼 짖지 않고, 원숭이처럼 웃음거리가 되는 일을
피할 수 있을까요?

우선은 목소리를 낮추고,
늙어가는 자신과 친해져야 할 것 같습니다.
목소리를 낮추다 보면
자연히 남보다 저를 들여다보게 될 거고,
노화를 아무렇지 않게 받아들이게 되면
젊어 보이려 애쓰다 웃음거리가 되는 걸 막을 수 있을 테니까요.

젊은이들은 노화는 남의 일이라 생각하지만
누구나 서른이면 늙기 시작합니다.
늙는 것은 나쁜 일도 두려운 일도 아닙니다.
하루 늙으면 하루만큼 지혜로워질 수 있으니까요.
껍질 속 진실을 보게 되는 시절…… 노년,
낙엽을 닮아가는 '노화'를 축복으로 받아들이는 것……
그렇게 힘든 일일까요?

자연스럽게 떠나기

아버지의 협박과 조롱의 대상에는 죽음도 포함됩니다. 연세 많은 어르신들 중엔 '아이고, 어서 죽어야지'를 입에 달고 사는 분들이 있고, 반대로 죽음에 대해 얘기하는 것을 꺼리는 분들도 있습니다. 제 아버지는 '어서 죽어야지'라는 말씀을 하신 적도 없고 죽음에 대해 얘기하는 걸 꺼리지도 않습니다. 몇 년 전 아버지와 죽음에 대해 얘기하다가 "죽는 순간 몸무게가 23그램 줄어든대요. 그래서 영혼의 무게가 23그램이라고 하는 사람들이 있어요." 하고 말씀드렸더니 장난스럽게 웃으셨습니다. "죽는 순간에 말을 할 수 있으면 어떤 기분인지 말해줘야겠구나. 말할 수 없으면 신호하고. 그럴 경우를 대비해서 미리 신호를 정해둬야겠구나. 눈을 한 번 깜빡이면 어떤 뜻이고, 두 번 깜빡이면 어떤 뜻이고 하는 식으로. 하하. 근데, 죽을 때의 느낌이 어떤지를 알면 뭐하지? 기분이 좋든 나쁘든 죽는 건데?" "그러게요. 그런데 왜 그게 그렇게 궁금할까요?" 우리는 다시 웃고 말았습니다.

죽음에 대해 이런 태도를 갖고 계시니 아버지는 병에 대해서도 별로 신경 쓰지 않습니다. 그러나 약한 몸을 달래가며 가장 노릇을 하시면서 당신 몸에 필요하다 싶은 영양제는 찾아 드시고 가끔은 한약도 드셨습니다. "머리 좋은 사람들이 머리 싸매고 연구해서 개발한 게 약이야. 그러니까 약을 먹어줘야 해." 하시면서.

노인들 중에는 조금만 아파도 병원에 가는 분들이 많고 병원에 다니는 걸 자랑하는 분도 많습니다. 초로의 친구들은 자기 몸도 아픈 곳이 많아지는데, 친정 부모님과 시부모님 모시고 병원에 다니느라 힘들어 죽겠다고 호소합니다. 병원에 가도 낫지 않는 노환인데 부모님이 병원에 가시는 걸 좋아하셔서 '그냥' 가는 경우도 많다고 합니다. 노인들이 만나면 어디가 아파서 어디 어디 병원에 다녀왔고, 무슨 약을 먹는다는 걸 자랑하듯 밝히는 일도 흔하다고 합니다.

우리나라에서 실시되는 의료제도 중 비용은 많이 들고 불필요한 것이 있습니다. 바로 '건강진단'입니다. 짝수 해에 태어난 사람은 짝수 해에, 홀수 해에 태어난 사람은 홀수 해에 지정 병원에 가서 건강진단을 받으라는 겁니다. '조기진단'이 병 치료에 가장 효과적이라며 건강진단을 받으라고 종용합니다. 부모님에게 건강진단을 받게 하는 게 '효도'라고 광고하고, 받아야 할 해에 받지 않는 사람에겐 반복해서 받으라는 고지가 날아갑니다. 정부가 '무료'라고 홍보하니 대다수 국민들은 정말 무료인 줄 알지만 '건강진단'은 무료가 아니고 건강보험 재정을 소모하는 일입니다. 세계 어느 나라도 우리나라처럼 정부가 나서서 '건강진단'을 받으라고 강권하지 않고, 어느 나라 국민도 우리나라 국민처럼 자주 내시경 촬영이나 CT(컴퓨터단층촬영), MRI(자기공명영상) 등에 노출되지 않습니다.

병원病院은 말 그대로 '병자病者를 진찰하고 치료하는 데에 필요한 설비를 갖추어놓은 곳'이니 병자가 많이 드나들고, '병원病源' 즉 '병의 원인이 되는 세균이나 바이러스'가 많습니다. 그러므로 멀쩡한 사람들이 병에 걸리지 않았을까 하는 두려움 때문에 병원에 가서 '건강진단'을 받는 것은 시간과 돈의 낭비일 가능성이 높습니다. '건강진단'이라는 말도 문제입니다. '건강진단'에서 '정상' 판정을 받았다는 건 건강 이상이 발견되지 않았다는 뜻일 뿐, 그 사람이 건강함을 증명하는 것은 아니니까요. 그런데 이 '건강진단'을 40세 이상 국민은 누구나 받게 하니 문제입니다. 여든 살이 넘은 어르신들이 '건강진단'을 받아야 할까요? 여든다섯 살 할머니가 '건강진단'을 통해 암을 발견했다면 그 할머니는 암수술을 받으셔야 할까요? 항암치료는 어떨까요?

제 아버지는 병원에 가는 것을 싫어하십니다. 여든아홉 살 때인가 고열로 인해 정신이 들었다 나갔다 하실 때 자녀들이 종합병원 응급실에 모시고 간 적이 있지만, 응급조치 후 정신이 드신 후엔 자식들과 의사들을 설득하여 집으로 돌아오셨습니다. 이제 아버지 연세가 만으로 아흔이니 자녀들은 아버지의 노쇠를 안타까워해도 남들은 아버지가 '장수'하신다고 합니다. 장수하는 사람들 중엔 아버지처럼 자신의 건강을 스스로 관리해서 장수하는 분들이 있고, 병에 걸려 죽을까 봐 노심초사하며 장수하는 분들이 있는데, 전자는 존경을 받지만 후자는 종종 웃음거리가 됩니다.

존경받으며 장수했던 분들을 생각하니 미국의 경제학자이며 사회운동가였던 스콧 니어링(Scott Nearing, 1883~1983)과 음악가인 그의 아내 헬렌 니어링(Helen Nearing, 1904~1995)이 떠오릅니다. 제 블로그에는 이분들에 대해서 쓴 글이 몇 편 있습니다. 이 책의 부에도 한 편이 실려 있지만 여기에 다른 글의 일부를 옮겨둡니다. 니어링 부부는 '단순하고 조화로운 삶'을 찾아 도시를 버리고 버몬트의 숲 속으로 들어가서 스콧은 100세, 헬렌은 91세까지 살았고, 스스로 지은 집에서 스스로 농사지은 과일과 곡물을 먹는 '조화로운 삶'을 살며 죽음을 준비했습니다. 헬렌이 쓴 책 『아름다운 삶, 사랑 그리고 마무리*Loving and Leaving the Good Life*』에 이런 구절이 있습니다.

> 죽음은 전 세계에 걸쳐 수백만 가지 방법으로 순간순간마다 일어나고 있다. 존재는 죽음으로 자신을 새롭게 한다. 죽음은 가장 커다란 수수께끼이다. 삶은 다만 죽음을 향한 순례이기 때문에 죽음은 삶보다 더 신비로운 것이다…… 죽음은 여러 해 동안 갇혀 있는 사람이 간절히 집에 돌아가고 싶어 하는 것처럼 오늘 내 앞에 있다.

말없음표 앞의 네 문장은 라즈니쉬의 강연에서 따온 것이고, 뒤의 한 구절은 『이집트 사자의 서*The Egyptian Book of the Dead*』에서 인용한 것이라고 합니다.

건강과 장수에 사로잡혀 사는 사람들이 가끔이라도 죽음에 대해 생각해보면 좋겠습니다. 국민의 건강검진에 많은 비용을 쓰는 정부가, 국민들이 품위 있는 죽음을 죽을 수 있게 돕는 일에도 노력을 기울였으면 좋겠습니다.

이 글을 쓰고 있는 2015년 6월, 속칭 '메르스'로 불리는 중동호흡기증후군MERS이 온 나라를 불안에 빠뜨리고 있습니다. 중동에 다녀온 한 남성이 환자로 확인되었을 때부터 정부와 해당 유명 병원이 일사불란하게 대응했으면 수천 명이 격리되는 사태를 막을 수 있었겠지만, 정부의 대처는 안이했고 감염자는 빠르게 늘었습니다. 2003년 참여정부 때 한국은 중국발 전염병 '사스(SARS: 중증급성호흡기증후군)'에 신속하고 현명하게 대처해 세계보건기구WHO에 의해 '사스 예방 모범국'

으로 불렸습니다. 그러나 2015년 6월, 서울을 방문해 한국 전문가들과 함께 메르스 상황을 합동 평가한 WHO 대표단은, 메르스가 한국에서 맹위를 떨치게 된 건 정부의 정보—메르스 감염자가 들렀던 병원 명단 등—비공개를 포함한 '초기 대응 실패'와 여러 의료시설을 돌아다니며 치료를 받으려는 한국인들의 '의료 쇼핑' 관행, 그리고 병원들의 감염 예방 실패 때문이라고 분석했습니다.

메르스는 언젠가 수그러들겠지만 잘못된 관행을 뿌리 뽑지 않으면 이번과 같은 사태가 얼마든지 되풀이될 테니 걱정입니다. 정부가 관련 정보를 내놓지 않을 때 국민이 할 수 있는 건 정보를 내놓으라고 정부를 압박하고, 다음 선거에서 그 정부 출신이거나 그 정부를 편드는 후보들에게 표를 주지 않는 것이겠지요. 병원이 환자나 의료진의 감염을 막지 못하면, 국민은 그 병원을 폐쇄하도록 여론을 조성하고 그 병원에 가지 않아야 하지만, 더 근본적인 것은 공공의료기관을 늘리는 것입니다. 기업화한 사설 의료기관은 병의 치료보다 수익을 추구하고, '히포크라테스 선서'는 죽은 시와 같은 대접을 받아 같은 병에 걸려도 돈이 있는 사람은 살고 돈이 없는 사람은 죽음에 이르는 일이 흔하니까요.

그렇다면 무능한 정부와 불합리한 제도와 부정한 의료 관행 속에서 자연스럽게 살다 죽으려면 어떻게 해야 할까요? 제 아버지와 니어링 부부처럼 가능한 한 병원에 가지 말고, 평소에 자신의 몸을 잘 관찰하여 강한 부분은 절제하고 약한 부분은 강화시키는 방향으로 관리해야 하겠지요. '사스'나 '메르스' 같은 질병이 유행할 때는 정부, 병원, 전문가 등이 하는 말을 참고로 하되, 평소에 관찰했던 자신과 가족의 몸에 가장 알맞은 조처를 취해야겠지요.

2부

살아오며 배운 것들

1. 사람 노릇, 부모 노릇

태어나는 것은 좋은 일일까요? 저는 별로 그렇지 않다고 생각합니다. 태어난다는 것은 긴 피로에 아주 짧은 기쁨과 행복을 곁들인 '여로'에 던져지는 것입니다. 즐거움은 대개 찰나적인 반면 괴로움은 갈수록 가중됩니다. 최근 인터넷에는 아이를 낳는 것은 '그들을 위한 노예'를 생산하는 것이라는 대학생의 발언이 화제입니다. 여기서 '그들'은 돈과 힘을 가진 소수의 사람들을 의미합니다. "정부에서는 '저출산'이 국가의 존립 자체를 위협하고 있다며 아이를 낳으라고 독려하지만, 돈 없고 힘없는 부모에게 태어난 아이가 자신이 원하는 삶을 살 수 있겠느냐, 지금 우리가 그렇듯 힘 있고 부유한 사람들의 삶을 유지시키는 데 필요한 '노예'처럼 살게 될 거다"라는 주장입니다. 그 어느 때보다 '빈익빈 부익부'가 심화되고 있는 21세기 한국에서 충분히 나올 수 있는 주장이라고 생각합니다.

그럼에도 불구하고 이왕 태어났으면 어떻게 살아야 할까요? 성공하는 것도 좋고 부자가 되는 것도 좋지만 우선 사람답게 살아야겠지요. 아이가 태어나고 싶어 하는지 어떤지도 모른 채 아이를 세상에 내놓은 부모들이 아이를 위해 할 수 있는 것은 무엇일까요?

부모가 아이를 위해 할 수 있는 일, 해야 하는 일은 무엇보다 건강한 몸으로 태어나도록 최선의 노력을 기울이는 것입니다. 그러기 위해서는 가급적 20대에 아이를 낳고, 아이를 임신한 상태에서 자신을 경계하고, 아이를 낳은 후엔 행복한 유년을 보낼 수 있게 돕는 것입니다. 그러나 지금 우리 주변엔 거꾸로 가는 사람들이 많습니다. 인간의 수명은 길어졌지만 그 길어진 시간이 행복의 시간이라고 선뜻 동의할 수 있는 사람이 몇이나 될까요?

유치와 영구치, 그리고 '무식한' 엄마들

요즘 욕심 많고 할 일 없는 엄마들 사이에서 어린 자녀의 유치(젖니)가 흔들리기도 전에 빼는 게 유행이라고 합니다. 이가 고르게 나오게 하려고 그런다는데, 참으로 무식한 짓이 아닐 수 없습니다. 게다가 어린아이들은 치과 치료를 받을 때 가만히 있지 않기 때문에 전신 마취를 하고 유치를 억지로 뺀다고 하니 기가 막힐 노릇이지요.

유치는 젖만 먹던 아이가 젖을 뗄 무렵이 되면 저절로 솟는 치아입니다. 유치 덕에 아이는 음식물을 씹어 먹을 수 있습니다. 유치는 영구치(간니)가 나올 때가 되면 저절로 흔들려 빠지게 되는데, 영구치가 나올 공간을 확보하는 역할을 하기 때문에 매우 중요합니다. 그런데 이 중요한 유치가 자연히 흔들리다 빠지기 전에 '미용 효과'를 위해 미리 빼준다는 겁니다.

네이버 지식백과에 서울대학교병원에서 제공한 유치에 대한 정보를 보면, 보통 사람의 유치는 스무 개이며, 생후 6~8개월경 아래 앞니부터 나기 시작해서 약 2년에 걸쳐 전체 치열이 완성됩니다. 유치가 빠지는 순서는 이 글의 말미에 있습니다.

유치가 빠지고 영구치가 나올 때 삐뚤어져 나오는 일이 가끔 있는

데 삐뚤어진 이를 빼지 말고 기다려보는 것이 좋다고 합니다. 대개의 경우 인위적 조치를 하지 않아도 삐뚤어진 치아들이 스스로 자리를 잡아가니까요.

'무식한' 엄마들이 억지로 유치를 빼겠다고 할 때 그 엄마들에게 유치의 역할을 설명해주는 대신 발치(이를 빼는 행위)에 나서는 치과 의사들이 있다는 것도 한심합니다. 본래 '전문가'의 역할은 전문적 지식을 갖지 않은 사람들을 이해시키고 돕는 것인데, 비전문가의 무지를 이용해 돈을 번다니 참 몹쓸 사람들인 거지요.

좋은 치과 의사와 나쁜 의사를 구별하는 가장 쉬운 방법은 '이를 빼자'는 말을 얼마나 쉽게 하는가를 보는 것입니다. 이를 빼자는 말을 쉽게 하는 의사치고 좋은 의사는 없습니다. 죽어가는 이를 살리기 위한 치료는 어렵고 발치는 쉽다고들 합니다. 치과에 갔는데 의사가 별고민 없이 '이를 빼면 해결된다'고 하면 바로 그 치과를 벗어나는 게좋습니다. 그런 치과 의사는 생리통이 심하거나 자궁근종이 있다는 이유로 자궁을 적출하자고 하는 의사와 비슷하니까요. 코에 병이 자주 난다고 코를 제거하지 않는 것처럼, 몸의 어떤 부분이 속을 썩인다고 해서 그 부분을 없앤다면 노인의 몸엔 남아 있는 기관이 별로 없을 겁니다.

앞으로 10년에서 15년 후쯤 되면 이 나라엔 이상성격자들이 넘쳐날 것입니다. 너무 어려서부터 엄마들의 욕심에 시달리며 애완동물처럼 키워진 아이들이 왜곡된 성격의 성인이 되어 활보하기 시작할 테니까요. 엄마의 역할이 무엇인지 모르는 무식한 엄마들이 아이들과 나라를 망치고 있습니다.

유치 빠지는 순서와 시기(덴타피아 치과 제공)

1. 아래 앞니 6~7세

2. 위 앞니 6~7세

3. 위 작은 앞니 7~8세

4. 아래 작은 앞니 7~8세

5. 위 작은 어금니 9~11세

6. 아래 작은 어금니 9~11세

7. 위 송곳니 10~12세

8. 아래 송곳니 9~12세

9. 아래 큰 어금니 10~12세

10. 위 큰 어금니 10~12세

머리가 좋다는 것

조지아 브라운은 영국 햄프셔에 사는 두 살배기입니다. 최근 세계 천재들의 모임인 멘사Mensa의 최연소 회원이 되었습니다. 『데일리 메일』 인터넷 판에 실린 사진의 시선은 조지아가 범상한 아기가 아님을 보여줍니다.

머리가 좋다는 건 빨리 배운다는 뜻이라고 어디선가 읽은 적이 있습니다. 조지아는 생후 5개월에 기었고, 9개월엔 걸었으며, 14개월엔 혼자서 옷을 입었다고 합니다. 아이큐 152인 조지아는 아주 일찍 말문을 열었고, 18개월쯤부터는 어른들과 제대로 된 대화를 나누기 시작했다고 합니다.

돌에도 걸을 둥 말 둥 했던 저는 느린 아이였습니다. 유아기엔 종일 젖을 주지 않아도 우는 법이 없었고, 조금 자라서도 바쁘게 움직이는 것보다는 가만히 있는 걸 좋아했다고 합니다. 다 자란 지금도 여러 번 가본 길에서 헤매는가 하면 남들과 함께한 일을 저 혼자만 기억하지 못하는 일이 많습니다.

조지아처럼 제게도 네 명의 형제가 있습니다. 아이큐 140인 남동생은 아이디어도 많고 기억력도 뛰어납니다. 책을 읽으면 감동하고 좋아하는 게 고작인 저와 달리 동생은 몇 장에서 읽은 무슨 말, 연대와 에피소드까지 기억합니다. 동생의 좋은 머리를 부러워하며 사춘기와 청년기를 보냈습니다.

그러던 어느 날 대화 중에 동생이 말했습니다. "누나, 『금강경』 읽었구나, 그거 『금강경』에 있는 말이지?" 저는 『금강경』이라는 경전이 있다는 건 알아도 읽은 적은 없었습니다. "아니, 아직 못 읽어봤는데……." 책을 아주 많이 읽던 동생 앞에 기가 죽어 말꼬리를 흐렸습니다. 그러다 다시 대화가 이어졌고, 동생은 또다시 제가 한 말이 어떤 책에 있다며 그 책을 읽었느냐고 물었습니다. 저는 그 책도 읽어본 적이 없었습니다. "어? 그 책을 안 읽었는데 어떻게 그걸 알지?" 동생이 고개를 갸웃하며 말했습니다. "글쎄, 그냥 나이 들다 보면 여기저기서 주워들었을 수도……." 저는 부족한 독서를 부끄러워하며 얼버무렸습니다.

어린 사람들은 대개 한번쯤 자신이 천재가 아닐까 의문을 가져봅니다. 내 아이가 천재가 아닐까, 꿈을 품어보는 부모들처럼 말입니다. 사람들이 마흔 번째 생일을 싫어하는 건 이제 자신의 죽음에 요절이라는 단어를 쓸 수 없게 되었다는 절망감의 표현일지 모릅니다.

천재가 요절하는 건 빨리 배우는 것과 관계가 있을 겁니다. 평범한 사람들이 평생 조글조글 시들어가며 알게 되는 걸 아직 푸른 나이에 간파하고 더 배울 것 없는 이곳을 떠나가는 것이지요.

안타까운 건 늙어서도 천재를 꿈꾸는 사람들입니다. 17세에 '최대한 방탕하겠다'고 선언하고 19세에 「지옥에서 보낸 한 철」을 기록한 후 37세에 이 세상을 뒤로 한 랭보, 그를 흉내 내는 메밀꽃 머리의 소유자들은 가엾습니다.

세상에 좋기만 한 것은 아무것도 없습니다. 머리가 좋은 사람이 가슴까지 따뜻하긴 어렵습니다. 숫자에 밝은 사람이 직관에 약한 것도 같은 이치입니다. 겨우 세 살 때 작곡가로서의 천재성을 발휘하고 35세에 사망한 모차르트는 적잖은 수입에도 불구하고 돈을 관리할 줄 몰라 빌려 쓰며 어렵게 살았다고 합니다.

재미있는 건, 천상의 신을 살리는 게 지상의 인간들이듯 천재를 살아가게 하는 게 보통 사람들의 인정과 박수라는 겁니다. 이왕 마흔을 넘겨 살았으면 조지아와 같은 천재들에게 아낌없는 박수를 보내면서 평범한 사람에게 주어진 수명을 즐겁게 살아내면 어떨까요? 몸이 시드는 동안 삶의 이 골목 저 골목에서 주워듣는 가르침과 그로 인한 깨달음으로 가능한 한 나를 키우리라 마음먹고 말입니다.

범부凡夫의 즐거움 중 제일은 익명의 자유입니다. 조지아와 같은 천재는 끊임없이 사람들의 시선을 받습니다. 모차르트는 1791년에 사망했지만 그의 천재성을 담았던 것으로 추정되는 유골은 2005년에도 유전자 감식을 받아야 했습니다. 그러나 저 같은 사람들은 죽어서도 살아 있을 때처럼 자유로울 것입니다.

또 하나 좋은 점은 다른 사람들을 이해하기 쉽다는 겁니다. 머리 좋은 사람들은 대개 성격이 급합니다. 머리 좋은 아버지는 성적 나쁜 아들이 자신을 우습게 본다고 생각하고, 머리 좋은 상사는 지시를 잘 이행해내지 못하는 직원이 일을 피한다고 생각합니다. 머리 회전이 자신들보다 느려서 그렇다고는 생각하지 않습니다. 저는 머리가 좋지 않기 때문에 저와 비슷한 사람들을 이해하기가 쉽습니다.

장맛비 퍼붓는 밤, 어두운 숲 키 큰 나무들 아래 붉은 땅을 꼭 보듬고 있는 고만고만한 나무들과 풀들을 생각합니다. 오늘 밤엔 모든 평범한 존재들에게 한 잔 바쳐야겠습니다. 자, 꼭 나만큼 키 작은 동료들에게 건배!

모래

예전엔 어린이 놀이터마다 모래밭이 있었는데
이젠 우레탄 일색입니다.
개와 고양이의 배설물 때문에 모래를 없앴다고 합니다.
전에도 놀이터 모래 속에선 고양이똥 강아지똥이 나왔지만
그때 아이들은 요즘 아이들보다 건강했습니다.
정말 아이들의 건강을 생각해서 바꾼 걸까요?

아이들이 모래밭에서 놀면
입이나 눈에 모래가 들어가지 않을까 지켜봐야 하고
몸은 물론 옷과 신발까지 모래투성이가 되면 일거리가 늘어나니
바쁜 어른들의 일을 줄이기 위해 모래를 없앤 것은 아닐까요?

원색으로 칠한 미끄럼틀, 그네, 시소,
놀이기구들은 우레탄 바닥처럼 알록달록하지만
아이들은 기구들을 오르고 내릴 뿐
모래를 가지고 놀 때처럼 상상력을 발휘할 순 없습니다.

아이들의 창의력을 강조하면서 놀이터의 모래를 없애고,
공기와 물, 모든 것을 오염시키며 '위생'을 부르짖는 사람들,
여름휴가를 바닷가 모래밭에서 보내며
'모래 한 알 속의 우주'를 생각해보았으면 좋겠습니다.

한 알의 모래에 깃든 수천 년을 상기하다 보면

시간과 정성을 들이지 않고는 사람다운 사람을 키울 수 없다는
오래된 진리가 떠오를지 모릅니다.

서울의 놀이터에 모래가 다시 돌아오는 날, 그날을 기다립니다.

봄꽃과 어린이

학원 입구 편의점에 아이들이 가득합니다. 진열대들 사이로 정신 없이 뛰어다니는 사내아이들을 보니 어머니의 말씀이 떠오릅니다. "아이가 가만히 있으면 병든 거야. 특히 사내애들은 잠시도 가만히 있지 못해." 봄꽃마다 빛깔이 다르고 향기가 다르듯 아이들도 각양각색입니다. 혼자 가만히 있는 아이가 있는가 하면 쉬지 않고 친구들을 집적이는 아이도 있습니다.

버스에도 아이들이 많습니다. 옆에 앉은 아이의 핸드폰이 울립니다. "응, 엄마, 버스 탔어. 응, 앉았어. 뭐 먹었냐고? 김밥. 왜? 그냥. 알았어, 수학 끝나면 바로 영어 하러 갈게." 기껏 2학년이나 3학년쯤 되어 보이는 아이는 바쁜 일과가 불만스럽지 않나 봅니다. 통화는 끝났지만 눈은 핸드폰을 떠나지 않습니다.

태어나면서부터 부모가 정한 시간표대로 움직이며 순종을 강요당한 아이는 '순응적'인 사람이 되기 쉽습니다. 물론 그 '순응'이 언젠가 '분노'가 되어 갑자기 분출될 수도 있겠지요. '순응적' 시민이 많은 사회는 독재를 부추기고, 분노가 팽배한 사회는 범죄를 키웁니다.

지난주에 본 신문 기사가 생각납니다. 학년 초만 되면 소아정신과 병원이 북적인다고 합니다. 학교생활에 잘 적응하지 못하는 아이들에게 담임교사가 전문상담과 치료를 권한다는 겁니다. 에이디에이치디(ADHD: 주의력결핍 과잉행동장애)로 의심받는 초등학교 1, 2학년들이 제일 많이 찾는다고 합니다.

저희 어머니는 '가만히 있는 아이는 병든 거'라고 했지만, 요즘 어른들은 '가만히 있지 못하면 병든 거'라고 합니다. 그런 어른들의 '사랑'을 받으려면 온종일 교실을 전전하며 얌전히 시키는 대로 해야 합니다. 질문도 반발도 없이 순종만 하는 아이들을 보면 애완동물이 생각납니다.

그러나 중요한 학습은 교실 아닌 곳에서 이루어지는 일이 많습니다. 첫 학습은 잉태의 순간과 임신 기간에 이루어집니다. 사람과 마주 앉아서도 스마트폰으로 끊임없이 뭔가를 하는 '멀티태스커들', 그 '산만한' 부모들이 태아에게 어떤 영향을 줄지는 뻔합니다.

자라면서 아이는 자신을 위해 음식을 준비하는 어머니와 아버지에게서 사랑을 느끼고, 부모와 함께 앉은 밥상에서 바른 습관과 예절을 배웁니다. 부모와 함께 음악을 듣고 음악에 맞춰 춤춰본 아이는 미술학원, 음악학원에 다니지 않아도 예술을 즐기는 사람이 됩니다. 부모가 신문을 보며 나랏일과 지구의 미래를 고민하면, 아이는 저절로 역사를 배우고 영어학원에서 원어민 강사를 만나지 않아도 지구가 하나의 마을임을 알게 됩니다. 행복과 교양은 그렇게 자연스럽게 배어듭니다.

우리 주변엔 자신이 어디로 가고 있는지도 모르면서 아이들에게 이리 가라, 저리 가라 강요하는 어른이 적지 않습니다. 옳은 삶이 어떤 것인지 모르니 남의 삶을 흉내 내며, 자녀들에게도 무조건 다른 아이들처럼 하라고 종용합니다.

"아이는 부모가 말하는 대로 하지 않고 부모가 하는 대로 한다"는 말이 있습니다. 자녀가 자기보다 나은 사람이 되기를 바라는 부모라면, 아이를 '위해' 쓰는 시간과 노력의 절반은 자신을 개선하는 데 써야 합니다. 아이들을 감시하던 시선을 자신에게 돌려 하루 한 시간이라도 자신을 들여다봐야 합니다.

느긋한 어른과 생활하는 아이가 과잉행동장애를 앓을 가능성은 4월에 얼음이 얼 가능성만큼 희박합니다. 초등학교 1, 2학년 어린이에게 필요한 건 마음껏 뛰어노는 것이고, 창의력은 학원에서 배우는 게 아니라 노는 틈에 저절로 솟아나는 것이니, 어른들은 그저 기다리면 됩니다. 긴 겨울을 견뎌내고 아름답게 피어난 봄꽃들처럼, 아이들이 제 나이가 주는 고민과 시련을 이겨내고 활짝 필 때까지 믿고 기다려주면 됩니다.

세상에서 제일 나쁜 부모

동네 카페에서 삼십 대 후반 남녀가 책을 봅니다. 사람 좋아 보이는 남자는 종이책을 읽고 찌푸린 여자는 전자책을 봅니다. 책 든 사람은 무조건 반가워 저는 슬며시 두 사람 옆에 자리를 잡습니다. 여자의 핸드폰이 울립니다. 여자가 일어나 나가더니 초등학교 일학년쯤 된 사내아이를 데리고 들어옵니다. 빼빼 마른 소년은 나이에 어울리지 않게 어두운 얼굴입니다.

아이가 앉으려는 순간 여자가 갑자기 아이를 욕하며 때리기 시작합니다. 어찌나 세게 때리는지 앙상한 등에 금이 갈 것 같습니다. 아이는 처음 당하는 일이 아닌 듯 울지도 않습니다. 구경꾼 같던 남자가 저를 흘깃거리더니 아이를 데리고 가 음료수를 사옵니다. 말없이 음료수를 마시는 아이를 향해 남자의 잔소리가 조곤조곤 이어집니다. "엄마가 지금 기분이 나쁘셔. 네가 버릇없이 구니까 화나신 거야, 알겠어?"

아이는 소리 없이 음료수만 마십니다. 가끔 제 쪽을 향하는 아이의 시선이 '엄마가 때리는 것, 아빠가 잔소리하는 것, 옳아서 참는 게 아니에요. 내가 셋 중에 가장 작고 약하니까 할 수 없이 참는 거예요'라고 말하는 듯합니다.

며칠 전 식당에서 본 풍경이 떠오릅니다. 초등학교 상급생쯤 된 두 아이와 함께 온 부부, 남편은 킥킥대며 스마트폰 게임을 즐기고 아내는 성난 얼굴로 고기만 구웠습니다. 처음엔 "엄마!" "아빠!" 하던 아이들 눈에 실망이 번지더니 볼이 미어져라 고기만 먹었습니다. 아들이 쭈뼛쭈뼛 "엄마, 나…… 사이다." 하자 딸도 얼른 "난…… 콜라." 했습니다. 여자의 "시끄러!" 소리에 고개를 든 남자, 스마트폰에 박혀 있던 두 눈에서 독화살이 쏟아져 나왔습니다.

세상에서 제일 나쁜 어머니는 자신의 감정을 아이에게 전가하는 사람입니다. 자기 기분이 좋을 때에는 아이가 잘못해도 웃어주고, 자신이 화나면 아이에게 화풀이를 하는 어머니. 제일 나쁜 아버지는 어머니를 사납게 만드는 아버지입니다. 돈 벌어다 주니 내 할 일은 다했다고, 아이 키우고 집 건사하는 건 아내의 책임이라며 아내를 외롭고 화나게 하는 아버지, 그래서 사나워진 아내가 무섭다며 밖으로 도는 아버지.

예전엔 자녀를 위해 평생 뼈 빠지게 일하고도 생색내는 부모가 적었는데, 요즘엔 자식들 키우는 게 힘들다고, 돈이 너무 많이 든다고 엄살을 부리는 부모가 많습니다. 학원에 보내고 고기를 사주면 부모 아니냐고, 부모 노릇은 돈으로 하는 거라고 생각하는 사람들을 보면 마법사가 되고 싶습니다. 투명인간이 되어 매로 세차게 때려주며 내뱉고 싶습니다. "아이들이 낳아달라고 한 적 없는데 당신이 낳았잖아? 낳았으면 제대로 양육해야지!"

아이를 때려 마음과 몸을 아프게 한 손, 밤새 욱신욱신 꼭 그만큼 아프게 하고 싶습니다. 스마트폰에 코를 박고 있는 아버지의 전화기를 빼앗아 높은 나뭇가지 끝에 매달고, 독화살 쏘던 눈을 퉁퉁 붓게 하고 싶습니다. 앞을 볼 수 없으면 정말 보아야 할 게 무엇인지 깨달을지도 모르니까요.

오늘 부모가 자녀에게 하는 것을 보면 내일 그들의 관계가 어떨지 짐작할 수 있습니다. 어린 자녀에게 손찌검과 폭언을 하는 부모는 자녀들이 성인이 된 후 그들로부터 비슷한 학대를 받을 겁니다. 아들딸과 대화하는 대신 스마트폰에 열중하는 부모는 훗날 다 자란 아이들에게서 자신들의 지금 모습을 보게 되겠지요. 그때 주름진 입으로 "오랜만에 온 가족이 함께 먹는데 꼭 스마트폰을 해야 해?" 하고 불평하면, 지금의 자기들만큼 나이 든 아들딸이 반문할 겁니다. "왜 그래요? 두 분도 늘 그랬으면서?"

책 속에 길이 있다지만 부모가 되는 길은 책 아닌 눈 속에 있습니다. 지금 바로 아이들의 눈을 보아주세요!

'워킹맘'과 '경단녀'들에게

조금 전 인터넷 『동아일보』에서 '애 키 작아도 운동 못해도 직업 가진 내 탓'이라는 제목의 기사를 보았습니다. 경력 단절을 두려워하며 집에서 일하는 사람과 아이 엄마라는 이유로 불이익을 당하며 회사생활을 하는 사람에 대한 기사였습니다.

오랜만에 '경단녀'와 '워킹맘'을 오가며 살아온 제 과거를 돌아보았습니다. 기사 속의 일하는 엄마들처럼 저도 늘 죄책감에 시달렸습니다. 어린아이를 두고 일하러 나가니 아이가 원만한 사람으로 성장하지 못하는 것 아닐까 죄의식을 느꼈습니다. 결론은 '그렇지 않다'입니다.

지난 사십 년 동안 관찰한 바에 따르면, 엄마가 일하느라 아이와 놀아주지 못한다고 아이가 잘못되는 일은 없습니다. 아이가 키가 작거나 운동을 못하는 것은 유전적 요인과 성격 때문이지 직업 가진 엄마의 탓이 아닙니다.

제가 첫 직장에 다닐 때의 일입니다. 어린이날 회사에서 가족 동반 야유회를 갔는데, 어떤 선배의 쌍둥이 딸들이 한두 살 위인 제 아이―당시 여섯 살쯤 된 사내아이―를 열심히 쫓아다녔습니다. 물론 함께 놀자고 그런 것이지요. 본래 혼자 있는 걸 좋아하고 자신이 싫은 건 결코 하지 않던 제 아이는 땀을 뻘뻘 흘리며 두 여자아이로부터 도망 다니다가 잡히기 직전 제 품으로 달려들어 울었습니다.

저는 그때 회사 동료와 선배들, 또 선배의 부인들과 담소하고 있었는데, 아이가 제 품으로 달려드는 걸 본 선배 부인 하나가 "엄마가 일하면 애들이 저러더라고." 하고 말했습니다. 그렇지 않아도 우는 아이로 인해 마음이 아픈데 그 부인의 말이 비수가 되어 가슴에 꽂혔습니다. 그러자 다른 선배 부인이 말했습니다. "엄마가 일하는 것하고 애들하고 아무 상관없어요. 다 성격이에요. 난 아이가 셋인데 셋이 다 달라요. 이런 상황에서 우는 애도 있고 절대로 안 우는 애도 있어요."

그 선배 부인의 말씀에 감사하면서도 괜히 나를 위로하느라 저렇게 말씀하시는 것 아닐까 긴가민가했습니다. 그런데 그 후 주변을 관찰해보니 그분 말씀이 맞았습니다. 오히려 엄마하고 온종일 함께 있는 아이 중에 잘 우는 아이가 많았습니다.

한국 사회는 누구나 알다시피 '퇴행 사회'입니다. 그러니까 1970년대에 제가 겪던 마음고생을 40년이 지난 지금 젊은 엄마들이 겪고 있는 겁니다. 이런 상황이니 아이를 낳으려는 사람이 세계 어느 나라보다 적은 게 당연하지요.

정부가 나라의 '퇴행'을 조장하면 시민이 할 일이 많아지고 삶이 힘들어집니다. 이민을 가려는 젊은이들이 많아지는 걸 욕할 수가 없습니다. 그럼에도 불구하고 한국에서 계속 살 거라면 스스로를 강화해서 자기 삶이 '퇴행'하는 걸 막아야 합니다. 삶의 '퇴행'을 막는 데는 일이 중요하고, 일하는 곳에서 제일 중요한 것은 실력입니다.

어떤 직장이든 '실력'이 있는 사람, 일을 잘하는 사람은 귀히 여깁니다. 실력 있는 사람을 인정하지 않고 귀하게 여기시 않는 직장이라면 그만두어야 합니다. 세상에 직장이 그곳 하나가 아닙니다. 아무리 취직하기 힘든 세상이라 해도 실력이 출중한 사람에겐 갈 곳이 있기 마련입니다.

직장에 다니며 아이를 키울 때는 아이에게 죄책감을 느끼지 말고, 엄마의 일에 대해 설명해주는 게 좋습니다. 엄마가 무슨 일을 하는지, 엄마가 하는 일이 사회에서 어떤 의미를 갖는 건지 얘기해주는 것이지요. 아침에 엄마와 헤어지기 싫어 투정을 부리는 아이에게는, 엄마도 너와 하루 종일 놀고 싶지만 엄마와 너를 위해 일을 해야만 한다는 사실을 차분히 설명해주어야 합니다.

사람들은 "어린애가 뭘 안다고 설명을 해요?" 하지만, 아이들은 다 압니다. 아직 말하지 못하는 어린아이들까지도 설명하면 다 알아듣습니다. 아이는 '작은 사람'이지 '바보'가 아닙니다. 문제는 어른들입니다. '아이는 아무것도 모른다'고 생각하는 어른들이지요.

엄마와 아이가 함께 있는 시간의 길이와 아이의 원만한 성장 사이에는 아무런 관계가 없습니다. 전 세계에서 처음으로 샴쌍둥이 분리 수술에 성공한 신경외과 의사 벤 카슨Ben Carson의 어머니는 싱글맘으로 세 가지 일을 하며 아이 둘을 훌륭히 키워냈습니다. 카슨의 자서전 『천혜의 손Gifted Hands』은 "우리 두 형제를 위해 희생하신 어머니에게 이 책을 바친다"는 헌사로 시작합니다.

저는 워킹맘일 때도 있었고, '경단녀'일 때도 있었습니다. 그리고 친구들 중에도 바깥일을 하는 사람과 집안일을 하는 사람들이 있습니다. 아이를 잘 키우는 건 어디서 일하든 '열심히 일하는' 어머니입니다. 실력 쌓는 일을 소홀히 하며 바깥일을 하는 어머니, 집안 살림만 하는 걸 가볍게 생각하는 어머니는 아이를 잘 키우지도 못하고 자기 스스로도 존경받지 못합니다.

아이와 오랜 시간을 보냄으로써 오히려 아이의 발전을 가로막고 아이와 나쁜 관계를 갖는 어머니들도 적지 않습니다. 아이와 짧은 시간밖에 함께할 수 없어 오히려 아이의 발전에 기여하는 어머니도 많습니다. '경단녀'와 '워킹맘'들, 아이를 믿어주세요! 아무것도 두려워하지 마시고 실력을 닦으세요. 엄마가 자신을 믿지 못하고 두려워하면 아이도 두려워하고 불안해합니다. 한마디로, 두려워하면 지는 겁니다!

맥줏집의 어린이들

나이 덕에 대학생들과 고전을 읽는 모임의 일원이 되었습니다. 학생들과 함께하는 시간만큼 즐거운 건 이 모임에 교수로 참여하는 초로의 동료들을 만나는 일입니다. 어떻게 해야 젊은이들이 고전을 제대로 소화하여 최소한의 교양을 갖게 할까 고민하다 보면 저녁 식사는 끝나도 얘기는 남습니다.

그날도 식당 부근의 맥줏집에 옮겨 앉아 얘기를 이어가는데 갑자기 실내가 소란스러워지며 앞사람의 말이 제대로 들리지 않았습니다. 서너 살짜리 아이들이 떼쓰는 소리에 삼십 대 초중반 부모들이 얼렀다 야단쳤다 하는 소리가 섞여 홀 전체가 거대한 소음덩어리가 되었습니다.

"아니 왜 술집에 애들을 데려오나?" "저쯤 되면 애들을 데리고 나가야 하는 거 아냐?" "요즘 젊은 부모들이 저래요. 한마디 하면 싸우려 들 테니 그냥 둬요." 동료들은 눈으로만 화살을 쏘았습니다. 바로 옆 테이블에서 참다못한 손님 하나가 일어섰습니다. "거 좀 조용히 합시다!" 제법 점잖게 일갈했지만 저편에선 "아니, 애도 안 키워봤나? 손자도 없어!" 하는 외침이 돌아왔습니다. 옆 테이블 사람들이 일어선

이를 다독였습니다. "그만둬. 저런 사람들하고 무슨 말을 섞니?" 셨던 사람은 "그만둡시다, 그만둬." 잦아들며 앉았지만, 손자도 없냐는 고함은 한참 계속되었습니다.

오래전 엄마 노릇을 시작하는 제게 어머니가 하시던 말씀이 떠올랐습니다.

"어른들 모이는 곳에 애를 데려가면 안 돼. 애는 어른이 아니라서 애야. 결국 눈총 받고 욕먹게 돼. 애가 욕먹는 거 싫으면 절대 그런 곳에 데려가지 마. 네 애는 너한테나 귀하지 다른 사람들한테도 똑같이 귀한 건 아니야."

친구들도 모두 그것을 알고 있었던지, 아무도 아이를 카페나 술집에 데려오지 않았습니다. 카페나 술집에서 만나야 할 때는 누군가에게 아이를 맡기고 왔고 그럴 수 없는 상황이면 집에서 만났습니다.

그런데 언제부턴가 어른들의 놀이터에 아이들이 오고 있습니다. 책을 읽거나 차 마시며 담소하던 카페가 애들이 뛰어노는 운동장이 되었고, 모처럼 목을 축이며 세상살이의 고단함을 푸는 술집에서조차 어린이의 칭얼거림을 듣게 되었습니다.

아이들이 일으키는 소음도 괴롭지만 카페나 술집이 그 아이들에게 어떤 영향을 줄까 생각하면 더욱 괴롭습니다. 작고 약한 몸이 견디기에 공기는 너무 나쁘고 음악 소리는 너무 시끄럽습니다. 더구나 술집에선 무장해제를 하고 아이가 되는 어른이 많습니다. '하라는 것' 대신 '하는 것'을 보고 배우는 아이들에겐 학교 아닌 곳이 없고, 그중에서도 술집은 일탈을 배우는 학교입니다.

얼마 전 중학교 교사로 일하는 후배가 원어민 영어 교사로부터 "한국엔 미래가 없다"는 말을 듣고 충격을 받았다고 합니다. 후배가 이유를 묻자 그 외국인은 "여러 나라에서 아이들을 가르쳐보았지만 한국 아이들처럼 버릇없고 기본적인 예의나 규율도 지키지 않는 아이들은 본 적이 없다. 이 아이들이 자라서 어른이 되고 투표권을 행사해 나랏일을 결정할 텐데, 어떻게 이 나라에 미래가 있겠느냐?"고 하더랍니다.

입장권이 있어야 놀이공원에 가고 기차표가 있어야 기차를 탈 수 있듯 예의를 지켜야 문명사회의 구성원이 될 수 있습니다. 논어, 맹자를 읽고 니체와 하이데거를 논한다고 교양인이 되는 게 아닙니다. '티피오(T: 시간 P: 장소 O: 상황)'에 맞게 행동할 줄 모르는 사람은 학위나 재산이 아무리 많아도 교양인이 아닙니다.

아이와 함께 갈 수 있는 곳과 갈 수 없는 곳도 구별하지 못하고 기본적인 예의조차 가르칠 수 없다면, 부디 아이를 낳지 마셔요. 무례한 사람이 넘쳐나는 이 나라, 그래도 약육강식이 넘쳐나는 '동물의 왕국'이 되는 것만은 막아야 하니까요.

국민

취임 일 주기를 맞은 박근혜 대통령이
지난해 공적인 자리에서 가장 많이 사용한 단어는
'국민'이라고 합니다.
대통령만이 아니라 대부분의 정치인들은
'국민'이라는 단어를 좋아합니다.

그러나 '국민'은 본디 우리말이 아닙니다.
그것은 일본이 우리나라를 식민 지배하던 시절
제 나라 사람들을 부르던 '皇國臣民'에서 유래한 말입니다.
'황국신민'은 '천황이 다스리는 나라의 신하된 백성'을 뜻합니다.
그래서 '국민학교'라 부르던 것을 '초등학교'로 바꾸기도 했지요.

국립국어원에서는
지금 사용하는 '국민'은 '황국신민'의 준말이 아니라,
'국가를 구성하는 사람이나
그 나라 국적을 가진 사람'을 뜻한다고 하지만,
지금의 '국민'과 '국민학교'의 국민이 어떻게 다르다는 건지
이해가 되지 않습니다.

대한민국의 초석을 놓은 임시정부 헌법에는
'국민'은 없고 '인민'만 있습니다.
북한의 정식 명칭이 '민주주의인민공화국'이어서

'인민'이라는 말에 거부감을 갖는 사람들도 있지만
방글라데시와 알제리의 정식 명칭에도 '인민'이 들어가 있습니다.

'통일은 대박'이라고 천명한 박근혜 대통령부터
'국민' 대신 '인민'이라는 표현을 쓰시면 어떨까요?
남북한 주민 모두가 한반도의 '인민'이 되면
통일도 앞당겨지지 않을까요?

불행한 통계

작년(2012년) 한국의 자살률은 인구 10만 명당 29.1명, 경제협력개발기구OECD 회원국 평균(12.5명)의 2.3배입니다. 자살률은 나이가 많을수록 높아 여든 넘은 분들의 자살률은 20대의 5배에 이릅니다. 노인층의 높은 자살률만큼 가슴 아픈 건 빠르게 증가하는 청소년 자살입니다. 우리나라 10대 인구 10만 명당 자살자 수는 2001년 3.19명에서 2011년 5.58명으로 57.2퍼센트나 증가했습니다.

저의 10대를 돌아봅니다. 집에서나 학교에서나 마음 나눌 사람이 없었습니다. 어른들이 거의 모두 불행해 보여 어른이 되어도 외롭고 괴로울 것 같았습니다. 어느 날부턴가 가슴 아래쪽이 아팠습니다. 여러 가지 검사를 한 후 의사가 말했습니다. "햇볕을 많이 쬐고 말을 많이 해요." 햇볕을 쏘이려면 밖으로 나가야 하고 말을 많이 하려면 사람들을 만나야 하니, 골방에 틀어박혀 절망에 빠지는 일을 막을 수 있겠지요. 훗날에야 그때 그 처방이 가장 경제적이고 효과적인 자살 예방법임을 알았습니다.

우리나라 청소년들의 자살률이 높은 건 공부하느라 바빠서 햇볕을 쬐거나 친구들과 떠들 시간이 없기 때문일 겁니다. 아침부터 밤까지 '이 세상에 친구는 없다, 경쟁자가 있을 뿐'이라는 말을 들으며, 나쁜 성적이 초래한다는 암울한 미래에 대한 불안에 영혼을 잠식당하다 보면 그날이 오기 전에 죽는 게 나을 거라고 생각하게 되겠지요.

자살은 대개 불행 속에서 하는 수 없이 취하게 되는 '선택 아닌 선택'으로 불행을 벗어나지 못하는 자신에게 가하는 폭력입니다. 행복해서 자살하는 사람이 없듯 행복한 사람이 폭력적인 경우도 없습니다. 최근 3년간 우리나라 초중고교에서는 폭력 가해 학생이 두 배나 증가했는데, 초등학교에서는 네 배 가까이 늘었다고 합니다. 가해 학생의 수가 늘었다면 피해 학생의 수도 늘었겠지요.

어린 학생들의 일과를 보면 그들이 폭력적이 되는 걸 이해할 수 있습니다. 어른들이 짜놓은 시간표에 맞춰 '사육'되다 보면 분노가 쌓이는 게 당연할 테니까요. 비싼 학원에서 선행학습을 한 아이일수록 성적이 좋지만 그 아이는 학원에서 배운 것을 학교에서 되풀이하니 지겨울 겁니다. 그런 학원에 다니지 못하는 아이는 성적이 나쁘고 성적이 나쁘면 바보 취급을 당하니 그 또한 학교 가기가 싫을 겁니다.

한때 세계에서 가장 열심히 어린이들에게 주입식 교육을 실시했던 독일은 역사에 대한 반성 끝에 '한두 명의 뛰어난 사고보다 모두의 깊이 있는 사고!'를 기치로 초등학교에서 선행학습을 퇴출시켰다고 합니다.

2011년 오이시디(OECD: 경제협력개발기구) 회원국 '어린이·청소년 행복지수 국제비교'에서 우리나라는 3년 연속 꼴찌를 기록했고, 우리 초등학생들의 가장 큰 스트레스 요인은 '학원'이었습니다. 전국교직원노동조합 참교육연구소가 초등학생 1,450명을 대상으로 조사했을 때도 '학원 다니기'가 가장 괴롭다는 응답이 나왔습니다.

학원에서 쏟아져 나오는 학생들을 보며 제 학창 시절을 생각합니다. 낭시엔 학원이란 게 없고 돈 있는 아이들만 과외공부를 했는데 저는 과외를 할 수 없어 자유로웠습니다. 읽고 싶은 책을 마음껏 읽고 가을날 낙엽 위에 멍하니 앉아 있다 수업에 늦기도 했습니다. 요즘 아이들처럼 살아야 했다면 일찍 이곳을 떠났을지도 모릅니다.

잘못된 교육을 바로잡는 제일 쉬운 방법은 아이들의 공부 시간을 줄이는 겁니다. 학교 수업을 줄이고 스마트폰을 금지시켜 햇볕 쪼이며 친구들과 놀게 하고, 학원 수업은 저녁 식사 시간 전에 끝내게 해야 합니다. 자녀를 학원에 보내지 않는 부모가 늘면 궁핍으로 인해 자살하는 노인의 수도 줄어들 겁니다. 이 불행한 통계의 시대를 끝내려면 지금 바로 바꿔야 합니다.

망각

세월호가 진도 앞바다에서 침몰한 지 25일,
이제 그만 잊자고 하는 사람들이 있습니다.

잊자고 하는 사람 중엔
세월호 참사를 남의 일로 생각하는 사람도 있겠지만,
추모 분위기가 국민을 우울하게 한다고 염려하는 사람도 있고,
나쁜 경제 상황을 더 악화시킨다고 걱정하는 사람도 있습니다.

그리스 신화엔 망각의 강이라는 레테 강이 나옵니다.
사람이 죽어 저승으로 갈 때 건너야 하는
다섯 개의 강 중 하나라고 하지요.
죽은 사람은 레테 강물을 한 모금 마실 때마다
이승에서의 기억을 지우게 되고,
마침내 모든 기억이 지워지면 이승의 번뇌를 잊게 된다고 합니다.

그러니 망각은 죽을 때에나 필요한 것입니다.
갚지 못한 빚이나 사별처럼 기억하기 괴로운 일도
기억해야 할 것은 기억해야 합니다.
기억하기 괴롭다고 잊어버리는 사람은
살아 있어도 죽은 사람이지요.

전 국민을 유가족으로 만든 세월호 사건은
괴로워도 기억해야 하는 일입니다.

국민이 우울해지고 경제가 나빠져도
레테 강을 건너는 순간까지 기억해야 합니다.
우리는 아직 살아 있으니까요.

나이만큼 부끄러운

세월호가 진도 앞바다에서 침몰한 지 오늘로 열흘입니다. 성년이 되어보지도 못하고 죽은 고등학생들을 생각하니 제가 너무 오래 살고 있다는 생각이 듭니다. 인터넷 세상에선 젊은 네티즌들이 비아냥거립니다. "어른들이 시키는 대로 한 애들은 죽고 늙은 사람들은 살아 나왔네." 나이 든 희생자도 있으니 틀린 말이라고 무시할 수도 있지만, 그 말에 담긴 적대감이 가슴을 아프게 합니다. 그들이 암시하듯, 나이는 이 사회의 부조리와 부실과 부패에 대한 적응 능력을 나타내는 숫자일지 모릅니다.

'요즘 애들'을 키운 게 어른들이니 세대 간의 반목을 지우는 것도 어른들 몫입니다. 젊은이는 늙은이가 오래전 걷던 길을 지금 걷는 사람입니다. 예전에 내가 겪던 고통, 내가 씨름하던 문제들로 인해 괴로워하는 젊은이들을 애틋한 사랑으로 감싸는 어른들이 바로 세대 간의 적대감을 지우는 지우개입니다. 침몰선에서 구조된 지 이틀 만에 저세상의 제자들을 따라간 단원고등학교 강민규 교감선생님이 꼭 그런 분일 것 같습니다.

이십칠 년 동안 도덕과 윤리를 가르쳐온 선생님은 '살아남은 자의 슬픔'과 함께 젊은이들을 살리지 못한 무능한 어른의 부끄러움을 누구보다 깊이 느끼셨을 겁니다. 그러니 "이백 명의 생사를 모르는 채 혼자 살기에는 벅차다"며 소나무에 목을 매셨겠지요. "저승에 가서 실종된 아이들의 선생 노릇을 할까" 하는 유서를 읽다 보면 만나 뵌 적 없는 선생님의 젖은 눈이 보이는 것 같습니다.

이승이나 저승에서 다시 교단에 선다면 선생님은 "고등학교 때까지만 참아. 대학 가면 네 맘대로 살 수 있어"라고 말하지 않을 겁니다. 죽음의 신에겐 눈이 없습니다. 젊어 죽는 사람보다 늙어 죽는 사람이 많지만 모든 젊은이가 죽음에서 자유로운 건 아닙니다. 미래를 위해 '해야 한다'는 일만 하다가 '하고 싶은 일' 한 번 해보지 못하고 미래가 오기 전에 죽는 젊은이가 한둘이 아닙니다.

선생님은 결코 '시키는 대로 하라'고 하지 않을 겁니다. "어른도 틀릴 때가 있고 선생도 틀릴 수 있다"며 "너 자신을 믿어라"고 하실 겁니다. 세월호 침몰에서 세계가 놀랄 만큼 많은 희생자가 나온 것은 무엇보다 학생들이 '그대로 있어라'는 승무원들의 지시를 믿고 따랐기 때문입니다. 어려서부터 '부모님 말씀 잘 들어라' '선생님 말씀 잘 들어라'는 얘기를 들으며 자란 아이들이 낯선 배 안에서 선생님 같고 부모님 같은 승무원들의 지시에 순종한 건 당연한 일입니다.

선생님은, 위기에서 믿을 건 너 자신뿐이고 몸이 강해야 정신도 강해진다며, 체육 시간을 아껴 영어와 수학을 가르치려는 사람들을 내치실 겁니다. 선생님은 또 진정한 '소통'은 '자립'한 사람들 사이에서만 가능하니 스마트폰을 내려놓고 홀로 서기 위해 노력하라고 하실 겁니다. 침몰 직전 세월호 승무원들과 지상 간에 이루어진 대화를 보라고, 자신이 누구인지 뭘 해야 하는지 모르는 자들의 소통은 소음이며 낭비라고, 한 사람 한 사람이 제 몫을 하는 세상엔 천재지변은 있어도 인재人災는 없다고 강조하실 겁니다.

오십이 년의 삶을 싸들고 떠나며 선생님은 '어른들'에게 몸으로 유언했습니다. 젊은이들을 사랑하라고, 반목을 지우는 것도 상처를 아물게 하는 것도 사랑이라고. 그런데, 지금 우리는 무엇을 하고 있는 걸까요? '요즘 애들'을 꾸짖던 어른들은 다 어디로 갔을까요? 아이들을 죽음에 밀어 넣은 어른들 중에서 모든 게 내 책임이라고 가슴 치는 사람이 왜 하나도 없을까요? 자녀를 부검해달라는 부모들의 깊은 슬픔을 헤아린다면, 어두운 물속에서 우리를 기다릴 아이들을 사랑한다면, 우리는 지금 무엇을 해야 할까요?

정권은 유한해도 시민은 영원하다

지난 4월 중순, 세월호가 침몰한 지 일 년이 되어가던 어느 날 진도 팽목항에 갔습니다. 봄이 오는 육지에 서 있어도 바다에서 불어오는 바람은 겨울이었습니다. 그 추운 바다에서 숨진 사람들을 생각하니 억울하고 분했습니다. 도대체 그들이 무엇을 잘못해 그렇게 추운 곳에서 때 이른 죽음을 맞이해야 하는 건가요? 일주일 후 그 질문을 안고 세월호 사건 1주기를 기념하는 시위 현장에 갔습니다. 아래는 그날 밤의 기록입니다.

4월 19일 새벽 한 시가 되어갑니다. 광화문광장에서 한숨 쉬다 소리치다 들어왔더니 잠이 오지 않습니다. 70년대 초 유신헌법 반대 데모하던 때가 생각나고, 80년대 초 신문사 사회부 기자로서 전두환 독재에 항거하는 학생 데모를 취재하던 일도 떠오릅니다.

그때로부터 30여 년이 흘렀지만 민주주의는 아직 이루고 싶은 꿈이나 목표입니다. 아직도 정부에는 시민과 싸우고 싶어 하는 사람들이 있고, 이제 노인이 된 저는 세월호에서 희생된 사람들의 한을 다소나마 풀어주고 싶어 비 날리는 광화문광장에 서 있었습니다. 슬픔이 복

받쳐 올랐습니다.

제가 이러니 70대, 80대 어른들은 얼마나 기가 막히실까 하는 생각도 들었습니다. 나이 들며 자기 일 아닌 일엔 신경 쓰지 않는 사람이 되었다면 모르지만, 여전히 이웃과 사회와 나라를 걱정하는 분들이라면 참으로 비감하실 겁니다. 그분들은 바로 오늘 55주년을 맞는 4·19 혁명까지 겪었으니까요.

가슴을 아프게 하는 건 광장을 메우고 있는 남녀노소만이 아니었습니다. 광화문 주변 모든 도로를 에워싸고 있는 경찰버스들과 도로마다 호루라기를 불며 근무 중인 경찰관들, 광장의 인파를 향해 '해산하라'고 외치다 물대포를 쏘아대는 경찰 간부들도 모두 마음을 아프게 했습니다. 70년대 학교 부근 거리에서 데모하다 인파에 밀려 넘어졌을 때 일으켜 세워주며 '이제 그만하고 집에 가라'던 경찰 아저씨도 생각났습니다.

경찰은 시민의 적이 아닙니다. 경찰도 시민이고, 경찰은 시민이 선택한 직업일 뿐입니다. 그러니 시위대는 경찰을 공격하면 안 되는데 경찰이 시민을 공격할 땐 어떻게 해야 할까요?

몇 시간 전 광화문광장에서는 경찰이 동료 시민들에게 물기둥을 쏘아댔습니다. 어떤 시민들은 '세금 아깝다, 물 뿌리지 말라!'고 외치기도 했습니다. 세금도 세금이지만 비가 날리는 날씨에, '물 부족 국가'에서 물을 쏘아대는 건 납득하기 힘들었습니다.

길을 몇 겹으로 에워싼 경찰버스들은 모두 시동을 건 채 서 있었습니다. 버스와 버스를 너무나 촘촘히 이어놓아 광화문광장에서 케이티 KT 본사 쪽으로 가려면 세종로 네거리까지 내려가서 돌아와야 했는데, 모든 버스에 시동이 걸려 있으니 버스에서 나오는 배기가스가 엄청 심했습니다.

서울의 대기를 오염시키는 미세먼지의 주범이 자동차 배기가스라는 점을 생각하니 기가 막혔습니다. 연료의 낭비는 곧 세금의 낭비인 데다 대기오염까지 악화시키니 도대체 이게 무슨 어리석은 짓일까요? 경찰관들이 시위를 막을 때에도 생각을 좀 했으면 좋겠습니다. 버스의 시동은 끄고, 물대포든 최루탄이든 캡사이신이든, 시민을 괴롭게 하는 건 쏘지 않았으면 좋겠습니다. 경찰관도 제복만 벗으면 '시민'이란 걸 기억해주셨으면 좋겠습니다.

그나저나 버스를 이어 만든 '차벽'과 거리를 막고 섰거나 열 지어 뛰어다니는 경찰관들 덕에 우리나라를 찾는 관광객이 늘어날지 모릅니다. 다른 나라 시민들도 시위를 하겠지만 우리나라 경찰의 진압 방식이 독특한지 카메라 셔터를 누르는 관광객을 여럿 보았습니다. 어쩌면 자기 나라 경찰은 이러지는 않는다고 자위했을지도 모릅니다. 이래저래 착잡한 4·19혁명 기념일입니다.

연일 고생하신 세월호 희생자 유가족들, 그분들과 동행하며 응원해주신 시민들께 감사하며 위로의 말씀을 드립니다. 하늘이 여러분의 편입니다.

세월호 관련 시위로 인해 매일 야근하며 고생하신 경찰관들도 위로하고 싶습니다. 경찰 여러분, 여러분도 시민이라는 사실을 잊지 말아주세요. '정권은 유한해도 시민은 영원하다'는 걸 기억하고 시위 진압은 '대충' 해주세요!

여왕이 되려면

'**피**겨 여왕' 김연아 선수는 러시아 소치에서 폐막된 동계올림픽 경기에서 사실상 은퇴했지만 그에 대한 사랑은 앞으로도 한참 지속될 것 같습니다. 무엇보다 그는 지금 이 나라에 가장 결여된 품격과 통찰을 보여주기 때문입니다.

겉모습 꾸미기에 혈안이 된 사람들, 파렴치한 죄를 짓고도 집단적 건망증과 도덕적 해이에 기대어 활개 치는 사람들, 어디로 가는지도 모르는 채 남들 가는 대로 전력 질주하는 사람들, 그런 사람들 사이에서 김 선수는 자신만의 방식으로 정상에 올랐습니다.

성희롱적 발언으로 아나운서들을 모독했다 낙선한 전직 국회의원은 케이블 텔레비전에서 활약 중이고, 박사논문을 표절해 여당을 떠났던 현직 국회의원은 복당한다고 합니다. 초등학생 제자를 성추행했다가 징역 4년을 선고받은 장학사도 있습니다. 어린 소녀를 추행하고 유사강간행위를 하고 촬영까지 했으니 '엄중한 처벌'을 내리겠다며 고작 징역 4년을 선고한 법원, 과연 무슨 기준으로 '엄중하다'는 걸까요?

1919년 임시정부 헌법으로 '민주공화국'임을 천명한 이 나라가 김연아 씨를 '여왕'으로 부르는 건 스케이팅 점수 때문만은 아닙니다. 그것은 연아 씨가 아무도 흉내 낼 수 없는 실력, 철저한 자기관리, 국경을 뛰어넘는 선행으로 스케이팅의 수준과 나라의 위상을 한껏 끌어올려 아버지로부터 물려받지 않은 자신만의 '왕국'을 세웠기 때문입니다.

2000년대 중반 각종 대회를 석권하며 '연아 키즈'의 등장에 기여한 김 선수, 그가 다시 세계인의 박수갈채를 받는 걸 보면서 고사리손을 잡고 얼음판을 찾는 어머니들이 많을 겁니다. 그 어머니들이 꼭 기억해야 할 것이 있습니다. 연아 씨는 스스로 그 일을 선택했다는 것입니다. 피겨스케이팅을 하겠다고 결심한 후엔 군것질 한 번 허투루 하지 않았다고 합니다.

어른들이 다르듯 아이들도 다릅니다. 여섯 살 연아는 처음 타본 스케이트에 매료되어 그 길로 들어섰지만, 은반 위의 여왕을 보고 감탄하면서도 스케이트를 타지 않으려는 아이가 얼마든지 있을 수 있습니다.

국회가 학원들은 그냥 둔 채 학교에서 '선행학습'을 금지하는 법을 통과시켰으니 학원으로 달리는 어머니들이 더 많아질 겁니다. 그 어머니들이 원하는 건 자녀가 남보다 '먼저 가는 선행先行'이지만, 정말 높은 곳에 도달하려면 자신만의 속도로 가지 않으면 안 됩니다. '선행'을 위해 동분서주하는 어머니들에게 묻고 싶습니다. 대개 '선행'의 끝은 '선착先着'이고 무릇 인간의 종착지는 죽음이니, 자녀가 '선행'을 거듭해 죽음에 선착하기를 바라는 거냐고?

우리나라에는 수많은 '김연아'가 있습니다. 꼬마 가수 김연아, 학생 김연아, 직장인 김연아, 흰머리가 늘어가는 김연아 할머니도 있습니다. 김연아 선수가 자신보다 운 나쁜 사람들을 생각할 줄 몰랐다면, 그의 것으로 생각했던 금메달이 남에게 가는 것을 보고도 '더 간절한 사람에게 줬다고 생각'할 줄 아는 사람이 아니었다면, 지진으로 고통받는 아이티인들, 희귀병 어린이들과 소녀가장들을 위해 '선행善行'을 하는 사람이 아니었다면, 그는 결코 '여왕'이 될 수 없었을 겁니다.

스케이트를 타지 않아도 연아 씨처럼 자신을 연마하며 사랑을 실천하는 사람은 누구나 자신만의 왕국을 세울 수 있습니다. 자녀가 연아 씨처럼 되기를 바라는 어머니들이 아들딸에게 가르쳐야 할 것은 '먼저 가는 선행'이 아니라 '선을 행하는 선행'입니다. 오늘은 삼일절, 95년 전 우리 선조들이 일본 식민 통치에 맞서 민족해방을 선언했던 3·1운동 기념일입니다. 김 선수의 등 뒤에서 그 어떤 국기보다 아름답던 태극기를 자녀와 함께 내걸며 어떤 '선행'을 할까 궁리해보면 어떨까요?

영란아, 미안해!

 $\mathbf{\Omega}$즘 자꾸 네 생각이 나. '성적은 땅값 순'이라는 기사를 보았을 때도, 현직 법관 중에 외국어고등학교 출신이 급증한다는 뉴스를 들었을 때도. 낙엽 떨어지는 송죽길에서 우연히 만났던 게 벌써 몇 해 전이지? 외국어고등학교와 과학고등학교에 진학한 쌍둥이 아들들의 안부를 물었더니 풀 죽은 목소리로 대답했지? 괜히 보냈다고, 거기만 가면 외국어 전문가와 과학자가 될 줄 알았는데, 그냥 대학 가는 공부만 한다고, 돈이 없어 아이들이 상위 그룹 스터디 그룹에 끼지 못한다고.

작년 초던가, 그 길에서 또 만난 게? 쌍둥이들은 대학에 다닌다고 했지? 하나는 군대에 가고 하나는 휴학 중이라고, 고민을 많이 하는데 도와줄 방법이 없다고 서늘하게 웃더니 서둘러 가던 길을 갔지. 성당에서 주관하는 아기 돌보는 곳에 자원봉사를 하러 간다고 했지.

영란아, 같은 교복을 입고 같은 시를 읽던 고등학교 땐 그래도 삶이 평등해 보였어. 그때도 학교는 일류, 이류, 삼류로 나뉘고 돈 있는 소수는 과외를 했지만 학원은 재수생만 가는 곳이었고, 우린 그런대로 자유로웠어. 가끔은 은행잎이 폭신한 운동장에 앉아 수업 시작 종소리마저 놓치곤 했지. 얼굴을 붉히며 교실 뒷문으로 들어서면 선생님이 "이 자식들!" 하며 눈을 부라리셨지만 무서운 엄포 속에 숨은 사랑을 아는지라 겁나지 않았어.

공부 잘하던 네가 어려운 가정형편 때문에 대학에 가지 못할 때, 참 마음이 아팠지. 포기하지 말라고 너를 닦달했지만 그땐 몰랐어, 가난을 대물림 받을 땐 패배의식도 물려받기 쉽다는 걸. 네 아들들이 공부를 잘해 외고로 과고로 갈 땐 내 일처럼 기뻤지. 그 아이들이 너를 옭아매고 있던 무거운 사슬을 끊어주리라 생각했거든. 우연히 잠깐 만난 자리에서 네가 외고의 운영에 대해 불평할 때도 난 별로 동의하지 않았어. 자랑하고픈 아들을 둔 엄마의 엄살일 거라고 생각했거든. 그런데 요즘 언론에 오르내리는 외고 얘기를 들으니 그제야 그때 네 맘을 알 것 같아. 영란아, 미안해.

마침 네가 사는 서대문구 출신 국회의원 정두언 씨가 지난주에 특수목적고인 외고를 특성화고로 바꾸자고 '초중등교육법 개정안'을 내놓았대. 교육과학기술부 일각에선 외고를 국제고로 전환한다고 하고, 전국교직원노동조합은 일반고로 전환해야 한다고 하고, 청와대와 전국 시도 교육감들은 외고를 그대로 두고 문제점만 개선해야 한다고 한대.

최근 새로 임용되는 판사들 중에 외고 출신들이 급격히 늘고 있대. 2000년 판사 임용자 중엔 9.2퍼센트가 특목고와 강남 3구 출신이었는데, 그 비율이 계속 높아져서 올해는 37퍼센트나 되었대. 현직 법관 중엔 대원외고 출신이 58명으로 제일 많고, 경기고와 광주일고가 각각 38명과 32명인데, 앞으론 격차가 더 심해질 거래. 외국어 전문가를 키워낸다는 특수목적을 가지고 출발한 외고가 판사를 키우는 학교로 변질되었다고 비난하는 사람들이 많아.

『조선일보』 기사를 보니 대원외고는 올해 유학반 94명 전원이 미국 명문대에 합격했대. 대원외고 신입생의 절반(49.8%)이 소위 강남 3구(강남·서초·송파) 출신이고, 강남 3구를 뺀 서울 지역이 30.4%, 지방은 19.8%라니 '성적은 땅값 순'이라는 말이 맞긴 맞나 봐. 대원외고 국제반 3학년생 99명 가운데 유학이나 연수 경험이 없는 학생은 15명뿐이라니 미국엘 갔다 와야 합격할 수 있다는 말이 괜한 말이 아닌가 봐. 그러니 유학도 연수도 못 보낸 아들이 외고에 다닐 때 네가 얼마나 마음고생을 했을까. 대원외고엔 최근 5년간 수능에서 언어, 수리, 외국어 등 3개 영역에서 모두 1등급을 받은 학생이 887명이나 되었대. 그런 학생을 한 명도 배출하지 못한 학교가 1,357개교나 되었다니 엄청난 차이지.

엊그제 서울에서 일반고 교사로 평생을 보내고 있는 친구를 만났어. 우수한 아이들이 외고, 과고, 자립형 사립고, 비평준화 지역 고교로 빠져나간 학교에서, '2x+3x=5x'도 이해 못하는 학생들을 가르치는 일이 괴롭다고 했어. 그나마 성적이 좋은 아이들은 거의 다 경쟁에서 이기는 데 혈안이 된 이기적인 아이들이라고 하더군. 그 친군 공부를 잘하는 아이들과 못하는 아이들을 한데 모아 가르쳐야 교육이라고 했어. 못하는 아이들은 잘하는 아이들에게서 자극을 받고, 잘하는 아이들은 못하는 아이들을 보며 세상엔 자기보다 머리나 운이 나쁜 사람도 있다는 걸 깨달으며 어울려 사는 법을 배운다는 거야.

미국 명문대학을 가는 것도 좋고 판사가 되는 것도 좋지만, 가장 중요한 건 어떤 인간이 되느냐가 아닐까. 학력 높고 경제력 있는 부모에게서 태어나 고등학교에 들어가기 전에 유학이나 연수를 다녀오고, 외고에 진학해서 수월성을 북돋는 교육을 받고 명문대학을 나와 판사가 된 사람이, 젖은 땅은 한 번도 밟아보지 못한 사람이, 자신의 삶과 전혀 다른 삶이 있다는 걸 알 수 있을까? 사회의 부조리를 피부로 느끼고 그걸 개선하기 위해 진력할 수 있을까?

머리는 있어도 가슴은 없는 법조인들이 양산될지도 몰라. 8세 어린이를 잔인하게 성폭행하고 평생을 장애인으로 살게 한 범죄자에게 12년 형을 구형하고 법적으로 아무런 문제가 없다고 말하는 검사 같은 법조인들, 용산 철거민 참사에서 아버지를 잃은 사람에게 오히려 책임을 물어 6년 형을 선고한 판사 같은 법조인들이 자꾸 많아질지 몰라. 국제적인 경쟁력을 키워 나라와 사회를 더 나은 곳으로 만드는 데 기여하라고 만든 특수목적고가 이기적 삶의 향유를 위한 발판이 된다면, 과연 그런 학교가 존재해야 할까?

난 외고는 폐지해야 한다고 생각해. 1992년 외국어고등학교들이 첫 신입생을 뽑을 때 가졌던 특수목적—외국어 실력으로 무장한 글로벌 시대의 주역 배출—이 사라졌기 때문이야. 그때만 해도 우리나라엔 외국어에 노출된 학생이 많지 않았어. 하지만 지금은 사정이 전혀 달라. 유치원과 초등학교부터 영어를 배우니 외국어를 잘하는 학생을 키우기 위해 따로 전문고교를 운영할 필요가 없어.

꼭 어학 전문고교를 운영해야 한다면 영어 빼고 소수의 학생만을 대상으로 제2외국어 전문학교를 만들거나, 국어 혹은 한국학 전문고교를 만드는 게 좋다고 생각해. 요즘 우리말과 글을 제대로 구사하고, 나라의 역사와 전통을 아는 학생들이 갈수록 줄고 있으니 말이야. 세계화도 좋지만 제 나라가 없으면 세계화할 나라 자체가 없는 것이니 제 나라와 나라말을 지키는 게 더 중요하지 않을까.

영란아, 쌍둥이들은 어떻게 지내니? 혹시 벌써 판사가 된 건 아니니? 네 아들 같은 사람이 판사가 되면 정말 좋을 텐데. 넌 요즘도 아기들을 돌보고 있니? 늘 그랬듯이 어려운 상황에서 더 어려운 사람들을 도우려 애쓰고 있을 것 같아. 나가봐야겠어. 황혼 녘 송죽길에서 아기 돌보고 돌아오는 너를 만나고 싶어. 또 한 번 우연히 만나 단풍든 홍옥 한 봉지 사주고 싶어.

늦게 피는 꽃

골목길에 피었던 철쭉꽃이 다 지고 잎만 푸른데
저 아래 그늘 속에 하얀 꽃 한 송이가 보입니다.
베란다의 재스민 꽃이 보라로 피었다가
하얗게 져 떨어지고 며칠이 지났는데
푸른 잎 뒤에서 보라 꽃 두 송이가 수줍게 얼굴을 내밉니다.

사람도 어려서부터 두각을 드러내는 사람이 있는가 하면
중년에 이르러 일가를 이루는 사람이 있고
꽃도 다른 꽃들 필 때 어울려 피는 꽃이 있는가 하면
홀로 천천히 피는 꽃이 있습니다.

중요한 건 자신이 누구인지 무얼 해야 하는지 잊지 않고
자신이 해야 할 일을 하는 것이겠지요.

장미들이 빨갛게 웃는 골목 한쪽의 하얀 철쭉,
라일락 향기 사라진 베란다의 재스민 향이 특별히 반가운 건
제가 그들처럼 더딘 사람이어서인지 모릅니다.

주변에 저처럼 더딘 친구가 있거든
'늦게 피는 꽃'이구나 하고 기다려주십시오.
거리를 걷다가 '늦게 핀 꽃'을 만나시거든
'애썼다, 대견하다' 격려해주십시오.

저, 임신했어요……

10대들은 누구나 부모를 충격에 빠뜨릴 수 있는 말을 한마디씩 알고 있지만 "저, 임신했어요"에 버금가는 말은 드물 겁니다. 그것도 사랑에 빠져 어쩔 수 없이 임신한 게 아니라 임신하기로 작정하고 성관계를 맺었다면 그야말로 경악하지 않을 수가 없습니다.

미국 매사추세츠의 퇴락해가는 어업도시 글로스터Gloucester의 글로스터 고등학교 여학생 17명이 집단으로 임신을 하여 나라 안팎에 파문을 일으켰습니다. 이 학생들은 '임신 동맹'을 맺고 임신하기 위해 애쓰면서 학교 진료소에서 누차 임신 진단 테스트를 받았다고 합니다.

'임신 동맹'에 놀란 어른들은, 진단 결과 임신이 안 된 걸 알고 실망하는 아이들도 있었다는 조셉 설리번 교장의 말에 또 한 번 놀랍니다. 현재 임신 중인 학생의 수는 총 학생 1,200명인 이 학교에서 작년에 임신했던 학생 수의 4배가 넘는다고 합니다. 더욱 충격적인 건 이 학생들이 모두 16세 이하이며, 이들을 임신시킨 남자 중엔 24세의 노숙자도 있다는 겁니다.

지난주엔 미국의 팝스타 브리트니 스피어스의 동생 제이미 린Jamie Lynn Spears이 첫딸을 출산해 전 세계 10대들을 흥분시켰습니다. 제이미는 언니만큼은 아니어도 제법 유명한 배우이고 가수이지만 이제 겨우 17세입니다. 한참 사귄 남자 친구와 낳은 아기라는 점이 10대들에겐 다소 실망스러울지 모릅니다.

'임신 동맹'이란 말은 아직 낯설지만 10대 임산부, 리틀 맘, 미혼모 등은 우리에게도 낯익은 단어들입니다. 그중에도 10대 미혼모를 가리키는 '리틀 맘'은 지난 14일, 케이블 텔레비전 CGV에서 첫 방송된 「18세 미혼모의 비밀-리틀 맘 스캔들」로 인해 별안간 익숙해진 감이 있습니다. 10대 소녀 세 명과 20대 여성 한 명이 미혼모 또는 소녀가장으로 가출과 독립을 겪는 모습을 그려내는 드라마라고 합니다. 그 드라마가 방영되기 직전엔 KBS 2TV의 「인간극장-나는 엄마다」 편에 리틀 맘 얘기가 방영되어 다양한 반응을 불러일으켰습니다.

아이를 낳아 키워본 사람들은 대개 임신 및 출산을 그렇게 서둘러서 할 경험은 아니라고 말합니다. 이달 초 글로스터 고교를 졸업한 아만다 아일랜드의 생각도 다르지 않습니다. 아만다는 1학년 때 아기를 낳고 학교를 다니는 동안 주변 학생들의 부러움을 샀다고 합니다. "걔네들은 자신을 무조건적으로 사랑해줄 누군가를 갖게 된다는 사실에 열광하곤 했어요." 아만다는 새벽 3시에 칭얼대는 아기의 사랑을 느끼긴 어렵다는 걸 알리려 했다지만 그 소녀들에겐 들리지 않았나 봅니다.

채널 CGV가 「리틀 맘 스캔들」 방송을 앞두고 실시한 설문조사 결과를 보면 글로스터 고교에서와 같은 일이 우리나라에선 일어나지 않을 거라고 장담하긴 어려울 것 같습니다. 5월 23일부터 2주간 실시된 조사 참여자 중엔 14~19세 청소년 582명이 있었는데, 그들의 76.2퍼센트가 어린 나이에 아이를 낳아 키우는 건 "용기와 책임감"이 있는 행동이라고 답했으며, 23.6퍼센트만이 "무모한 행동"이라고 답했다고 합니다.

인구 3만 명의 조용한 도시 글로스터는 지금 전대미문의 사건으로 힘겨워하고 있습니다. 어쩌면 1991년 10월의 무시무시한 폭풍 이후 가장 어려운 나날을 보내고 있는지도 모릅니다. 하필이면 독실한 가톨릭 신자들의 도시에 10대 소녀들의 집단 임신 사태가 벌어졌으니 말입니다. 미국 전역, 아니 전 세계의 부모들은 임신 소녀들이 자기 딸이 아닌 걸 다행스러워하며, 글로스터의 보수적 시민들과 학교 진료소 의료진의 싸움을 지켜보고 있을 겁니다. 부모의 승낙 여부에 상관없이 학생들에게 피임약을 처방해줘야 한다고 주장하던 의사와 간호사는 시민들의 반대에 맞서 사임하고 말았습니다.

그러나 피임약을 쉽게 구할 수 있게 할까 말까보다 중요한 건 이런 일이 왜 일어났는지 알아내는 것이고, 그 답은 주변 학생들이 "무조건적으로 사랑해줄 누군가를 갖게 된다는 사실에 열광"했다는 아만다의 말에서 찾을 수 있을 겁니다. 즉, 그들이 "무조건적인" 사랑을 열망했다는 것이지요. 어쩜 사양길을 걷는 글로스터 시의 음울한 상황이 어른들로 하여금 10대 자녀들에게 사랑과 관심을 주는 것조차 잊게 했을지 모릅니다.

글로스터는 1991년, 3개의 폭풍이 한꺼번에 몰아치는 재앙을 겪은 후 영화 「퍼펙트 스톰The Perfect Storm」의 배경이 되어 세계인들에게 자연현상에 대한 경종을 울렸습니다. 이제 다시 어떤 도시도 경험하지 못한 상황 속에서 글로스터는 세상의 부모들에게 얘기하고 있습니다. 당신의 아이를 사랑하고 관심을 기울이라고! 그들이, 어떤 착한 아이도 제 어머니를 무조건적으로 사랑하진 않는다는 걸 알게 될 때까지,

그들을 사랑해주라고. 부디 우리나라의 부모들이 글로스터의 값비싼
가르침을 흘려버리지 않기를 바랍니다.

경애하는 아버지께

아버지, '경애하는'이라는 말, 어떠세요? 지난주 모란봉악단이 평양에서 공연한 후 이 말이 제법 들리더군요. 분단이 길어지니 단어의 뜻도 남과 북으로 갈립니다. 북한에서 흔히 쓰는 '동무'가 남한에서는 사라지다시피 했지만 '경애하는'은 그렇지 말기를 바랍니다. 차마 사랑한다고 말하지 못하는 사람들에게 '경애'는 고마운 고백의 단어이니까요.

말씀드리긴 쑥스럽지만, 아버지와 헤어져 산 삼십여 년 동안 하루도 아버지를 생각하지 않은 날이 없습니다. 효심이 출천해서가 아니라 아버지에게서 배운 게 하도 많아서입니다.

며칠 전엔 초중고교 운동장에 관한 기사를 읽다가 아버지를 생각했습니다. 오빠가 어느 고등학교로 갈까 고민하던 때, 주변 사람들이 권하는 '좋은 학교'에 몸소 다녀오신 아버지가 운동장이 좁아서 안 되겠다고 하셨지요. 빛나는 전통에 유명한 학교인데 운동장 좀 좁으면 어떠냐는 사람들에게 말씀하셨지요, 운동장이 좁으면 몸과 마음을 키우는 데 좋지 않다고. 세가 읽은 기사에도 운동장의 크기가 학생들의 신체와 정서 발달에 큰 영향을 미친다는 연구 결과가 실려 있더군요.

갑자기 크게 오른 월세를 내지 못해 방을 비우거나 급전을 꾸러 다니는 사람들을 봐도 아버지가 생각납니다. 고생 끝에 서울 서쪽 구석에 마련하셨던 단층 슬래브 건물, 그 집의 월세는 동네에서 제일 낮았습니다. "우리 살림도 빠듯하니 세를 조금 올렸으면" 하는 어머니께 아버지는 "그럼 저 사람들은 언제 집을 사나?" 하셨지요.

예닐곱 살 때 '시냇물은 졸졸졸졸……'에 맞추어 아버지와 춤추던 일, 초등학교 때 함께 산책하다 비탈 따라 엎드린 달동네를 만났을 때 "이담에 네가 어른이 되면 저들을 위해 무엇을 해야 할까 생각해야 한다"고 하시던 일, 해 지는 줄 모르고 책에 코를 박고 있으면 '석양빛에 눈이 상한다'며 불을 켜주시던 일, 빚을 얻어 산 오래된 아파트나마 처음 제 집에 입주하던 날 창 앞에 심어주신 라일락. 재개발로 인해 라일락은 사라졌지만 제 마음속 라일락은 향기마저 선명합니다.

마흔도 못 되어 다섯 아이의 아버지가 되었지만 아버지는 이미 알아야 할 것과 가르쳐야 할 것을 다 아셨습니다. 초등학교 2년을 다닌 것이 학력의 전부이니 학교 덕은 아니었을 거고, 열두 살에 가난한 반고아가 되었으니 부모덕도 아니었을 겁니다. 세상에서 제일 수업료가 비싸다는 '경험의 학교'에서 직접 교육을 받고, 끼니와 바꾼 책들에게서 간접 교육을 받으셨겠지요.

아흔 번째 생신 전날, 아버지의 팔다리를 주물러드릴 때 남북한의 앞날을 걱정하시며 제 생각을 물으셨지요. 덜 영근 딸의 견해를 경청하시는 모습이 어린 시절 딸을 대하던 모습과 똑같았습니다. 아버지는 엄하셨지만 아이의 얘기라고 흘려듣는 법이 없었습니다. 엊그제 『경청』이라는 책에서 '경청의 각도'를 보았습니다. 앞으로 살짝 굽은 아버지의 상체, 그게 바로 '경청의 각도'이더군요.

아버지를 안마할 때마다 안마할 면적이 줄어 가슴 아프지만, 나이에 갇힌 것은 육체뿐 정신은 세계 너머까지 종횡무진하십니다. 한창때 존경과 사랑을 받다가 늙어가며 존경을 잃고 마침내 사랑까지 잃는 사람들이 많지만, 아버지를 향한 '경애'는 날로 깊어갑니다. "내 자식이나 남의 자식이나 잘하는 건 잘하는 거고 못하는 건 못하는 거"라며 공명정대를 강조하셨지요? 아버지를 경애하는 건 제 아버지라서가 아니라 제가 되어야 할 부모가 어떤 건지 삶으로 보여주셨기 때문입니다. 경애할 수 없는 정치인들과 갈라진 언어가 통일을 방해해도 남북한의 동무들이 하나 되어 기뻐할 날은 꼭 올 겁니다. 아버지, 그때까지 부디 건강하셔요.

어린이날, 어버이날, 그리고 결혼

내일은 어린이날이고 금요일은 어버이날입니다. 결혼하지 않고 동거하면서 아이를 낳아 기를 수도 있지만, 사람들은 대개 결혼한 남녀에게서 태어나는 아이를 가장 '자연스럽게' 받아들입니다. '자연스럽다'는 것은 어디에서나 중요하지만 특히 이 나라처럼 고정관념이 큰 힘을 발휘하는 나라에서는 '자연스럽게' 사는 것이 편합니다. 그렇지 않을 경우 끊임없는 구설과 눈총에 시달리게 되니까요.

'어린이날'은 공휴일이지만 자녀가 없는 사람은 그날이 왜 공휴일이어야 하는지 알지 못합니다. '어린이날'은 밀린 부모 노릇을 하라고 공적으로 주어지는 휴일이고, '어버이날'은 밀린 자식 노릇을 하라고 정해준 날입니다.

'어린이날'은 공휴일인데 '어버이날'은 공휴일이 아닌 이유가 무엇일까요? '어린이날'이 공휴일인 건, '어린이'에게 가장 좋은 선물이 온종일 함께 놀아주는 것이기 때문일 겁니다. 어버이에게도 함께 놀아드리는 게 가장 좋은 선물 아니냐고요? 글쎄요, 과연 그럴까요? 과로하지 않는 젊은 어버이가 원하는 건 놀러 가는 것일지 몰라도, 과로하는 젊은 어버이가 원하는 건 휴식이 아닐까요?

그럼 늙으신 어버이—요즘 늙었다는 표현을 쓰려면 여든은 넘어야 합니다—가 원하는 건 무어냐고요? 그건 장성한 자식(들)을 '보는' 것입니다. '노는' 것이 아니라 '보는' 것입니다. 아들딸과 손자 손녀들과 놀고 나면 지쳐 병나는 어르신들이 많습니다. 그래서 '어버이날'이 공휴일이 아닙니다. 아이들 사랑은 하루 종일 해도 되지만 부모에 대한 효도는 하루 종일 하지 말고 평소에 자주 조금씩 해야 합니다. 온종일 함께 노는 대신 자주 찾아뵈어야 하는 거지요.

부모의 마음을 알려면 부모가 되어봐야 한다지만 이 나라에선 부모가 되는 사람의 수가 줄고 있습니다. 우선 결혼하는 사람의 수가 계속 줄어드니까요. 조금 전 연합뉴스 기사를 보니 지난해 서울에선 6만 5,000쌍이 결혼하여, 하루 평균 178쌍이 결혼했는데, 이는 1990년 10만 4,000쌍과 비교할 때 37.6퍼센트나 줄어든 거라고 합니다. 초혼 연령도 지난해의 경우 남자 32.8세, 여자 30.7세로 20년 전보다 각각 4.2세, 4.9세 늦어졌다고 하니, '어린이날'의 의미는 모른 채 그냥 공휴일로 생각하는 젊은이들이 많을 것 같습니다.

결혼하는 사람이 줄어든다는 기사의 사회적 함의를 생각하다가, 아내가 '밤을 넘기기 어렵다'는 말을 듣고 스물아홉 살 남편이 투신자살했다는 기사를 읽었습니다. 급성 패혈증으로 사경을 헤매던 아내는 남편이 사망하고 몇 시간 후에 숨졌다고 합니다. 두 사람은 2년 전에 결혼했는데 자녀는 없다고 합니다.

이런 일이 일어나면 누구나 사랑과 결혼과 인생이 무엇인가 묻게 됩니다. 답은 사람마다 다르겠지요. 해보지 않고 살아보지 않고도 알면 성인이고, 해보고 살아보고도 모르면 모자라는 사람입니다. 평범한 사람은 해보고 살아보면 어렴풋이 알 수 있습니다.

저는 운 좋게도 마지막 그룹의 일원입니다. 제 몸에 찾아오는 '노화'는 모르던 것을 조금씩이나마 알아가기 위해 지불하는 수업료이겠지요. 견디기 힘든 슬픔과 괴로움에도 불구하고 젊은이들이 늙도록 살아가기 바랍니다. '아, 이거로구나!' 하는 순간이 찾아올지 모르니까요.

나라가 사라지기 전에

입양은 좋은 거라고만 생각했는데 지난 금요일, 하필이면 어버이날 열린 '국외입양인연대ASK' 주최 세미나가 생각을 바꾸어놓았습니다. 그날은 정부가 정한 '입양의 날'과 ASK가 계획했던 '입양 없는 날'을 사흘 앞둔 날이었습니다. 입양의 날은 2006년 제정되어 매년 5월 11일에 기념식이 열립니다. '11'은 '1+1,' 즉 한 가족이 한 아이씩 입양하여 새로운 가족이 되자는 뜻을 담고 있다고 합니다. 그런 노력 덕택인지, 아니면 입양기관이 국내입양을 많이 시킬수록 해외입양을 위한 비자를 더 많이 받을 수 있게 되어 있는 '할당 인원제도' 때문인지, 작년에 처음으로 국내입양(1,388건)이 해외입양(1,264건)을 넘어섰습니다.

세미나에 참석한 입양인들—입양될 때는 어렸으나 이제 성인이 된 그들은 자신들을 '입양아'가 아닌 '입양인'으로 불러달라고 했습니다—은 국내입양이 해외입양을 능가한 걸 기뻐하기보다는, '입양 없는 날' 캠페인이 무산된 걸 서운해했습니다. 잘 알려진 입양기관 네 곳에 단 하루 동안만이라도 해외입양을 하지 말자고 호소했으나 네 곳 모두 거부했다고 합니다.

어릴 때 해외에 입양되었던 입양인들의 모임인 ASK의 대표 킴 스토커 씨는 한국전쟁 후 인도주의에 입각해서 시작된 입양이 이제는 하나의 산업이 되었으며, 해외입양 한 건에 드는 비용이 국내입양 비용의 4배에 이르니 입양기관이 해외입양을 그만둘 수 없을 거라고 얘기합니다. 1953년부터 2006년까지 해외에 입양된 한국 아이는 160,242명, 공식적인 기록이 없는 입양까지 포함하면 20만 명이 넘습니다.

입양인들이 원하는 건 해외입양을 국내입양으로 돌리는 게 아니고 입양의 대안을 찾는 겁니다. 요즘 입양기관에 맡겨지는 아이들은 대부분 미혼모 혹은 비혼모의 아이들이니, 가능한 한 그런 어머니가 생기지 않게 하고 이왕 미혼모가 된 사람은 스스로 자기 아이를 돌볼 수 있게 돕자는 것입니다. 한국미혼모지원네트워크의 대표는 한국 아이를 입양한 미국 안과 의사 리처드 보아스 박사입니다. 그는 입양 초기 해외입양을 지원했으나 2006년 한국 방문에서 미혼모 대부분이 아이를 낳기도 전에 입양동의서에 서명하는 걸 보고 충격을 받아 활동 방향을 바꾸었다고 합니다. 미국에선 겨우 2퍼센트의 미혼모만이 아이를 포기한다고 합니다.

한국은 미혼모에 대한 편견이 극심하지만 미혼모가 되기 쉬운 나라입니다. 10대들이 느끼는 행복감이 경제협력개발기구 회원국 중 최하위이니 가출 청소년 수가 느는 게 놀랄 일은 아닙니다. 특히 10대 소녀의 가출은 2006년 5,984명에서 작년에 10,303명으로 두 배 가까이 늘었습니다. 미혼모가 되면 정상적인 삶을 영위하기 어려우니 미혼모가 되는 대신 임신중절을 택하는 사람도 많습니다. 한국에서 임신중절로 희생되는 아기는 하루에 1,000명이나 된다는 게 한국수양부모협회 박영숙 회장의 말입니다. 낙태되는 아기의 수가 태어나는 아기의 4~5배에 이른다는 보도도 있습니다.

작년 출산율 1.19를 기록한 한국은 지구촌에서 사라지는 최초의 국가가 될 위기에 처해 있습니다. 2305년쯤 한국엔 남자 2만 명, 여자 3만 명 정도가 남을 거라는 게 유엔미래포럼의 예측입니다. 정부는 출산율을 높이기 위해 결혼한 부부를 중심으로 출산장려운동을 펼치고 있지만, 결혼 여부에 상관없이 아기를 낳고 기르는 사람은 모두 어버이입니다.

양부모가 되는 건 숭고한 일이지만 양부모의 '수요'에 맞추기 위해 미혼모의 아기 포기를 독려하는 건 금해야 합니다. 고아의 입양은 계속하면서 미혼부모나 비혼모의 출산과 양육은 지원해야 합니다. 입양이 영리사업이 되고, 미혼모를 사회적 천덕꾸러기로 만들어 중절과 입양을 강요하는 한 입양인들의 고통과 나라의 존폐 위기를 막을 수는 없을 겁니다. 아니 어쩌면, 우리나라든 남의 나라든 생명과 천륜을 하찮게 여기는 나라는 차라리 사라지는 게 정의에 부합할지 모릅니다.

미국인 양부모

단어는 세상을 반영합니다. '성실'은 한때 위대함에 이르는 덕목으로 추앙받았지만 지금은 착하나 우둔한 사람을 묘사할 때 더 자주 쓰입니다. 무엇에도 구애되지 않는 육신과 영혼을 뜻하던 '자유'가 계산 밝은 보수주의를 대표하는 단어로 쓰이게 된 건 아이러니라 하지 않을 수 없습니다.

'입양'은 슬픈 단어입니다. 내 아이를 내가 키울 수 없어 남의 아이로 만드는 일이기 때문입니다. '입양'은 또 사랑의 다른 말입니다. 남의 몸에서 태어난 아이를 내 아이로 만드는 일이니까요. 그런데 머지않아 이 단어가 너무나 '영리한' 부모들 덕에 슬픔이나 사랑 대신 영악함이나 사기를 연상시키게 되지 않을까 걱정이 됩니다.

지난 주말 『코리아타임스』는 "미군영내학교 입학을 위한 입양의 남용"을 1면 톱기사로 보도했습니다. 용산에 있는 미국 군인과 국방부 직원 가족을 위한 서울 아메리칸 하이스쿨SAHS에 미국 부모에게 입양된 한국 학생들이 가파르게 늘고 있다는 겁니다. 656명의 재학생 중 30퍼센트에 이르는 195명이 아시아계이며 아시아계 대부분은 한국계라고 합니다.

"요즘 이 학교엔 입양된 한국 학생들의 수가 크게 늘었어요. 한국 사람들은 매우 영리해서 아이들 교육을 위해 필요하다면 무엇이든 하거든요."

이 학교에 두 아이를 보내고 있는 어머니의 말입니다. SAHS의 부교장인 버나드 히플위드 씨도 시인합니다.

"우리 학교엔 입양된 한국 학생들이 꽤 많이 다니고 있어요. 그 학생들로 인한 문제가 없다고 말할 수 없지요."

SAHS와 같은 학교 8개가 서울, 대구, 오산, 평택, 진해 등지에 운영 중인데 서울 이외 지역의 학교들도 비슷한 사정일 거라고 합니다.

교육열에 불타는 한국인 부모와 미국인들을 엮어주는 일은 주로 서울 용산구 이태원의 이민업무 대행업체들이 한다고 합니다. 1974년부터 이민업무를 해온 사업가는 요즘 자신을 찾아오는 고객의 90퍼센트 이상이 아이들을 영어로 교육하는 학교에 보내고 싶어 하는 부모들이며, 한 달에 3건 내지 9건을 처리한다고 말합니다. 건당 수수료는 200만 원 선이지만 아이를 입양할 미국인에 따라 액수가 크게 달라진다고 합니다.

한 달 전 영국의 유력 일간지 『파이낸셜 타임스』는 경제협력개발기구OECD가 전 세계 15세 학생들을 대상으로 실시한 학력평가(PISA: Program for International Student Assessment) 결과를 비교하며, 한국과 일본의 학생들이 성적이 좋은 건 두 나라의 교육 시스템이 좋아서라기보다는 단일민족으로 이루어진 나라여서 그런 것 같다고 분석했습니다. 영국이나 미국은 한국과 일본에 비해 다양한 민족들의 어울림에서 얻게 되는 장점이 많다며 PISA 성적은 나쁘지만 "그게 그렇게 중요한가?" 하고 물었습니다.

그 기사는 또 한국의 사립학교 학생들은 PISA에서 좋은 성적을 내는데도 부모들이 성적이 더 나쁜 미국이나 뉴질랜드 등지로 유학을 보내는 게 재미있다고 꼬집으며, 일본의 부모들도 한국 부모들처럼 자녀들이 어려서부터 학원에 보내지만 유학을 보내지 않는 건 일본의 기업들이 유학생보다 국내 유수 학교 졸업생을 선호하기 때문이라고 합니다.

『파이낸셜 타임스』가 한국 교육의 문제를 지적한 건 처음이 아닙니다. 지난 8월엔 "한국인들은 좋은 학교에 들어가야 하고, 좋은 직업과 배우자를 찾아야 한다는 심한 사회적 압박에 시달린다. 그로 인해 12세 어린이가 자정까지 학원에서 공부하고 부모들이 세 살짜리 자녀의 적성검사 결과를 놓고 대학 전공 선택을 고민한다. 그러나 세계경제포럼wef 평가에서 한국 교육의 질은 세계 60위, 노동 생산성은 미국의 40퍼센트 수준이었다"라는 요지의 기사도 실었습니다. 당시 기사를 썼던 특파원은 한국에는 "전속력full throttle"만이 존재한다며 "속도를 조금 줄이면 더 빨리 성장할 수 있을 거"라고 조언했습니다.

전속력으로 달리며 생각할 수 있는 사람은 없습니다. 생각 없이 사는 나날이 길어지다 보니 이제 우리 주변엔 무엇이 중요한지, 가족이란 무엇인지조차 잊어버린 사람이 많습니다. 영리한 친부모 덕에 미국 부모에게 입양되어 미군부대 안의 학교에 다니게 되면 영어를 배우는 덴 도움이 되겠지요. 그러나 배우는 게 어찌 영어뿐이겠습니까? 어쩜 그 아이들은 영어보다 먼저 세상을 상대로 사기 치는 법을 배우고 목적을 위해서는 부모도 바꿀 수 있다는 걸 배울지 모릅니다.

마침 주한미군 측이 미국 국방부교육처에 『코리아타임스』 기사를 보냈다고 하니 부디 양국 정부가 공조하여 사기 입양을 뿌리 뽑아주

길 바랍니다. 지난 50여 년간 16만여 명에 이르는 어린이들을 외국의 양부모에게 입양시킨 한국, 세계 어느 나라보다 '입양'이라는 단어가 품고 있는 슬픔과 사랑을 이해하는 이 나라에서 이런 식의 '입양' 모독이 허용되어서는 안 되니까요.

헌신하다 '헌신짝' 되는 기러기 아빠

조금 전 『머니투데이』에서 '기러기 아빠, 헌신하다간 헌신짝 된다? 맘 바꾸는 아빠들'이라는 제목의 기사를 보았습니다. 1990년대 중반부터 '상류층'에서 시작된 '기러기 아빠' 노릇을 회의하는 '기러기 아빠'들이 늘고 있다는 기사입니다.

'상류층'이라는 게 어떤 층을 이야기하는지 밝혀주었으면 좋았겠지만, 기사는 그 단어를 정의하지 않고 그냥 사용합니다. '돈 많은 사람들'을 뜻하는가 보다, 하고 짐작할 뿐입니다. 저는, '기러기 아빠'는 '상류층'보다는, 아이 교육은 외국에서 해야 제대로 된다고 생각하는 가족에서 시작되었다고 생각합니다.

저도 이 나라의 교육은 아이의 잠재력을 억누르거나 없애는 교육이라고 생각하기에 '기러기 아빠'를 낳는 가족들을 이해할 수 있습니다. 그러나 저는 '기러기 아빠'의 출현을 반대해왔습니다.

'식구'라는 말도 있지만 가족은 함께 밥을 먹으며 함께 살아야 가족입니다. 한국 안에서도 헤어져 사는 가족들이 있습니다. 중고등학교에 다닐 때부터 자취하는 청소년들도 많습니다. 그들은 '기러기 아빠' 가족보다 훨씬 쉽게 만날 수 있어 다행이지만 너무 일찍부터 홀로 사는 것은 정서적으로 좋지 않습니다.

'홀로' 사는 것은 나이 든 사람에게도 힘겨운 일인데, 한창 사랑받으며 자라야 할 10대에 홀로 사는 것은 여간 어려운 일이 아닙니다. 가족은 지방에 있는데, '미래를 위해 서울로 온' 젊은이들이 어두운 저녁 텅 빈 방에 홀로 들어가는 것…… '자립'을 위해 필요하다고 하지만 너무 일찍 그런 경험을 하다 보면 껍질은 단단해 보이되 속은 여린 사람이 되기 쉽습니다.

'기러기 아빠'의 아이들은 엄마가 함께 사니 일찍부터 자취하는 아이들보다는 나은 편입니다. 그러나 아이의 양육에는 엄마와 아빠가 모두 필요한데 엄마하고만 사니 아빠를 잊게 되거나 불필요한 존재로 느끼게 되는 일이 잦습니다. 아빠는 먼 곳에서 필요한 돈을 보내주는 '후원자'쯤으로 간주되는 것이지요. 아예 아빠가 없어서 엄마하고 사는 아이들과는 여러모로 다릅니다.

'기러기 아빠'의 아내들 중에 불륜을 저지르는 사람이 적지 않다고 하는데, 그러면 '기러기 아빠'들은 어떨까요? 부부가 오래 헤어져 살면서 일탈하지 않기를 바라는 것, 그건 인간이 생물학적으로 어떤 존재인지 몰라서 하는 기대가 아닐까요?

'기러기 아빠'는 '희생적'인 사람일 뿐만 아니라 어리석은 사람입니다. 아이를 외국에서 교육시키고 싶으면 온 가족이 함께 외국으로 가야 합니다. 오래 멀리 떨어져 있으면서 '아빠' 대접을 받고 싶어 하는 것…… 대개의 경우 이루어질 수 없는 꿈입니다.

요즘은 외국에서 학교를 다닌 게 국내에서 취업하는 데 도움이 되지 않는다고 합니다. 외국에서 교육받고 돌아오는 사람이 너무 많다는 것이지요. 외국에서 학교를 다닌 사람이 왜 좁은 국내시장으로 회

귀하는 걸까요? '향수병' 때문일까요?

유학은 더 나은 교육을 받아 더 나은 사람이 되기 위해 해야 합니다. 더 나은 사람이 되면 취업도 좀 쉬워질지 모릅니다. 취업을 위해 유학을 간다면 대학이나 대학원으로 가야지 중고등학교 때부터 갈 필요가 없습니다. 그건 취업을 위해 너무 큰 대가를 치르는 것입니다.

이유야 어떻든 '기러기 아빠'들이 줄어들었으면 좋겠습니다. 아이를 '위해' 자신을 '희생'하는 사람들이 줄었으면 좋겠습니다. 아이의 인생과 행복만큼 아빠의 인생과 행복, 엄마의 인생과 행복도 중요합니다. 행복은 미래에 누릴 어떤 것이 아니고 지금 매일 누려야 하고 누릴 수 있는 것입니다. 행복은 가족이 함께 생활할 때 누리기 쉬운 것입니다.

오늘은 10월 26일

1916년 오늘 미국의 간호사 마가렛 생어는
처음으로 미국에 산아제한 진료소를 열었고
1950년 오늘 테레사 수녀는 인도 콜카타에
'사랑의 선교회'를 열었습니다.

생어가 역사상 최초로 '산아제한'을 부르짖지 않았다면
인구의 증가가 훨씬 심해졌을 거고,
테레사 수녀가 '사랑의 선교회'를 열지 않았다면
사람들은 지금보다 사랑을 표현하는 데 서툴렀을 겁니다.

우리 한국인들에게 10월 26일은 결의를 다지는 날입니다.
1909년 오늘 안중근 의사가 일제의 선봉 이토 히로부미를
중국 하얼빈에서 저격해 죽게 했으니까요.

그런가 하면 오늘은 비극의 날입니다.
18년 동안 권좌에서 머물던 박정희 대통령이
측근인 김재규 씨의 총에 맞아 타계한 날이니까요.

'오늘'이 모여 역사가 됩니다.
우리는 지금 어떤 역사를 만들고 있을까요?

'키덜트' 대한민국

인터넷에서 '아빠도 아이도… 장난감에 빠진 대한민국'이라는 기사를 보았습니다. 아이들은 물론 삼, 사십 대 아버지들이 장난감을 사서 가지고 논다는 것입니다. 아버지들이 아이들의 전유물이었던 장난감을 갖고 노는 건 21세기에 들어 두드러지게 나타나는 현상입니다. 이런 아버지들을 '키덜트(kid+adult)'라고 부르는데, 국내 키덜트 시장은 연 1조 원 규모이며 매년 1,000억 원씩 성장 중이라고 합니다.

『헤럴드경제』 이정환 기자의 기사를 보면, 아이파크백화점 '키덜트' 매장 '토이앤하비'에서 올 초부터 5월까지 판매된 드론은 전년에 비해 168.99퍼센트 늘었고, 레고 제품 중에서 어른들이 좋아하는 심슨, 폭스바겐, 배트맨 등의 판매도 전년도보다 47.54퍼센트 늘었으며, 건담 판매도 41.84퍼센트 증가했다고 합니다. 작년 크리스마스 때 '티라노 킹'을 사느라 바빴던 '키덜트'들이 지난 어린이날에는 '요괴워치'를 사기 위해 줄을 섰다고 합니다.

현재 오십 대 이상인 아버지들이 삼, 사십 대에 아이들 장난감을 가지고 놀면 '피터팬 신드롬(증후군)'이라는 말을 들었습니다. 몸은 어른이지만 어른으로 살기를 거부하고 어린아이로 살고 싶어 한다는 것이지요.

20세기 말, 그러니까 15년 전까지만 해도 현실 도피적이고 책임감이 없이 아이로 살고 싶어 한다고 비난받던 '어른아이'가 21세기 들어 수가 많아지면서 '키덜트'라는 용어를 만들어내고, 새로운 시장의 주인공으로 각광받으니 재미있습니다. 소수일 때는 '일탈'로 취급하다가 다수가 되니 '새로운 경향의 선도자'로 대접하는 걸까요? '어른아이'는 어른아이인데 '구매력(돈)'을 행사하니 중요한 고객으로 평가하는 걸까요?

'키덜트'는 또 '애 같은 아빠', 즉 아이들하고 노는 것은 좋아하지만 훈육은 할 줄 모르고 집안의 가장 노릇은 피하려 하는 아버지들을 일컫는 용어이기도 합니다.

'피터팬 신드롬'이라는 말이 유행할 때, 그런 경향을 보이는 이유는 어린 시절을 아이답지 못하게 보냈기 때문이라는 분석을 읽은 적이 있습니다. 다섯 살일 때는 다섯 살답게, 열 살일 때는 열 살 아이답게 살아야 하는데, 상황 때문에 너무 일찍 어른처럼 살게 되면 성년이 된 후에 '잃어버린 시간'을 찾아서 '피터팬 신드롬'을 보인다는 것이지요.

그렇다면 '키덜트'가 되는 이유는 무엇일까요? '피터팬 신드롬'을 보이는 이유와 같은 이유일까요? 어린 시절에 비싼 장난감을 가지고 놀지 못했기 때문에 돈을 쓸 수 있게 된 지금이나마 장난감 구매에 열을 올리는 걸까요? 아니면 직장이나 사회에서 어른으로 살아가기가 너무 고단하여 장난감을 갖고 노는 걸까요? 아니면 즐기고 싶은데 즐길 줄 몰라서, 어릴 때 엄마가 사준 장난감을 갖고 놀던 것처럼 장난감을 사는 걸까요?

'키덜트'마다 키덜트가 된 이유가 있을 테니 섣불리 비난할 수는 없습니다. 다만 '키덜트'를 남편이나 아버지로 둔 아내나 아이의 고충을 생각해볼 수는 있겠지요. '키덜트' 남편이 가장 노릇, 아버지 노릇을 잘하면 아내의 불만과 불행을 방지할 수 있겠지만 '아이 취미'에 빠져 가장 노릇과 아버지 노릇을 등한히 하면 그 아내는 불행할 수밖에 없습니다.

아이는 아이대로 '키덜트' 아버지를 좋아하지 않을 겁니다. 아이가 좋아하는 건 아빠와 함께 노는 것이지, 자신은 자신대로 아빠는 아빠대로 각기 다른 장난감을 갖고 노는 것이 아니니까요. 게다가 장난감은 이미 만들어진 노리개입니다. 완제품 장난감을 사서 갖고 놀 때의 즐거움은 장난감을 함께 만들며 노는 즐거움에는 비할 수가 없습니다.

'키덜트' 아버지들은 우선 '내가 왜 키덜트가 되었나?' 생각해보아야 합니다. 장사하는 사람들이 아무리 듣기 좋은 말을 해도 '키덜트'는 '성숙하지 못한 어른'입니다. '키덜트'가 된 이유를 스스로 알아내어 그 상태를 벗어나야 합니다.

즐거움은 나이와 함께 자랍니다. 세상은 넓고 즐길 일은 많습니다. 나이가 들어서도 장난감이 있어야 즐길 수 있다면 놀 줄 모르는 겁니다. '늙은 아이들'과 '어린 어른들'이 늘어가는 나라…… 이 나라는 지금 어디로 가고 있을까요? 경제력으로는 세계 10위권이라지만 하는 짓은 후진국인 이 나라야말로 '키덜트'가 아닐까요?

308호 사모님

부음은 떠나는 이가 보내는 마지막 편지이니 놓치지 말아야지 하지만 가끔 아주 소중한 편지를 놓칠 때가 있습니다. 사모님 가신 것도 발인 후에야 알았으니 저의 부덕이 얼마나 원망스러운지 모릅니다. 2003년 가을 선생님 떠나시고 아홉 해가 흘렀으니 얼마나 외로우셨을까, 뒤늦게 그간의 적조를 한탄한들 무슨 소용이 있겠습니까.

처음 307호에 여장을 풀던 날, 사모님이 수줍게 미소 지으시며 저희를 찾아오셨지요. "필요할 것 같아서요." 꼭 저희 아이 손바닥만 한 종이에는 가스 가게, 쌀집, 중국집, 슈퍼, 열쇠점…… 막 이사 온 사람에게 필요한 물건과 서비스를 제공하는 모든 가게들의 전화번호가 적혀 있었습니다.

하나뿐인 아이는 일하는 엄마를 둔 초등학생답게 외로웠습니다. 사모님은 말씀을 아끼셨지만 언제나 오월 햇살 같은 미소로 아이를 위로해주시고, 엄마가 집을 비운 동안 아이가 무신경한 어른들로부터 상처받는 일이 없게 마음을 쓰셨습니다.

엊그제, 사모님 가신 얘기를 듣던 자리에 이제 서른 넘은 아이도 함께 있었습니다. 아이의 눈이 금세 붉어지며 말을 잇지 못했습니다. 아이는 며칠 후에야 사모님이 자신에게 어떻게 해주셨는지 얘기하기 시작했습니다. 사모님은 이 세상에 단 한 분뿐인, 자신이 상상할 수 있는 '가장 따스하고 기품 있는 귀부인'이셨다며 다시 눈시울을 적셨습니다.

그 동네에서 308호처럼 손님이 많이 오는 집은 없었을 겁니다. 맑은 정신으로 찾아오는 사람보다 이미 노을 진 얼굴로 오는 사람이 많았고, 한 번 온 손님이 금세 가는 적도 없었습니다. 처음엔 모두들 선생님을 뵈러 오는 거라고 생각했습니다. 이근삼 선생님은 유명한 극작가이며 존경받는 교수님이었으니까요.

어느 해 섣달그믐 밤, 제법 취하신 선생님이 마당에서 제 남편과 조우하신 후 저희 집 문을 두드리신 일, 기억하세요? 한밤중인데도 선생님은 저희 부부를 한사코 댁으로 끌고 들어가셨지요. 사모님은 먼 곳에서 온 귀한 손님을 맞듯 반갑게 맞아주시며 향기로운 술과 다양한 안주를 내놓으셨지요.

십여 년간 저희에게 온기를 나눠주시다 이사 가시던 날은 정말이지 가슴속까지 추웠습니다. 선생님의 책들을 재활용품 창고에서 보고 속상해하는 제게 "너무 오래된 책들이라 기부가 안 된대요." 하시며 담담히 위로하시던 모습이 삼삼합니다. 사모님을 마지막으로 뵌 것은 선생님 궤연 앞, 신문에 난 부음을 보고 달려간 저를 여전한 미소로 반겨주셨지요.

1994년 선생님의 정년퇴임을 기념해서 제자들이 펴낸 책 『무대와 교실』을 보면 연극인이며 기업가인 김동욱 씨도 저만큼이나 사모님의 미소에 감동했던 것 같습니다.

"나의 유일한 술주정은 과음 끝에 토하는 일이다…… 나는 비교적

양이 크기 때문에 토하는 양도 많다. 선생님 댁에서 이런 일이 일어나면 사모님은 큰 대야를 가지고 오셔서 오물을 수습하신다. 이럴 때도 사모님은 싫은 소리는커녕 그 잔잔한 미소를 잃지 않으신다. 나의 주변에서 이런 분을 다시는 만날 수 없다. 사모님의 미소는 어떤 지식이나 가르침보다도 나의 마음을 순화시켰다."

307호를 떠나온 지 여러 해가 되었지만, 옆집이 공사를 하여 시끄러울 때, 윗집의 아이들이 우당탕탕 뛰어다닐 때면, 사모님이 생각납니다. 사모님은 찾아가 불평하는 대신 '옆집이 공사를 하니 더 좋아지겠구나', '아이들이 건강하여 뛰놀 수 있으니 다행이구나' 하고 또 아름답게 미소 지으시겠지요. 그러고 보니, 저희가 옆집, 윗집과 잘 지내는 것도 다 사모님 덕택입니다.

사모님, 홍인숙 여사님, 감사합니다. 다시 뵈올 때까지, 그 미소, 그 사랑, 흉내 내며 살겠습니다.

2. 잘 살기, 잘 죽기

네 잎 클로버는 '행운'을 뜻하지만 세 잎 클로버는 '행복'을 뜻한다고 합니다. 네 잎 클로버는 귀해도 세 잎 클로버는 지천에 널려 있으니 행복은 어디에나 있다는 뜻이기도 합니다. 그러나 지천에 널린 행복도 느끼지 못하면 없는 것이나 같습니다. 골목마다 편의점이 있는 21세기는 편리하지만 불행한 시대입니다. 사람들이 앞으로 내닫기만 할 뿐 아래도 옆도 위도 보지 않기 때문입니다. 불행한 나라의 특징은 아이를 낳지 않는 것입니다. 불행을 물려주지 않으려는 것인데, 정부에서는 '저출산'으로 나라가 사라지게 생겼으니 아이를 낳아야 한다고 강조합니다. 그러나 태어난 아이들이 불행과 싸우다 성인이 되기도 전에 세상을 뜨는 일이 허다하니 아이를 낳으라고 권할 수가 없습니다.

2014년 11월 5일 『한국일보』에는 2013년 우리나라의 '아동결핍지수'가 54.8퍼센트를 기록, 경제협력개발기구OECD 회원국 중 꼴찌를 기록했다는 기사가 실렸습니다. 아동결핍지수는 '하루 세 끼 섭취', '교과서 이외 도서 보유' 등, 14개 항목을 특정해 산출하며 그 지수가 높을수록 아동 성장에 필요한 기본조건이 제대로 충족되지 않는다는 것을 의미합니다.

이 기사에서 보건복지부는 기초생활수급자와 차상위 계층인 빈곤 가구 아동의 42.2퍼센트가 돈이 없어 먹을 것을 먹지 못하는 '식품 빈곤'을 겪은 것으로 조사됐다고 밝혔습니다. 전체 아동 중 8퍼센트가 '식품 빈곤'을 겪고, 전체 아동의 51.2퍼센트는 일주일에 3회 이상 라면 이나 햄버거 등 인스턴트식품을 먹는다고 합니다. 우리나라 어린이들 이 느끼는 삶의 만족도도 100점 만점에 60.3점으로 OECD 국가 중 최 하위였으며, 1위인 네덜란드는 94.2점을 기록했다고 합니다. 우리 어린 이들의 '불만족'의 가장 큰 요인은 학업 스트레스였습니다.

우리나라의 자살률은 세대를 막론하고 높지만 특히 10대들의 자살 률은 빠르게 증가하고 있습니다. 행복한 젊은이는 자살하지 않습니다. 어떻게 해야 이 무고한 사람들의 불행을 막아 자연수명을 살 수 있게 할 수 있을까요? 우선 그들을 제대로 먹이고 그들의 말을 경청해야 합 니다. 잘 먹는 아이, 자신의 말을 들어주는 사람이 있는 아이는 자살 하지 않습니다.

서울 강남의 초중고생들이 가장 많이 정신질환에 시달린다는 보도 를 본 적이 있습니다. 정신질환으로 진료받은 강남 학생의 비율이 100 명당 3.85명으로, 강원도 양구의 0.91명에 비해 4.2배나 높고, 서울 서 초구, 강남구, 중구, 송파구 등 재정자립도 상위 4곳의 정신질환 학생 비율은 지난 2003년 100명당 1.71명에서 2007년 3.36명으로 96.5퍼센 트 증가했다고 합니다. 부잣집 아이들이 가난한 집 아이들보다 쉽게 진료를 받기 때문에 비율이 높게 나온 거라는 의견도 있지만 과연 그럴까요? 그곳의 삶이 세계 어느 곳보다 경쟁적이어서 그런 건 아닐 까요? 제게 어린 자녀가 있다면 저는 결코 강남에서 키우지 않을 겁 니다.

시계는 21세기를 가리키지만 우리 사회는 여러 가지 면에서 20세기로 퇴행하고 있습니다. 지나친 교육을 줄여 창의성이 최대로 발현되게 해야 할 시대이지만 우리나라에서는 태어나지도 않은 아기들부터 '교육'에 노출시키고, 숟가락질 젓가락질보다 먼저 영어를 가르치는 부모들이 무수히 많습니다. 자가용에 아이를 태우고 학원에 가는 엄마나 만 원짜리를 쥐어주며 '맛있는 것 사 먹어!' 하는 엄마는 많아도 아침 일찍 일어나 아이에게 먹일 음식을 준비하는 어머니나 아이와 함께 산책하며 살아가는 이야기를 나누는 아버지는 보기 힘듭니다. 그러니 돈은 알아도 재미는 모르고, 지식은 늘어도 상식은 없는 사람이 되는 거지요.

그야말로 '거꾸로' 가는 세상입니다. 가정이 거꾸로 가니 사회도 거꾸로 갑니다. 어떻게 해야 이 시대의 마차를 돌려 잘 살고 잘 죽을 수 있을까요? 젊은이는 어떻게 해야 잘 살까 고민하고 늙은이는 어떻게 해야 잘 죽을까 고민하지만, 잘 살아야 잘 죽을 수 있고, 잘 죽으려면 잘 살아야 합니다. 삶의 끝이 바로 죽음이니 삶과 죽음은 나눌 수 없는 것입니다. 학교생활을 잘한 사람이 즐거운 마음으로 졸업을 맞을 수 있는 것과 같은 이치이겠지요.

'잘 산다'는 게 무엇이냐고 물으면 다양한 답변이 나올 겁니다. 경제적으로 풍요롭게 사는 것, 사랑받으며 사는 것, 이타적인 삶, 인정받는 삶 등 사람에 따라 '잘 산다'는 말의 의미가 다를 겁니다.

저는 '타고난 소질'을 충분히 발휘하고 죽는 게 잘 사는 것이라고 생각합니다. 돈 버는 재주를 타고난 사람은 돈을 벌고, 시 쓰는 감성을 지니고 태어난 사람은 시를 쓰고, 운동 잘하는 사람은 운동을 하는 것이 잘 사는 것입니다. 그런데 지금 이 나라에는 자신의 소질을 알지 못한 채 부모, 어른, 사회가 원하는 일만 하다 늙는 사람이 너무 많습니다. 그렇게 된 데는 여러 가지 이유가 있겠지만 가장 흔한 문제는 너무 일찍 시작하는 교육입니다. 아이들을 자유롭게 놓아두면 그 아이들의 소질이 보이지만 젖먹이 때부터 무엇을 가르치고 주입시키면 아이들의 소질이 무언지 영영 알 수가 없습니다.

초, 중, 고등학교에서 받는 공교육은 교육받는 사람을 상식 있는 시민으로 만들어냄과 동시에 그 사람이 자신의 소질을 찾아낼 수 있게 돕는 것입니다. 그러나 지금 우리나라의 공교육은 본래의 목적을 잃은 채 입시학원으로 전락하고 말았습니다. 그러니 대학교를 졸업하고도 자신의 소질을 찾아내지 못하고 상식이 결여된 성인으로 살아가는 사람이 많습니다.

그렇다면 어떻게 해야 자신의 소질을 찾아낼 수 있을까요? 달리기를 멈추고 찬찬히 자신을 들여다봐야 합니다. 눈을 감고 오래전부터 지금까지 행복했던 순간들을 기억해보세요. 그때 무엇이 자신을 행복하게 했는지 생각해보고 바로 그 일을 해야 합니다.

그렇게 살다가 노년에 들면 죽음이라는 '최후의 친구'를 맞을 준비를 하면 됩니다. 생로병生老病에 지친 나를 그것으로부터 벗어나게 도와주는 친구입니다. 죽음을 염두에 두고 마지막으로 타인을 이롭게 할 수는 없을까 생각해보면 더욱 좋겠지요. 제 눈은 지독한 근시이고 몸도 건강 체질이 아니어서 평생 골골하며 살았지만, 제가 죽은 후 제 몸이 누군가에게 도움이 된다면 더 바랄 게 없겠습니다. '잘 죽는다'는 건 내 죽음으로 다른 사람의 삶을 돕는 것일 테니까요.

눈

눈은 대부분의 미인들처럼
멀리서 볼 때 아름답습니다.

눈 중의 제일은 산에 내린 눈입니다.
나뭇가지에 얹힌 눈, 바위에 쌓인 눈……
자연이 그린 수묵화가 눈을 황홀하게 합니다.

산에 내린 눈은 눈물이 되어 마른 땅을 적시지만
도시의 눈은 짓밟혀 더러워지면서도 사라지지 않으니,
남루하다 못해 비굴해 보입니다.

사람도 있어야 할 곳에 있을 때 존경받습니다.
모두가 떠나주기를 바라는데
떠나고 싶지 않다고 앉은 자리를 고집하면
사랑과 존경을 다 잃은 후에
3월의 눈처럼 초라하게 떠나게 됩니다.

눈이 되어 내릴 수 있다면 어디에 내리고 싶으세요?
높은 산에 내려 수묵화의 일부가 되어도 좋겠지만
그리운 사람의 눈길이 닿는 담장이나 지붕 위에 내리고 싶습니다.
눈물 되어 흐를 때까지 바라보고 싶습니다.

눈의 나라

새해 첫 출근길 서울엔 73년 만에 최대 적설량을 기록하는 눈이 왔다고 합니다. 그래 보았자 25cm가량인데 눈眼 가는 곳 모두 눈雪의 나라입니다. 지저분한 것은 아무것도 보이지 않고, 세상은 커다란 흰 마스크를 쓰고 소리를 삼킵니다. 오랜만에, 참으로 오랜만에 눈도 귀도 편안합니다.

자동차들은 느릿느릿 눈길을 기어가고 사소한 경사로도 심각한 시험대가 되어 버스조차 평지를 찾아 빙 돌아갑니다. 엉덩이만 가린 미니스커트를 입고 호기를 부리던 사람들의 모습은 보이지 않고 모두 겨울에 걸맞은 차림입니다. 눈길을 걷는 사람처럼 겸손한 사람은 없습니다. 오랜만에 겸손해진 사람들과, 자연 앞에 작아진 인위를 보니 이런 눈은 며칠 더 와도 좋겠다는 생각이 듭니다.

빠르던 것들은 모두 갑자기 늦춰진 속도 앞에 당혹스러워하는데, 원래 느리던 저는 오히려 유쾌합니다. 한 달 남짓 전에 잘못 놓인 보도블록 때문에 다친 왼발 인대는 아직 완전히 낫지 않았지만 조심조심 눈길을 걸어봅니다. 낮은 담과 빨간 우체통 위에 쌓인 하얀 눈, 가끔 바람을 타고 눈보라로 쏟아지는 나뭇가지의 눈, 너무도 아름다워 한

참씩 가던 길을 멈추고 바라봅니다. 안과 의사를 놀라게 할 정도로 심한 고도근시에 난시를 겸한 눈이지만 눈의 나라를 볼 수 있으니 감사합니다. 이 아름다운 세상을 볼 수 없는 시각장애인들에겐 미안하지만 눈이 며칠 더 와도 좋겠다는 생각이 다시 듭니다.

가게들이 늘어선 길, 어떤 집은 영업 중이고 어떤 집은 셔터가 내려져 있습니다.

"오토바이로 배달하는 집은 다 문을 닫았어요. 이 옆에 김밥 집은 문을 열었다가 닫았고요. 이런 길에 오토바이 다니다간 큰일 나요. 저도 늦게야 문 열었는데 그새 오토바이로 배달 다니는 사람이 넘어지는 걸 다섯 번이나 봤어요."

어묵 집 젊은 사장이 겁먹은 목소리로 말합니다.

"저도 일찍 들어가야 할까 봐요. 도대체 손님이 없어요."

"그러게요…… 길에 사람이 없네요."

한 개 먹으려던 어묵꼬치를 하나 더 집어 듭니다. 그러고 보니 김밥집도 중국집도 문을 닫았고, 늘 길가에 서 있던 땅콩 트럭도 보이지 않습니다. 누구에게는 그냥 아름다운 대상인 눈이 누구에게는 생계를 위협하는 적이 될 수 있음을 생각합니다. 사람들이 겸손해지는 건 좋지만 눈이 며칠 더 오기를 바라는 건 어쩜 옳지 않을지도 모르겠습니다.

눈 속에 제일 아름다운 건 나무입니다. 가까이 있는 나무나 멀리 흰 모자를 쓴 산의 나무들이나 태연히 아름답습니다. 모든 존재들이 도달한 도道의 크기를 재는 잣대가 있다면 식물의 도가 동물의 도를 능가하며, 나무의 도가 사람의 도를 능가한다는 걸 알게 될 겁니다. 나무의 도가 깊은 것은 무엇보다 선 자리를 떠나지 않기 때문일 것입니다. 땅이 척박하거나 햇빛을 가리는 이웃이 있거나 잠을 방해하는 소음이 있어도 한자리에 선 채 살아가야 하니 하는 수 없이 도를 닦게 될 겁니다. 조건이 마음에 들지 않는다고, 재미가 없다고, 이익이 적다고 더 나은 곳을 찾아다니는 사람일수록 도가 낮고 언행이 천박한 것은 우연이 아닙니다.

집으로 가는 언덕길은 어느새 검은 속살을 드러내고 있습니다. 어떤 부지런한 손이 이런 기적을 이루었을까요? 양편에 쌓인 눈의 옹위를 받으며 경사진 길을 걱정 없이 오르다 서서 그 손의 주인을 축원하며, 다시 한 번 저 아래 끝없이 펼쳐진 눈의 나라를 바라봅니다. 저 73년 만의 두께가 혹 하늘이 우리에게 써 보낸 편지의 두께는 아닐까요? 참고 참다가 더는 참지 못하여 펼쳐놓은 당부의 말씀은 아닐까요?

황금을 찾아서

중국 북부 하라하테 산맥에서 금을 찾던 일곱 사람이 얼어 죽었다고 합니다. 2m 높이의 눈에 갇힌 채 함께 금을 찾아 헤매던 열여섯 명은 구조되었지만 금을 찾겠다는 꿈을 꾸던 일곱 사람은 꿈속의 사람이 되고 말았습니다. 지금 중국에서는 많은 사람들이 금을 찾아 부자가 되겠다는 일념으로 신장과 티베트 등지의 산간 오지를 헤매고 있다고 합니다. 지역에 따라서는 기온이 영하 45도 이하로 떨어지지만 금을 향한 열정은 식을 줄 모릅니다.

이 소식을 접하니 새삼 사람과 황금의 관계를 생각하게 됩니다. '사람과·황금' 하면 제일 먼저 '황금 뇌를 가진 사나이'가 떠오릅니다. 「황금 뇌를 가진 사나이」는 프랑스 작가 알퐁스 도데Alphonse Daudet의 단편으로, 원래 제목은 「황금 뇌」인데 번역과정에서 「황금 뇌를 가진 사나이」가 되었습니다. 도데가 1869년에 출간한 단편집 『Lettres de Mon Moulin』(영어로 Letters from My Mill: 방앗간에서 온 편지)에 실려 있습니다. 황금 뇌를 가지고 태어난 사람이 머리의 금을 떼어내며 인생을 탕진하다가 뇌 속이 텅 비어 죽게 된다는 이야기입니다.

이야기 속 황금은 이야기 밖에선 무엇이나 될 수 있습니다. 재산,

재능, 건강, 에너지, 시간…… 어쩌면 사랑조차 황금 뇌처럼 바닥날 때가 있는 건지 모릅니다. 사람의 생애에도 시작과 끝이 있듯, 금을 찾아 떠난 여행에도 시작과 끝이 있고, 세상 모든 것이 그러합니다. 도데의 얘기 속 황금 뇌처럼 한계가 있는 것이지요. 한계가 없다면 선택의 고민도 없을 겁니다. 황금 뇌가 사라질 수 있다는 생각을 하지 못한 사람처럼 자신이 가진 걸 마구 쓰다가 죽는 줄도 모르고 죽게 되겠지요.

다행히 우리 모두는 '한계'라는 선물을 받았습니다. 자신이 가진 것과 자신이 할 수 있는 것에 한계가 있기 때문에, 무엇을 어떻게 써야 할지, 혹은 무엇을 어디에 써야 할지 선택을 하게 됩니다. 나이가 들어도 그 한계를 모르는 사람들은 아이처럼 자신을 낭비합니다. 예를 들면, 자신에게 있는 재능을 옳은 곳에 집중하는 대신 여기저기에 흩뿌리거나 자신에게 없는 재능을 찾아 헤매는 거지요.

은유적으로 말하자면 우리는 누구나 자기 자신만의 '황금 뇌'나 '황금'을 가지고 있습니다. 그것을 발견하고 꼭 써야 할 곳에 쓰며 사는 건 본인에게도 주변에게도 축복입니다. 하라하테의 눈 속에서 목숨을 잃은 사람들에게도 이미 주어진 황금이 있었을지 모릅니다. 어쩜 그것은 노랗게 빛나는 금의 형태가 아니고 젊음이거나 시간이거나 건강이었을지 모릅니다.

아니 어쩌면 산맥에 숨겨진 금을 찾으려는 열정, 그것이 그들의 '황금'이었을지도 모릅니다. 그랬다면, 영하 45도의 추위 속에서 발끝부터 진군해오는 죽음의 소리를 들으면서도 끝내 후회하지 않았다면, 그들의 열정과 용기에 박수를 보냅니다. 남의 눈에 어떻게 보이든 자신의 '황금'을 위해 최선을 기울인 사람들이 있었기에 인류가 이만큼의 진보나마 이룬 것일 테니까요. 머나먼 동토에서 목숨을 버린 사람들

덕에 제 '황금'은 무엇인지 다시 한 번 생각합니다. 삼가 고인들의 명
복을 빕니다.

중산층

모 일간지가 정의한 한국의 '중산층':

4년제 대학을 나와 같은 직장에 10년 이상 근무하며

월 소득이 400만 원 이상이고

30평 이상 되는 아파트에 살며

2,000cc 이상의 중형차를 모는 사람.

프랑스의 퐁피두 전 대통령이 정의한 '중산층':

외국어 하나쯤 자유롭게 구사하고

폭넓은 세계를 경험한 사람으로

적어도 스포츠 한 가지나 악기 한 가지를 즐기며

별미 하나쯤 만들어 손님을 접대하고

사회의 정의가 흔들릴 때 바로잡기 위해 나서는 사람.

지난 주말 지하철 7호선 숭실대역에서 본 글의 요지입니다. 드골 대통령 시절 총리를 지낸 후 대통령까지 역임한 퐁피두(1911~1974). 그가 했다는 말을 읽으니 새삼 프랑스의 힘이 이해됩니다. 국토의 크기는 세계 43위에 불과한 프랑스가 왜 모두가 두려워하고 부러워하는 대국으로 대접받는지…….

우리는 언제쯤 이런 지도자를 갖게 될까요? 퐁피두의 정의를 적용할 때 우리나라 중산층은 몇 명이나 될까요?

2013년 8월 온라인 커뮤니티와 SNS(소셜네트워크서비스) 등에서는 '나라별 중산층 기준'이라는 제목의 글이 인기를 끌었습니다. 그 글에 따르면 '한국 중산층'은 빚이 없고, 30평대 아파트에 살며, 월수입이 500만 원 이상이고, 2,000cc 급의 중형차를 타며, 1억 원 이상의 저축을 보유하고, 매년 여러 번씩 해외여행을 다닐 수 있는 사람이라고 하니, 위의 모 일간지가 정리한 것과 비슷합니다.

그러나 다른 나라들의 '중산층' 정의는 아주 다릅니다. 미국에서 중산층은 떳떳하게 자기주장을 하고, 사회적인 약자를 도우며, 부정과 불법에 저항하고, 비평적인 간행물을 정기 구독하는 사람이라고 합니다. 영국에서 중산층은 페어플레이를 하고, 신념을 갖고 주장을 확실히 하되 독선적이어선 안 되고, 약한 사람을 두둔하고 강한 자에게 맞서며, 불의나 불법과 싸우는 사람이라고 합니다.

빚 많고 저축 없는 저는 한국에서 중산층이 되긴 어려울 것 같고, 미국이나 영국의 중산층 조건을 충족시키는 게 오히려 쉬워 보이니 어떻게 해야 할까요? 지금이라도 이민을 가야 할까요, 계속 한국의 시민으로 살아가야 할까요?

손

고흥에서 보내준 마늘종, 남해에서 온 두릅을 먹으니
마늘종과 두릅을 키워 싸 보낸 손들이 생각납니다.
손 중의 으뜸은 농부의 손입니다.

살아오는 동안 수많은 사람을 만나 악수하며
한 가지 진리를 배웠습니다.
입은 거짓말을 하지만 손은 거짓말을 하지 않는다는 거지요.
어떤 사람의 손은 너무 작고 말라 애처로웠고,
어떤 사람의 손은 너무 차고 축축하여 놓아버리고 싶었습니다.

제가 기억하는 최고의 손은 노무현 전 대통령의 손입니다.
90년대 말 종로에 살 때 국회의원 선거에 출마한 그분을
동네에서 우연히 만났습니다.
적당히 두툼하고 적당히 따스하고 적당히 힘 있는 손,
고작 몇 초간의 악수였지만
정직하고 사랑이 많은 분이라는 느낌을 받기엔 충분했습니다.

노무현 대통령 돌아가시고 어느새 6년이 흘렀습니다.
나라는 더 시끄럽고 더 천박해지고 더 살기 어려워졌지만
이렇게나마 유지되는 건 제 할 일을 하는 정직한 손들,
키우고 나누는 사랑의 손들 덕분이겠지요.

봉하마을 '농부'를 꿈꾸었던 노무현 대통령,
그 따스한 손, 다시 한 번 잡아보고 싶은 오월입니다.

기자와 시인

책은 한 달에 한 권 읽을까 말까 한 사람들이 모여 사는 나라지만 노벨문학상에 관한 관심만은 세계 어느 나라보다 높습니다. 해마다 고은 시인을 괴롭히던 기자들이 올해는 좀 지쳤는지, 작년보다는 수상자 발표 전의 말장난이 줄어든 듯했습니다.

상은 제 갈 길을 가다 우연히 줍게 되는 '은단추' 같은 것이지만, 이 나라에선 어느새 상이 목표가 되고 사람을 평가하는 기준 노릇을 합니다. 그러나 좋은 시는 상을 타지 않고도 가슴속으로 들어옵니다.

고은 시인의 시 중에 「예감豫感」이라는 시가 있습니다. 원제목은 한자로 되어 있습니다. "가을이다. 어느 나라의 인구人口가 줄어든다"로 시작하는 이 시의 첫째 연에는 "들쥐들이 종점終點에서 종점으로 몰려다닌다"는 구절이 있습니다.

저도 기자 출신이지만, 기자들은 언제부턴가 '들쥐들'처럼 몰려다닙니다. 쓸 가치가 없는 기사도 남이 쓰면 쓰고, 크게 쓸 필요가 없는 기사도 남들 따라 키우는 일이 허다합니다.

새누리당 정문헌 의원의 최근 발언 같은 것은 크게 쓸 필요가 없는 것이었지만 기자들은 모두 그에게 몰려들었습니다. 2007년 남북정상회담 당시 노무현 대통령이 김정일 국방위원장과 비밀 단독회담을 갖고 북방한계선NLL을 포기하겠다고 했다는 겁니다.

대통령 후보의 소통 불능, 보수 인사들의 회귀 등으로 내분에 휩싸였던 새누리당은 북풍을 반기며 국정조사를 하자고 외쳤습니다. 지지율 하락으로 고민하던 박근혜 후보는 "제일 잘 아는 사람이 관계된 사람 아니겠느냐"며 '노무현의 그림자'였던 문재인 민주통합당 대통령 후보를 겨냥했습니다.

그러나 외교의 기본을 아는 사람들에게 이 일은 좀 황당합니다. 정치부 시절 외무부를 출입했던 저도 정상회담은 단독회담과 확대회담 두 형태로 이루어지며, 단독회담이라 해도 말만 '단독'일 뿐 정상 단둘이 만나는 게 아니고 양쪽에서 몇 사람이 배석한다는 것쯤은 알고 있습니다.

당시 남북정상선언 합의문을 작성했던 배기찬 전 청와대 동북아비서관도 기자회견을 열어, 단독정상회담엔 남쪽에서 4명, 북쪽에서 김양건 통일전선부장이 배석했다며, 정 의원이 비밀 회담 자료로 제시한 문건은 바로 자신이 만든 문건이라고 밝혔습니다.

정 의원이 돌아가신 노무현 전 대통령을 불러낸 게 8일, 국방부가 '종북세력은 국군의 적'이라고 규정하는 '종북 실체 표준교안'을 전군에 보내 신병훈련소와 야전부대 등에서 교재로 활용하라고 한 게 10일입니다. 왜 이러는 걸까요?

어제는 외교통상부 산하 한국국제교류재단이 한국 홍보지 『코리아나』의 100호를 기념하는 출판문화 세미나를 열었는데, 정 의원이 이 세미나의 공동 주최자라고 하니 '그이가 왜?' 하는 사람이 많았습니다.

언론의 자유는 써야 하는 글, 쓰고 싶은 글을 쓸 자유와 쓸 필요가 없는 글, 쓰고 싶지 않은 글을 쓰지 않을 자유를 뜻합니다. 그러나 고유의 잣대를 잃은 채 '왜?'를 묻지 않고 몰려다니는 기자가 적지 않습니다. '왜'를 묻지 않는 기사는 함석헌 선생이 말씀하신 격화소양, 즉 '신 신고 발바닥 긁는 것'과 같은 글이 되기 쉽습니다.

시인과 기자, 쓰는 방식은 달라도 무릇 쓰는 자의 일은 오직 한 가지, 역사를 적는 것입니다. 오늘 그들이 기록한 것이 훗날 역사가 됩니다. 시 「예감」은 이렇게 끝납니다.

일생(一生)의 호각 소리가 뚝 그친다. / 모든 무덤들은 말한다. / 다시 이 세상에 태어날 수 없다고 / 머무는 친우(親友)여 나는 혼자서 뻗은 길을 걸어가야겠구나. .

상을 좇지 말고, 권력에 겁먹지 말고, 가끔 무덤들이 하는 말에 귀기울이며 '혼자서 걸어'가는 기자가 많아지기를 간절히 바랍니다.

책 읽는 사람들

이명박 대통령이 여름휴가를 가기 전 청와대 직원들에게 책을 선물했다는 얘길 들으니 올해 첫날 신문에서 본 '부시는 독서광'이라는 제목의 기사가 생각납니다. 칼 로브Karl Rove 전 백악관 부실장의 말을 인용한 그 기사에는 조지 W. 부시 전 미국 대통령이 2006년에 95권, 2007년에 51권, 2008년에 40권의 책을 읽었다고 나와 있었습니다. 로브와 알고 지낸 35년 동안 부시 옆엔 항상 책이 있었다고 합니다.

책 좋아하는 사람에게 일종의 동지애를 느끼는 제게 부시가 책을 좋아한다는 얘긴 좀 당혹스러웠습니다. 부시 대통령을 만나본 적은 없지만 재임 기간에 한 일들로 미루어 책은 통 안 읽는, 단순한 사람일 거라고 짐작했으니까요. 부시가 독서광이라는 게 아무래도 석연찮아 지난 연말 『월스트리트저널』에 실렸던 로브의 글과 나흘 후 워싱턴포스트 칼럼니스트 리처드 코언Richard Cohen이 그 글에 대해 쓴 칼럼을 찾아보았습니다. 코언의 칼럼을 요약하면 이렇습니다.

카뮈의 '이방인'처럼, 내가 문학소녀들을 쫓아다니던 젊은 시절에 읽은 책을 예순 넘은 대통령이 읽는다는 게 뜻밖이다. 조깅을 포기하게 되면 이런 일이 일어나는 건지도 모른다. 부시가 읽은 책은 주로, 인기 없는 일을 했지만 훗날 좋은 평가를 받은 위대한 인물들의 전기와, 경고가 가득한 역사서들이다. 부시와 로브는 이제야 역사의 뜨거운 숨결을 느끼며 지적인 대통령으로서의 부시의 이미지를 주장하려고 하나 본데 그건 너무 때늦은 일이다. 부시가 읽었다는 책의 목록은 로브의 의도와는 달리 한 가지 사실을 확인하게 해준다. 그건 부시가 폭넓은 독서를 하는 사람이 아니고 자신이 옳음을 증명해줄 책만을 구해 읽는 사람이라는 거다.

부시는 언제나 고정관념의 포로였는데, 그가 읽었다는 책들은 그 사실을 입증한다. 로브가 내놓은 부시의 독서목록은 길지만 편협하다. 거기엔 왜 이라크 전쟁이 잘못된 것이었는지, 왜 완전한 실패를 가져올 수밖에 없었는지를 얘기해주는 수많은 책들이 없다. 나는 부시가 읽은 책의 수엔 경의를 표한다. 하지만 그가 읽은 책들은 그가 이미 아는 걸 확인하고 싶어 하는 사람이라는 걸 보여줄 뿐이다.

『워싱턴포스트』 인터넷 판 코언의 칼럼에는 무수한 댓글이 붙었습니다. 거의 모두 부시와 로브를 비난하며 냉소를 보내지만 욕설은 찾기 힘들고 유머로 일침을 놓는 글들이 대부분이었습니다. 그중에서도 여러 사람의 호응을 얻은 'AlanGoldberg54'의 글이 재미있습니다.

바로 이래서 나라 꼴이 엉망이 되었나 보다. 부시가 2006년에 될 대로 되어라, 나는 남은 임기 동안 책이나 읽어야지 하고 마음먹은 게 틀림없다. 그래서 그가 금융 위기에 대해 전혀 몰랐던 거다. 그가 대통령이 되기 전에 이 책들을 읽었더라면 좋았을 텐데.

인생은 'B-C-D'라는 얘기를 들었습니다. B(birth)에서 시작하여 D(death)로 끝나는데 우리가 할 수 있는 건 C(choice)뿐이라는 겁니다. 그러나 책을 좋아하는 사람들의 인생은 'B(birth)-BC(book choice)-D(death)'일지 모릅니다. 세상엔 사람만큼이나 많은 책이 있고 책을 쓰는 사람과 읽는 사람도 많습니다. 세상엔 또 책의 주제가 될 수 있는 일들이 사람만큼 많습니다. 그러니 무슨 책을 쓰느냐 어떤 책을 읽느냐는 선택의 문제입니다. 공직자가 된다는 것, 그중에서도 대통령이 된다는 건, 책조차 편식할 자유가 없음을 뜻합니다. 자신이 옳음을 확인해주는 책만 읽는 것은 아부하는 사람들로 주변을 채우는 것과 같으니까요.

높은 직책에 있는 사람의 선물은 종종 낮은 사람의 의무가 됩니다. 때로는 동감同感으로 위로를 주고 때로는 이견異見으로 성찰을 돕는 게 책이니 책을 선물하는 건 좋지만 시선의 강요는 피해야 합니다. 대통령이 특정한 책을 선물했다는 소식이 매스컴에 보도되어 그 책의 판매에 영향을 주는 건 공정하지 않습니다. 더구나 그 책이 남의 나라 베스트셀러를 번역한 책이어서 열심히 쓴 책의 판매 부진으로 풀죽은 우리나라 저자들을 우울하게 한다면 미안한 일입니다. 대통령이 또 선물을 하시게 되면 그땐 특정한 책 대신 어떤 책이든 살 수 있는 문화상품권을 주시면 어떨까 생각해봅니다.

마차를 돌리려면

절망의 이유를 찾는 게 거리에서 돌 찾기보다 쉬운 한 해였습니다. 침 뱉는 사람은 늘고 책 읽는 사람은 줄었습니다. 중국, 일본 등 주변 국들은 제 나라나 정권의 이익을 좇아 동북아의 안정을 위협하는데, 냉전 논리에 갇힌 사람들은 나라 밖 상황엔 무감한 채 '다른 생각'을 '종북'으로 몰고, 친일, 친독재 역사 교과서를 두둔했습니다.

국가기관들의 작년 대통령선거 개입을 규탄하는 시위가 국내외에서 이어졌고, 경상남도 밀양, 제주도 강정 등 곳곳에서 부당한 공권력에 내몰린 국민의 신음이 끊이지 않았습니다. 남양유업 사건으로 '을'을 향한 '갑'의 고질적인 횡포가 드러났고, 전셋값 바이러스가 수많은 사람들을 공격했습니다.

가장 한심한 건 2035년까지 원자력 발전 비중을 29퍼센트로 끌어 올리겠다는 정부의 에너지 계획이었습니다. 1986년 체르노빌, 2011년 후쿠시마 원전 사고와 후유증을 보면서도 이미 있거나 계획 중인 원전 34기에 6~8기를 추가 건설하겠다는 계획을 내놓았습니다.

'푸른 말의 해'가 목전이지만 우리는 늙은 말들이 끄는 마차를 타고 과거로 가고 있는 듯합니다. 1960년대나 1970년대 같기도 하고 해방 전후 같기도 합니다. 정부가 하는 일마다 국민을 화나게 하고 싸우게 하니 김구 선생이 떠오릅니다. 선생은 『백범일지』에서 "집안이 불화하면 망하고 나라 안이 갈려서 싸우면 망한다. 동포 간의 증오와 투쟁은 망조다"라고 경고했습니다.

뽀얀 얼굴을 찡그린 채 젊은이가 묻습니다. "어떻게 해야 이 나라를 구할 수 있을까요?" 주름투성이 얼굴에 미소 띤 스승이 답합니다. "먼저 너를 구해. 너를 구하면 나라도 구할 수 있어. 우선 네가 할 수 있는 걸 해."

"첫째, 길에 침을 뱉지 마. 비위 상하는 일 많아도 침은 화장실에서 뱉어. 둘째, 지하철과 엘리베이터를 탈 때는 안에 있는 사람이 내린 후에 타. 비운 다음 채우는 게 만고의 진리잖아. 셋째, 헌 옷을 입어. 살기 힘든 사람이 많을 때 혼자 새 옷을 자꾸 해 입는 건 부끄러운 일이야. 넷째, 가끔 홀로 전화기 없이 거닐어 봐. 보도블록 사이 이끼를 들여다보거나 푸른 하늘 흰 구름을 올려다보거나 먹고살기 위해 동분서주하는 사람들을 둘러봐. 그들이 네 스승이야. 다섯째, 음식량을 줄이고 독서량을 늘려. '먹방'을 보지 않으면 자연히 몸의 살이 빠지고 황폐한 정신에 물이 오를 거야. 여섯째, 잠자리에 들기 전 단 5분이라도 눈 감고 무릎 꿇고 나는 누구인가, 무얼 해야 하는가 생각해봐."

젊은이가 다시 묻습니다. "스승님 같은 분도 새해 목표를 세우시나요?" "그럼, 매일 향상이 나의 꿈이니까."

"첫째, 먹는 걸 줄일 거야. 조금 먹어야 정신이 맑아지니까. 둘째, 책을 읽을 거야. 지식을 위해서가 아니라 다른 의견을 이해하기 위해서. 셋째, 울고 싶은 사람에게 어깨나 가슴을 내줄 거야. 억지웃음보다 울음이 고통을 덜어주거든. 넷째, 정의에 투자할 거야. 정의를 위해 싸우는 시민단체에 가입하거나 이미 가입한 곳에 보내는 후원금을 늘릴 거야. 다섯째, 사랑을 키울 거야. 미운 짓만 골라 해서 사랑할 수 없는 사람이 있으면 그가 그러는 게 유전자 때문인지 무지 때문인지 관찰하며 미워하지 않으려 노력할 거야. 여섯째, 가능하면 하루에 한 번씩 해보지 않은 일을 할 거야. 하던 일만 하면 머리가 굳고 머리가 굳으면 생각도 굳으니까. 처음 보는 사람에게 인사하거나, 눈밭에 누워 얼굴에 떨어지는 눈꽃을 맞아도 좋겠지."

사흘 지나면 새해입니다. 노인이 말하듯 하면 과거로 가는 마차를 돌릴 수 있을까요? 마부를 바꾸지 않고도 마차의 방향을 바꿀 수 있을까요?

현충일과 대통령

오늘은 현충일, 조기를 걸며 나라를 생각합니다. 세계지도에서 찾아보면 작디작은 나라, 우여곡절 끝에 경제력으로 세계 10위권의 나라가 되었지만 나라 안팎에서 일어나는 상황에 대처하는 것을 보면 이 나라는 아직 후진국이며 사상누각입니다.

'메르스(중동호흡기증후군)'를 대하는 태도만 보아도 그렇습니다. 처음에 중동을 다녀온 60대 남성이 환자로 확인되었을 때 정부가 제대로 대응하기만 했다면 '유사 공황' 사태는 피할 수 있었습니다.

세월호 사건으로 인해 전 국민이 알게 된 용어 '골든타임'은 메르스 사태에도 적용되는 것이지요. 정부가 초기에 잘못 대응했다며 정부를 비난하는 사람들이 많지만 이 정부의 한계는 일찍부터 예견된 것입니다. 그러니 보이는 잘못은 정부가 저지르지만 보이지 않는 잘못은 이 정부의 탄생을 초래한 유권자들이 저지른 것입니다. 박근혜 후보를 대통령으로 선출함으로써 나라를 끝없는 사건의 소용돌이에 빠뜨린 것이지요.

박근혜 대통령을 욕하는 사람들이 많지만 박 대통령도 난감할 겁니다. 정말 나라를 사랑하여 더 살기 좋은 곳으로 만들고 싶은데 왜 자꾸 이런 일이 일어나는지 이해하기 어려울 겁니다. 어제 메르스 발발 16일 만에 노란 점퍼를 입고 국립중앙의료원을 방문한 박 대통령을 보니 측은한 마음이 들었습니다.

중앙의료원이 막 메르스 전용 병원으로 지정되어 입원해 있던 환자들은 다른 병원으로 보내지고, 메르스 확진 환자들은 아직 들어오지 않은 시점에서 그 병원을 찾아 의료진을 '격려'하는 모습을 어떻게 보아야 할까요? 그 와중에 "지자체나 관련 기관이 독자적으로 이것(메르스)을 해결하려고 할 경우에 혼란을 초래할 뿐 아니라 효과적으로 대응하는 데도 도움이 되지 않는다"고 말하여 전날 밤 박원순 서울시장이 발표한 메르스 대처 방안을 간접적으로 비판하는 것도 안타까웠습니다.

나라는 이미 '혼란'에 빠졌고 '효과적 대응'은 이미 불가능한 것이 되어버렸는데, 그는 뭐하러 그 병원에 가서 그런 말을 했을까요? 침통한 얼굴로 텔레비전에 나와 "국민 여러분, 죄송합니다. 저와 정부가 초기에 잘못 판단하여 지금과 같은 사태가 빚어졌습니다. 서울시를 비롯한 전국의 지자체와 힘을 합해 이 사태를 진정시키고 메르스 진압에 총력을 기울이겠습니다"라고 하면 될 것을.

박 대통령이 측은한 것은 그가 돌발적인 상황에서 무엇을 어떻게 해야 할지 모르기 때문입니다. 어떤 사람들은 '그런 상황에서 그렇게 하다니 나쁜 사람'이라고 그를 비난하지만, 제가 보기에 그는 '나쁜' 사람이 아니고 '모르는' 사람입니다. 삶은 예견할 수 없는 일들이 일어나는 여정이고 그 길을 가는 대부분의 사람들은 그런 일들을 겪으며 대처 능력을 키우게 되지만, 오랫동안 '예측 가능한 삶'만을 산 그에겐 그런 능력을 키울 시간이 없었습니다.

1952년생인 박 대통령은 1961년 아버지의 쿠데타로 '영애'가 되어 1979년 10월 아버지가 최측근의 총에 맞아 유명을 달리할 때까지 청와대에서 살았습니다. 아버지가 타계하기 5년 전 광복절엔 어머니도 총탄에 잃었습니다. 대부분의 사람들과는 전혀 다른 방식의 '울타리 안의 삶'을 살다가 20대에 그 강력한 울타리를 잃은 겁니다.

스물두 살, 총탄에 어머니를 잃었을 때 그가 아버지 옆에서 '영부인' 노릇을 하는 대신 실력 있는 정신과 의사나 청정한 수도자를 만나 정신에 입은 상처를 치료했더라면……. 스물일곱 살 때 아버지가 오른팔 같던 사람의 손에 저세상 사람이 된 후 정치인들과 인연을 끊고 그들이 없는 곳에서 피투성이 된 영혼을 치유했더라면……. 그랬다면 그도 지금 같지 않고 이 나라도 지금 같지 않았을 겁니다.

그러나 권력과 이익을 추구하는 정치꾼들은 그를 그냥 두지 않았습니다. 불귀의 객이 된 그의 아버지와 그를 선거에 이용했고, 그는 그렇게 대통령이 되었습니다. 사고로 끝날 수 있었던 세월호의 침몰이 수많은 '……했더라면'을 거쳐 '사건'이 된 것처럼, 그에게 일어난 '……했더라면'이 그의 인생과 이 나라를 상처투성이로 만든 것이지요.

영어에 'Better late than never'라는 말이 있습니다. 박 대통령이 지금이라도 마음의 상처를 치료받기 바랍니다. 비상식적 삶이 초래한 괴로움과 외로움에서 해방되는 날, 그의 눈엔 자신에게 '타인의 삶'을 강요하며 자신들의 이익을 추구하는 정치꾼들이 보일 겁니다. 그가 그들을 내치고, 제 이익보다 국민의 삶을 생각하는 사람들을 기용하면 이 나라에도 상식이 돌아오고, 늦게나마 서서히 이 나라가 경제력에 맞는 '정신'을 회복하게 되겠지요. 그날을 기대해봅니다.

'강' 죽이는 정부, '시' 죽이는 나라

한강, 낙동강, 금강, 영산강…… 4대강을 망친 정부가 섬진강까지 위협하는 개발 계획을 비밀리에 추진해왔다고 합니다. 21세기로 접어든 지 15년이 되었지만 20세기 식 '개발'에 사로잡힌 사람들의 눈엔 시간의 흐름이 보이지 않나 봅니다.

『경향신문』이 단독 보도한 것을 보면, 섬진강을 포함한 5대강 주변이 개발되어 온갖 위락시설이 들어설 수 있게 된다고 합니다. 강변에 농구장, 낚시터, 경량항공기 이착륙장, 자동차 경주장, 미술관, 공연장, 골프장, 오토캠핑장, 휴게음식점, 유람선 선착장 등 주거시설을 뺀 다양한 용도의 시설을 지을 수 있다고 하니 '강江'이 죽는 건 시간문제입니다. '강'이 죽으면 강 덕에 태어나던 '시詩'도 태어나지 못하겠지요.

아이가 태어나지 않는 나라, 시가 태어나지 못하는 나라……. 정부가 앞장서서 이 나라를 '불임 국가'로 만들고 있습니다. 지금 이 나라의 문제는 놀 곳이 없는 게 아니라 놀 수 있는 '마음의 여유'가 없다는 것인데, 국민의 마음을 편히 하는 정책을 연구해 내놓기는커녕 놀 곳을 늘리기 위해 자연을 해치겠다고 하는 겁니다. 생각할 줄 아는 사람은 누구나 21세기 경제는 자연과 문화에 있다는 것을 압니다. 그러나 '경제!'만 외치는 정부는 이 두 가지를 모두 죽이려 하고 있습니다.

이 시대착오적인 계획은 한국건설기술연구원이 낸 보고서에 실려 있다고 합니다. 이 연구원이 2013년 7월 국토교통부의 용역을 받아 '국가하천 하천구역 지구지정 기준 및 이용보전 계획 수립' 최종 보고서를 작년 12월에 제출했으며, 이 보고서에 의하면 개발 가능 지역인 친수지구가 현재의 8,595만 6,309m^2(24.25%)에서 2억 697만 2,692m^2(49.14%)로 확대된다고 합니다.

이 보고서는 국회 국토교통위원회 이미경 의원이 입수해 공개했는데, 낙동강 친수지구는 현재 24.32%에서 47.59%로 늘고, 금강 친수지구는 8.24%에서 32.64%로 4배나 늘어나며, 4대강 사업에서 제외돼 대규모 준설이나 보의 건설이 없었던 섬진강의 친수지구도 1.44%에서 63.25%로 대폭 늘어나 습지와 모래톱이 크게 훼손될 우려가 있다고 합니다.

이 의원은 이 개발 계획에 비추어 보면 '4대강 사업은 사전 정지 작업 수준'으로 느껴질 정도라며 이것이 실현될 경우 "단군 이래 최대의 난개발이 전국 천변에서 벌어질 수 있다"고 하지만, 이 어리석은 계획이 내년(2016년) 총선에서 어떤 힘을 발휘할지 벌써부터 머리가 아픕니다.

정부는 저출산을 걱정하고 '경제'를 걱정하지만, 국민의 마음이 평화롭고 미래에 대한 희망을 갖게 되면 낳지 말라고 해도 아이를 낳고, 창의력을 발휘해 경제를 살릴 겁니다. 지금 정부가 해야 할 일은 국민들이 강변이나 숲 속을 거닐며 마음의 평화를 회복하고 서로를 사랑하게 하는 것입니다. 강변을 놀이터로 만들고 숲에 케이블카를 놓는 것이 아닙니다. 외국 관광객을 유치해 관광수입을 늘리겠다는 갸

륵한 생각을 한 건지 모르지만 요즘은 관광객들도 놀기보다는 '쉬러' 옵니다.

국민의 마음을 평화롭게 하려면 세금을 제대로 걷어 빈부격차를 줄이고 세금을 내지 않는 사람들에게 매운 벌을 주어야 합니다. 정직한 사람은 손해 보고 잔머리를 쓰는 사람들과 철면피한 사람들이 호의호식하는 나라에서, 아기를 낳으면 보조금을 주고 강변에 위락시설을 짓는다고 누가 행복하겠습니까? 신동엽 시인의 시 「금강」의 한 구절이 떠오릅니다('제9장'에서 인용).

살아가기란 어려운 일인가,
눈을 뜨지 못한 짐승,
그렇다,
우리 주위엔 얼마나 많은
눈뜨지 못한 짐승들이
사람·탈을 쓰고
밀려가고 있는가.

정부가 노래를 두려워할 때

광주에서는 곧 5·18민주화운동 35주년 기념식이 열립니다. 국가보훈처는 이 기념식에서 합창단이 「임을 위한 행진곡」을 '합창'하되 기념곡으로 '제창'하면 안 된다고 했습니다. 윤장현 광주시장을 비롯한 광주 시민들이 공동성명을 내어, 이 노래는 '인류 보편적 가치를 지키기 위해 불의에 항거한 상징적 노래, 국민의 노래'이기 때문에 이 노래의 제창을 금하는 것은 '5·18 정신에 반한다'며 이 노래를 기념곡으로 정해 제창할 것을 촉구했으나 정부는 태도를 바꾸지 않았습니다.

이 노래를 두고 정부가 목소리를 높일 때마다 고개를 갸우뚱하게 됩니다. 왜 이 노래를 이토록 두려워하는 건지 이해되지 않기 때문입니다. 이 노래는 백기완 선생의 시 「묏비나리」의 일부를 소설가 황석영 씨가 개사한 가사에 당시 전남대학교 학생이던 김종률 씨가 곡을 붙여 1982년에 만들었다고 합니다. 5·18민주화운동 유족들에 의해 불리다 2003년부터 정부가 주관하는 기념식에서 제창됐으나 2009년부터 이 노래는 논란의 주인공이 되었습니다.

오늘 『한국일보』 사설에 보면, 노랫말의 '임'이 북한의 김일성이 아니냐는 황당한 주장을 제기하는 보수단체도 있다고 합니다. 보훈처는

"「임을 위한 행진곡」이 1991년 황석영·리춘구(북한 작가)가 공동 집필해 제작한 북한의 5·18 영화 「님을 위한 교향시」의 배경음악으로 사용됨으로 인해 노래 제목과 가사 내용인 '임과 새날'의 의미에 대해 논란이 야기됐다"면서 "특히 작사자의 행적 때문에 제창 시 또 다른 논란 발생으로 국민통합이 저해될 가능성이 있다"며, 이 노래의 제창을 금한 것입니다.

그러나 황석영 씨가 북한을 방문한 것은 1989년이고 「님을 위한 교향시」는 1991년에 만들어졌으니 1982년에 만들어진 이 노래와 북한은 아무런 관계도 없고, 이 노래를 제창하면 '국민통합이 저해될 가능성이 있'는 것이 아니라 제창을 금한 보훈처의 결정으로 국민은 이미 분열되었습니다.

오늘 기념식에 참석하는 새누리당 김무성 대표와 문재인 새정치민주연합 대표가 이 노래를 부를 거라고 하니, 이 노래의 제창을 반대하는 보훈처와 일부 보수단체들의 반응이 궁금합니다. 이 노래를 부르면 김 대표와 문 대표는 '빨갱이' 혹은 '종북'이 되는 걸까요?

지금 한반도는 6·25전쟁 후 그 어느 때보다 위험한 상황에 처해 있습니다. 미국과 일본의 동맹 강화와 일본의 노골적인 재무장, 중국과 러시아의 결속 강화 등 동북아시아 안보 상황의 변화와 그로 인해 한반도에 미칠 영향을 예의 주시하며 하루속히 남북한 간의 대화를 재개해야 할 때입니다. 그런데 국가보훈처라는 정부 부처는 고루한 색깔론에 사로잡힌 일부 국민들의 눈치만을 보고 있으니 그저 안타까울 뿐입니다.

역사는 노래를 두려워하는 정권은 민주 정부가 아님을 보여줍니다. 정부는 이 노래를 두려워함으로써 스스로 '민주 정부' 되기를 포기했습니다. 아래에 이 노래의 가사를 옮겨둡니다. 어제 tbs '즐거운 산책' 시간에도 '오늘의 노래' 코너에서 이 노래를 들려드렸지만, 1980년 이 맘때 광주에서 희생된 분들을 생각하며 꼭 한 번 들어보시고 불러보시기 바랍니다.

사랑도 명예도 이름도 남김없이
한평생 나가자던 뜨거운 맹세

동지는 간데없고 깃발만 나부껴
새날이 올 때까지 흔들리지 말자.

세월은 흘러가도 산천은 안다.
깨어나서 외치는 뜨거운 함성

앞서서 나가니 산 자여 따르라
앞서서 나가니 산 자여 따르라

대답해주소서!

선생님, 1990년 8월에 떠나셨으니 곧 24년이 됩니다. 선생님이 자리를 비우신 사이 이 나라는 아주 많이 변했습니다. 정부는 국민소득이 늘어 선진국이 되었다고 자랑하지만, 소음과 비탄과 분노가 번지르르한 통계를 압도합니다. 벼락 맞을 짓을 하는 자들일수록 소리 높여 '하나님'을 부르고 신경정신과는 성형외과 못지않게 성업 중입니다.

선생님을 생각하면 언제나 그 아이의 입학식이 떠오릅니다. 가난한 집 딸이었던 아이는 등록금이 제일 적다는 대학교의 입학시험을 쳤지만 떨어졌지요. 집안일을 거들며 공부를 해서 이듬해 선생님이 계시던 대학에 입학했지요. 머리를 단장하고 새 옷을 입고 와 방싯거리는 학우들이 많았지만, 그 아인 일 년 동안 멋대로 자란 머리에 헌 옷을 입고 입학식에 갔습니다. 개교 백 년이 멀지 않다는 학교의 역사나 잘 늙은 노인처럼 아름다운 석조 건물들에 감탄하기 전에 비싼 등록금이 아이의 머리를 아프게 했습니다.

아이가 숙였던 머리를 번쩍 든 건 강당을 울리는 선생님의 목소리 때문이었습니다.

"지금 이 자리엔 침대에 앉아, 일하는 사람이 차려다 준 밥을 먹고 온 사람도 있고, 언 물을 깨뜨려 쌀을 씻고 밥을 지어 동생과 나누어 먹고 온 사람도 있을 것이다. 그러나 이 학교의 문을 들어서는 순간 여러분은 다 같은 이 학교의 학생이다…… 이 학교는 이 나라와 사회의 사랑으로 자란 학교다. 여러분은 어떻게 해야 그 사랑에 보답할 수 있을까를 언제 어디서나 생각해야 한다."

아이의 젖은 눈이 학부모석의 어머니를 보았습니다. 눈물이 가득한 어머니의 눈이 별처럼 반짝였습니다.

학교가 낯설게 느껴질 땐 늘 선생님의 존재가 아이를 위로했습니다. 선생님은 미국 유니언신학대학에서 유니언메달을 받은 최초의 동양인이고 아이가 본 기독교인 중 가장 그리스도에 가깝게 사는 사람이었지만 교회에 가라고 한 적은 한 번도 없었습니다. "너무나 힘들어서 못 살겠다 싶을 땐 '하느님! 저 좀 살려주세요!' 하고 소리쳐라. 그게 기도야"라고 하셨습니다.

아이는 선생님에게서 기도 법과 함께 사는 법을 배웠습니다. 아이와 친구들이 박정희 대통령의 유신헌법에 반대하며 거리로 나갔던 1973년, 선생님도 그곳에 계셨습니다. 시위대의 선두, 기동대의 방패 앞에서 계시던 통치마 한복 차림이 어제 본 듯 선합니다. 박정희 씨가 대통령으로 군림한 1961년부터 1979년, 그 18년 동안 선생님은 그 학교의 총장으로 재직하시며 시위를 주동한 제자들을 숨겨주고 민주투사들을 도우셨습니다.

그런데 선생님, 지금 청와대엔 그 대통령을 닮은 딸이 다시 대통령이 되어 귀 막고 살고 있습니다. 1973년의 선생님보다 나이 든 아이는 절망 속에서 우연히 발견한 신문 기사에서 제자들을 달래던 선생님의 목소리를 들었습니다.

"오래 가꾼 나무에서 아름다운 꽃을 기대할 수 있듯이 기다림은 꿈이 있는 사람들만의 자랑스러운 특권이다. 눈앞의 손가락만 보고 멀리 떠 있는 달을 보지 못하는 자에겐 꿈이 있을 수 없다. 국가는 한 독재자의 사유물일 수 없다. 국가가 비록 일시적으로 압제자의 폭압에 놓인다 해도 끝내는 정의로운 국민의 열망을 받아들일 것으로 확신한다. 승부 없는 싸움에 시간을 낭비하지 말고 '이런 시기'는 그저 지나가기를 기다릴 줄도 알아야 한다."

선생님, 지금 우리는 무엇을 해야 할까요? 기다려야 할까요? '하느님, 저 좀 살려주세요!' 하고 외쳐야 할까요? 그때처럼 거리로 나가야 할까요? 선생님, 김옥길 선생님, 대답해주세요.

냉장고 청소하기

오랜만에 냉장고를 청소합니다. 선반을 끄집어내어 닦고 깊이 들어앉은 반찬통을 꺼내 정리합니다. 모처럼 여유로워진 냉장고, 여름내이 상태를 유지하면 조금이나마 전기를 절약할 수 있겠지요?

오월에 30도를 넘나들더니 유월의 시작과 함께 해수욕장이 문을 열었습니다. 덥고 길 올여름에 하필 전기 공급이 줄어든다고 합니다. 서류를 위조해 불량부품을 사용한 원자력발전소들이 언제 어떻게 될지 몰라 가동을 중지했기 때문입니다.

정부에서는 '원전 비리'를 '천인공노할 범죄'로 규정하고, 전력 소비를 줄이기 위해 안간힘을 쓰고 있습니다. 공공기관의 실내 온도는 28도에 맞추고, 피크 시간대 사용량도 지난해의 20% 이상 줄여야 하며, 계약전력이 100kw 이상인 건물들, 그러니까 4층 이상 건물 대부분은 한낮에도 실내 온도를 26도 이상으로 유지해야 합니다.

언론에서는 연일 큰 소리로 전기 부족을 걱정하지만, 우리의 여름보다 더 덥고 더 긴 여름을 살아내고 우리의 밤보다 어두운 밤을 보내는 무수한 사람들을 생각하면, 전기를 아끼는 게 그렇게 어려운 일은 아닙니다.

여름철 전기 소모의 주범은 냉방입니다. 실내 냉방온도를 1도만 올려도 매년 2조 원어치의 에너지를 절약할 수 있다고 합니다. 지하철과 버스의 냉방도 심하게 하지 말아야 합니다. 실내가 너무 시원하면 바깥공기가 더 덥게 느껴지고, 그러면 실내 온도를 더 낮추게 되니까요. 마찬가지 이유로 승용차의 실내도 너무 시원하게 하지 않는 게 좋겠지요.

가게나 찻집 등이 문 열어놓고 냉방하는 일은 결코 허용하지 말아야 합니다. 벌금 300만 원 하는 식의 솜방망이 처벌 대신 한 달 영업정지 하는 식으로 강경하게 조처해야 합니다. 문을 닫고 있으면 영업하지 않는 것으로 오인하는 손님이 많아 매출이 감소한다는 게 상인들의 주장이지만, 모든 상점이 문을 닫고 영업하면 그런 오해는 자연히 사라질 겁니다.

가정에서는 가급적 에어컨을 켜지 말아야 합니다. 에어컨 없이 어떻게 사느냐 하지만 이 세상엔 에어컨을 켜고 더위를 이기는 사람보다 에어컨 없이 여름을 나는 사람이 더 많습니다. 근래 우리나라에선 한여름에 중풍과 구안와사로 병원을 찾는 환자가 늘고 있다고 합니다. 심한 냉방으로 실내외 온도차가 커지면서 이완과 수축을 반복하던 혈관이 막힌다는 거지요.

에어컨이 없는 가정이라면 저처럼 냉장고를 정리함으로써 전기를 아낄 수 있습니다. 냉장실은 60퍼센트만 채웠을 때 냉장 효과가 가장 좋으며, 냉장고 안의 음식이 10퍼센트 늘어날 때마다 전기 소비량은 3.6퍼센트씩 증가한다고 합니다.

밤낮으로 번득이는 옥외 전광판을 끄고 상가의 불빛을 줄이는 것도 좋겠지요. 화려함의 대명사인 서울 강남 압구정이 요즘 '동양하루

살이' 몸살을 앓고 있습니다. 밝은 곳을 좋아하는 이 벌레가 밤마다 쇼윈도를 덮는 바람에 상점들이 일찍 문을 닫는다고 합니다. 한강의 수질이 나아져 일어나는 현상이라지만, 정말 그럴까요? 혹시 '낮은 밝고 밤은 어둡다'는 진리를 거부하는 현대적 삶에 가하는 자연의 일격이거나, '소비가 미덕'이라는 서구 자본주의식 풍조에 '동양'의 자연이 보내는 경고가 아닐까요?

한 가지의 부족이 여러 가지의 풍요를 가져오는 건 흔한 일입니다. 전광판과 네온사인을 끄면 밤이 어두워져 일찍 잠자리에 드는 사람이 늘고 그렇게 되면 저출산 문제가 조금이나마 해소될지 모릅니다. 밤이 어두우면 별 헤는 사람이 늘어나고, 별 헤기가 일상이 되면 멈췄던 원전을 재가동하거나 새 원전을 지을 필요도 없어질 겁니다. '천인공노할 범죄'를 저지른 사람들도 그때쯤엔 새사람이 될지 모릅니다. 그날이 어서 왔으면 좋겠습니다.

하늘

푸른 도화지 같은 하늘에
큰 붓으로 쓱쓱 그린 뭉게구름 새털구름,
어쩌나 아름다운지 아무리 올려다보아도
싫증이 나지 않습니다.

봄꽃을 보던 때처럼, 눈이 보이지 않는 분들에게 미안합니다.
배와 사과를 만져보면 거기 담긴 하늘을 느낄 수 있을까요?

긴 더위와 열기 가득한 대기 너머에서
푸른 얼굴을 닦으며 기다렸을 하늘……
수수만년 그대로 아름다운 하늘이 바람의 목소리로 말합니다.
사람아, 네 안에도 하늘이 있단다.

너무 덥다고 비바람이 거세다고
나만 힘들다고 늘 볼멘소리를 했는데…… 제 안에 하늘이 있답니다.

여름을 견딘 나무들이 스스로에게 상 주는 계절,
하늘은 감, 대추와 함께 게으른 우리도 품어줍니다.

추수할 게 없어도 슬퍼하지 않겠습니다.
하늘이 저를 포기하지 않고 지켜봐줄 테니,
먹구름에 가려 보이지 않을 때조차

하늘은 거기 푸르게 아름다울 테니, 다시 살아야겠습니다.

저를 닦고 또 닦아 제 안의 하늘을 불러내고 싶습니다.
누군가의 하늘이 되고 싶습니다.

젊은 친구들에게

어제 탐라 YLA(Young Leaders Academy) 2기 학생들과 한 시간 동안 '대화'를 했습니다. 제목은 '대화'지만 제가 학생들 앞에서 일방적으로 얘기하는 시간이라 은근히 미안했습니다. 어제 한 시간 동안 횡설수설했던 얘기와, 했어야 하는데 빠뜨린 얘기를 적어둡니다.

어제 한 얘기:

1. 누군가를 처음 만나러 갈 때는 그이에 대해 좀 알아보라. 그러면 대화도 잘되고 만남의 효과도 극대화할 수 있다.

2. 고전을 읽는 이유는 현재를 잘 살기 위해서이다. 책을 많이 읽고 거기서 배운 것을 실천하며 살다 보면 어떤 상황이나 사안에 대해 정확히 판단할 수 있다.

3. 남의 말을 전적으로 믿어선 안 된다. 남의 말 중엔 옳은 말도 있지만 그른 말도 많다. 교수든 부모든 누구의 말이든, 스스로 질문해보고 검증해봐야 한다.

4. 하고 싶은 일을 하며 살아라. 미래를 준비하는 것은 좋지만 미래를 준비하기 위해 현재의 삶을 포기하거나 미뤄선 안 된

다. 죽음 앞에서 모든 사람은 평등하다. 젊은이도 죽는다. 즉 미래가 오지 않을 수도 있다. 먹고살지 못하게 될까 봐 겁먹지 말고 하고 싶은 일을 하라. 아주 열심히! 그러면 먹고살 수 있다.

5. 스마트폰 사용 시간을 줄여라. 지금 젊은이들 중에 누가 사회의 지도자가 될지는 스마트폰 사용에 쓰는 시간을 보면 알 수 있다. 스마트폰에 종속된 사람은 결코 리더가 될 수 없다.

6. 영어 실력을 쌓고 싶으면 늘 영어 소설 한 권은 가지고 다녀라. 지하철에서 스마트폰 하지 말고 영어 소설 읽어라. 모르는 단어 나와도 찾지 말고 유추해가며 읽으면 된다. 토익, 토플 점수를 올리고 싶으면 그런 공부를 하면 되지만, 그런 공부로는 영어 실력이 늘지 않는다.

7. 인연은 소중하다. 언제든 살기 힘들 때 연락하라.

어제 빠뜨린 얘기:

1. 친절하자. 누구에게든.

2. 누군가를 돕자. 적어도 하루에 한 사람을 돕자. 버스에서 자리를 양보하든 기부하든. 돈을 모은 다음에 기부하겠다고 하지 말고 지금부터 아주 조금이라도 기부하자.

3. 아는 대로 살자. 실천하지 못하는 지식은 소음이다. 지금 세상이 시끄러운 것은 책에서 '말'만 배우고 실천하지 않는 사람들 때문이다.

의사가 되고 싶은 친구에게

설이 코앞으로 다가오니 무거운 마음으로 귀향길에 오를 다영 씨가 생각납니다. 대학 가는 사람이 많지 않은 시골에서 누구나 알아주는 서울의 대학을 졸업하고 더 좋다는 대학원에 진학했으니, 모든 이들의 기대를 모았겠지요. 게다가 시대의 총아인 마케팅 분야에서 각광받는 학문을 전공했으니 기대하는 이들을 나무랄 수도 없을 겁니다.

그렇게, 남들이 부러워하는 학교에서 남들이 좋다고 하는 전공과목을 공부한 후 남들이 부러워하는 직장에 취직하겠구나, 생각했습니다. 비슷한 학교를 나와 비슷한 분야에 취업한 사람들의 초봉이 제 일년 수입의 두어 배가 된다기에 내심 기뻤습니다. 그런데 오랜만에 찾아온 다영 씨가 눈을 반짝이며 말했지요. 높은 연봉으로 편하게 사는 것도 좋지만 그게 전부가 아닌 것 같다고. 의사가 되어 사람들을 돕고 싶다고.

일 년 동안 홀로 공부하는 다영 씨를 지켜보며 마음이 아팠습니다. 모두가 축복해주는 길을 버리고 모두가 반대하는 길을 선택한 사람에겐 나날이 시련이니까요. 99퍼센트 확실해 보이는 길 대신 99퍼센트 불확실해 보이는 길로 들어섰으니, 때로는 머리를 흔드는 회의와 싸우며 때로는 끝없는 눈총과 말 화살을 맞으며 괴로웠을 겁니다. 사랑으로 할 수 있는 일이 기도뿐일 때가 있음을 다시 한 번 깨달았습니다.

지난 연말부터 진료실 밖의 의사들이 자주 눈에 띄었습니다. 궐기대회와 시위 현장의 의사들을 보니 그동안 내가 만났던 의사들이 떠올랐습니다. 어머니를 죽음의 문턱에서 구해준 의사들, 맹장염에 걸린 아우에게 진통제를 놓아 복막염이 되게 한 의사, 내가 기진맥진할 때마다 일으켜 세워주는 황 선생님, 최근에 만난 '이상한 의사'까지.

양의, 한의, 외과의, 내과의, 의사를 분류하는 단어는 많아도 의사는 결국 두 종류입니다. 사람을 살리기 위해 의사가 된 사람과 돈을 벌기 위해 의사가 된 사람이지요. 사람 구하기를 목표로 삼는 의사와 돈을 목표로 하는 의사는 돈을 버는 방식뿐만 아니라 쓰는 방식에서도 구별됩니다. 전자가 돈을 벌면 그 돈을 자신과 가족이 아닌 질병과의 투쟁에 씁니다. 돈을 벌기 위해 의사가 된 사람은 대개 부자가 되지만 불행한 부자가 됩니다. 남의 고통 덕에 쌓인 재산을 자신의 복락을 위해 쓰니까요.

'이상한 의사'는 두어 달 전 동네 의원에서 만났습니다. 도착하고 얼마 안 되어 혈압을 재더니 혈압이 높다고 했습니다. 빨리 걸어와서 그런 것 같기에 조금 있다가 다시 재보자고 하니 "외간 남자와 앉아 있으니 흥분이 되어 그런 것 아니냐"고 하더군요. 그 사람은 내게 비타민 디가 부족하다며 비타민 디 주사를 맞으라고도 했습니다. '강남에서는 10만 원도 넘지만 5만 원에 해주겠다'며.

다영 씨, 지난 연말 한참 만에 만났을 때 이번에 입학이 안 되면 다시 공부해 다시 시도할 거라고 했지요? 힘들 걸 알면서도 만류하지 못한 건 다영 씨가 의사가 되고 싶어 하는 이유가 사랑임을 알기 때문이었습니다. 의사, 교사, 법조인, 언론인, 공무원. 세상의 기둥이어야할 직업인들, 사람을 사랑하며 삶의 질을 개선하기 위해 진력해야 할사람들이 사명감을 잊고 돈과 명예를 추구하면서 세상이 타락하기 시작했습니다.

설날, 고향에 가면 또 질문 공세가 쏟아지겠지요. "너 미쳤냐? 고생하는 부모가 안 보이냐?"는 말이 상처에 닿는 소금처럼 따가울 거예요. 그럴 땐 두 가지만 기억하세요. 불행한 사람은 자신의 불행 때문에 남을 힐난한다는 것, 인간의 위대함은 '미쳤냐'는 말을 듣는 사람들에게서 발현된다는 것. 불확실한 삶에서 확실한 마음을 따라가는 것보다 옳은 일은 없을 거예요. 다영 씨, 그대를 응원합니다.

밤 페이스트리

동네마다 하나씩 있는 '파리○○○'라는 빵집이 저희 동네에도 있습니다. 어젯밤 산책길에 그 집에 들렀더니, 밤 페이스트리가 잔뜩 남아 있었습니다. 그러면 그렇지, 씁쓸했습니다.

한 삼 주 전까지만 해도 그 집의 밤 페이스트리를 구하긴 힘들었습니다. 오전 열 시 삼십 분쯤 밤 페이스트리가 구워져 나오면, 빵집에 들르는 사람마다 하나씩 사들고 갔습니다. 뜨거워서 봉지를 봉할 수도 없으니, 한쪽은 막히고 한쪽은 열린 봉지에 넣어 조심스럽게 들고 갔습니다.

그 집의 밤 페이스트리가 그렇게 인기 있었던 건 바로 밤 때문이었습니다. 밀가루 살 사이사이에 다글다글 숨어 있는 노란 밤 조각들을 발견하면 기분이 좋았고, 입에 넣으면 맛도 좋았습니다. 밤 페이스트리라는 이름값을 제대로 한다고 칭찬하며, 앙금 적은 앙금빵을 파는 다른 집 흉을 보며 먹었습니다. 가끔은 밤을 이렇게 많이 넣는데 이 값을 받으면 이익이 남을까, 빵집 주인이 할 걱정을 대신 하기도 했습니다. 값을 오백 원쯤 올려 받아도 판매량이 줄지 않을 거라고 혼자 결론을 내리기도 했습니다.

그러던 어느 날, 즐거운 마음으로 막 나온 밤 페이스트리를 사들고 왔는데 여느 때와 달랐습니다. 아무리 밀가루 살을 파고들어도 다글 다글 보석처럼 숨어 있던 밤 조각들이 보이지 않았습니다. 페이스트리 하나를 다 먹어 치울 때까지 고작 몇 조각이 발견되었을 뿐입니다. 주인은 바뀌지 않았으니, 빵 굽는 기술자가 바뀌었나, 방침이 바뀌었나, 단순한 실수일까, 여러 가지 생각이 들었습니다. 사실을 모를 때는 상대에게 유리하게 생각하자benefit of the doubt는 평소 방침에 따라, '실수'로 치부하고, 며칠 후에 한 번 더 샀습니다. 그러나 여전히 밤 페이스트리엔 밤이 드물었습니다. 그 집의 밤 페이스트리를 사던 단골들은 대개 저와 같은 실망을 느꼈을 겁니다. 그러니 전에는 사기 힘들던 밤 페이스트리가 이젠 쟁반 가득 남아 있는 것이겠지요.

페이스트리든 사람이든, 개인이든 단체든, 이름값을 하는 건 쉬운 일이 아닙니다. 자선가로 이름 높은 사람이 가족에겐 잔인한 경우가 있고, 공동체 운동을 하는 사람이 누구보다 이기적인 경우도 있습니다. 이름값 못하기로는, 한나라당과 대한민국 어버이연합을 따라올 단체를 찾기가 쉽지 않을 겁니다. '한나라'당이 집권하며 한 나라가 여러 나라로 분열되었고, '어버이'연합의 활동은 지극히 어버이답지 못하니까요.

하긴 제가 지금 남 얘기할 때가 아닙니다. 여생을 다 바쳐도 '흥하되興 맑으라淑'는 제 이름값을 할 수 있을지 지극히 의문이니까요.

편지

다시 그대에게 부치지 못할 편지를 쓴다.
쓰는 행위는 나를 살리고자 하는 노력이고
부치지 않음은 그대를 평안케 함이다.
시간이 큰 강으로 흐른 후에도
그대는 여전히 내 기도의 주인으로 남아
내 불면을 지배하는 변치 않는 꿈이니
나의 삶이 어찌 그대를 잊고 편해지겠는가.

다시 겨울이 월요일처럼 왔으나
그대를 못 보고 지난 주말 같은 한 해가 마냥 계속될 것만 같다.
그래, 삶은 평안하며 날씨는 견딜 만한지.
무엇보다 그곳에도
가끔은 세상의 눈 벗어던지고 열중할 사랑이 있는지.

언제나, 그대여,
대답되지 않는 삶의 질문들로 목이 마를 때에는 오라!
그대를 위한 문은 여전히 열어둔 채
또 불면의 침낭에 나를 눕히니
밤낮으로 내 부엌 한 켠에서 끓고 있는 찻물과
그대를 위해 갈아 꽂는 가을꽃들이 아주 열반하기 전에 오라,
그대여.

그대의 이름을 부르고 나면 언제나 목이 마르다.

젊은이의 편지

국회의원 선거 결과에 실망하여 이민을 가고 싶다는 사람들의 말을 들으니 이민 수속을 밟던 때가 떠오릅니다. 그러나 모국은 낙인, 어디에 간들 자유로워지겠는가. 의지의 낙관에 기대어 주저앉고 말았습니다. 때맞춰 날아든 편지 한 통, 실망한 사람들에게 위로가 되었으면 좋겠습니다.

"몇 달 동안 씨름해온 일이 끝난 날, 오랜만에 마음이 가벼웠습니다. 정장을 입고 외출하시는 어머니의 모습을 보니 더욱 기분이 좋았습니다. 일이 잘되면 좋은 옷을 사드려야지, 마음먹었습니다. 작업 결과물을 영등포의 공방에 갖다 준 후 친구를 만나러 가기 위해 지하철을 탔습니다.

한낮인데도 사람이 많았습니다. 간신히 자리를 잡고 서니 승객들 사이를 오가는 작은 여인이 눈에 띄었습니다. 오그라든 것 같은 몸집에 흰머리가 드문드문한 머리칼을 대충 묶은 뒷모습, 분명 할머니였습니다. 할머니는 앉은 사람들에게 코팅된 종이를 나눠주고 있었습니다. 종이 맨 위쪽엔 복사한 신분증 같은 게 있고, 그 아래에 초등학생 글씨로 쓴 사연이 보였습니다. 한쪽 눈은 실명했고 나머지 눈의 시력도 사라지는 중이며, 오른손은 절단이 되었다고, 게다가 아이도 엄마와 같은 시각장애를 앓고 있다고.

그때 신분증에 찍힌 540709가 보였습니다……. 그 숫자는 분명 그분이 저희 어머니보다 꼭 한 달 하루 먼저 태어났음을 뜻했습니다. 미소를 띠고 문을 나서던 어머니가 떠올랐습니다. 할머니는커녕 아주머니라고 부르기도 미안하게 활기찬 모습이었습니다. 겨우 한 달 하루의 시차를 두고 태어난 두 사람의 인생이 왜, 언제, 어디서부터 달라진 걸까요? 태어날 때부터일까요? 두 사람의 삶을 다르게 만든 게 운명이라면 도대체 산다는 건 무엇일까요?

아무도 여인에게 관심을 보이지 않았고, 여인은 무감하게 종이를 거두며 움직였습니다. 여인이 사람들에 가려 보이지 않게 될 때야 상념에서 깨어나 뒤를 쫓아갔습니다. 어깨에 손을 얹자 돌아선 여인, 뒷모습은 할머니였지만 얼굴은 어머니 또래였습니다. 연둣빛이 도는 한쪽 눈. 희미한 다른 쪽 눈. 아예 손가락이 없는 한쪽 손. 그러나 제 주머니엔 이천 원뿐이었습니다.

지상은 봄볕을 즐기는 대학생들의 웃음소리로 명랑했지만, 제 마음은 지하를 벗어나지 못했습니다. 여인과 아이가 때맞춰 치료를 받았다면? 손가락을 잃었다 해도 재활 훈련을 받고 보조기를 쓰면? 꼬리에 꼬리를 무는 생각은 결국 그들을 돕기 위해선 돈이 필요하다는 결론으로 이어졌습니다. 며칠 전 신문에서 본 고위 공직자 재산 내역이 떠올랐습니다. 3조 6,000억 원을 가진 정몽준 의원이 1등, 태안군수인가 누군가가 258억 원으로 2위였습니다. 그 부자들은 알고 있을까요? 그렇게 피폐한 삶을 사는 동시대인들이 있다는 걸. 자신들에게 고여 있는 재산으로 누군가의 절망을 희망으로 바꿀 수 있다는 걸. …… 고작 이천 원을 건네고 내린 제가 너무도 싫습니다. 도대체 제가 무엇을 할 수 있을까요? 아니, 제가 할 수 있는 일이 있긴 있을까요?"

편지는 거기서 끝났지만 행간에 배인 한숨이 가슴을 답답하게 해, 여러 번 심호흡을 한 후에야 답장을 쓰기 시작했습니다. 모든 문제는 답을 품고 있으며 그대 같은 이가 있는 한 희망이 있다고. 언제 어디서나 그 여인을 발견한 눈과 이 편지를 쓰게 한 마음을 잃지 말라고, 상처받은 영혼을 치유하는 데 독서보다 좋은 처방은 없다고, 비관은 보수주의자들의 것이라는 미셸 투르니에의 말을 기억하고 "인간의 무한한 완결 가능성과 즐거운 미래"를 믿으라고, 역사의 진보를 믿는 자에게 낙관은 숙명이라고.

누가 이익을 보는가

대혁 씨, 우리가 '아름다운 서당'의 영리더스아카데미에서 만난 지 반년이 지났네요. 지난 주말 병원에 다녀오느라 수업에 늦었지요? 운동하다 다쳤다니 다시는 그런 일이 없게 조심하세요. 다치는 건 순간이지만 낫는 데는 긴 시간이 걸리니까요.

그날 우리는 다산 정약용의 『목민심서』를 읽었지요. 조별로 책의 내용을 정리해 발표한 후 토론 시간이 되었고, 사회자가 토론 주제를 제안하라고 했지만 아무도 입을 열지 않더군요. 우리 공직사회의 부패와 태만은 세계적으로 유명한데, 참 공직자 상을 제시한 『목민심서』를 읽고 침묵하는 친구들이 이해되지 않았어요.

"무릇 재해와 액운이 있으면 불타는 것을 구해내고 물에 빠진 것을 구해내기를 마땅히 자기 집이 불타고 자신이 물에 빠진 것같이 해야 하며 미적거려서는 안 된다"는 구절을 읽었다면 4월 16일 세월호 사고 때 해양경찰을 비롯한 공직자들이 왜 그리 '미적'거렸는지 따져봐야 하지 않겠어요?

"막히고 가려져서 통하지 못하면 민정이 답답해진다. 달려와 호소하려는 백성을 부모의 집에 들어오게 하듯 해야 어진 목민관이다"라는 구절을 읽었으니, 왜 대통령이 세월호 유가족들의 청와대 방문을 거부해 동사무소 앞에서 노숙하게 하는지 생각해봐야 하는 것 아니에요?

새로운 토론거리가 나오지 않자 사회자는 찬종 씨가 발표 중에 제기한 의문—'공직자의 임기를 정해 지켜야 하는가'—에 대한 토론을 이끌었지요. 찬종 씨는 핀란드의 교육정책관이 20년간 한자리에서 교육개혁을 추진한 사례를 소개하며 우리나라에서는 교육감이 바뀔 때마다 교육정책이 바뀌니 문제라고 지적했고, 소정 씨도 학생들이 혼란을 겪는다며 동의했습니다. 그러나 성호 씨는 제도가 바뀌는 건 그 제도에 문제가 있기 때문이라고 지적했고, 진의 씨는 핀란드의 경우가 독특한 사례라고 말했습니다.

토론이 진행되며 공직자의 임기가 중요한 게 아니고 정책이 중요하다는 데 의견이 모아졌습니다. 대혁 씨는 최근 정부가 내놓은 부동산 대책을 언급하며 어떤 정책이 좋은가 나쁜가를 판단하려면 그 정책으로 '누가 이익을 보는가?'를 알아야 한다고 말했지요. 새로운 정책이 나올 때마다 '누가 이익을 보는가?' 궁금하고, 특정 그룹이 부당한 이익을 보는 걸 막고 싶지만 그럴 힘이 없어 답답하다고도 했습니다. 토론과정에서 대혁 씨를 비롯한 친구들이 우리 사회의 문제점을 제대로 알지 못한다는 게 분명해졌지요. 신문 읽는 사람은 물론 방송 뉴스를 보는 사람도 하나 없다니 놀라웠습니다. 인터넷 뉴스만으로 세상을 보아 그런지 사건과 사고에 대해 지극히 단편적으로 아는 사람이 많았습니다.

대혁 씨, '누가 이익을 보는가?' 알고 싶으면 신문을 봐야 합니다. 기사 내용을 무조건 받아들이지 말고 대학생의 지성으로 말이 되는지

의심하며 읽어보세요. 누군가 부당한 이익을 얻는 걸 막고 싶으면 양심에 따라 행동하는 시민들의 모임에 참여하세요. '종북' 운운하며 편가르기 하는 무리 말고 정의로운 사회를 실현하기 위해 '함께 꿈꾸는' 사람들이 모인 참여연대 같은 곳에 가보세요.

대혁 씨도 알겠지만 '아름다운 서당'은 오늘 출범 10년을 기념합니다. 인문학을 공부해야 취업이 쉽다고 하지만 우리 서당과 아카데미의 목표는 취직이 아니고 '정의롭고 행복한 삶'입니다. 정의와 행복은 우리 모두의 꿈, 우리가 『목민심서』 같은 '고전'들을 읽는 이유는 그 책들이 언제나 현실을 비추어 꿈을 이루는 바른 길을 보여주는 거울이기 때문입니다. 대혁 씨, 큰 거울 앞에서 다시 만나요!

'절친'이 되고 싶은 이 선생께

중학교 학부모 모임에서 처음 보았으니 우리가 만난 지 15년이 흘렀습니다. 적어도 500시간을 함께했지만 시간의 영향은 미미합니다. 부유한 부모덕에 평생 부자로 살고 있는 당신은 요즘 부쩍 노후를 걱정하고, 부자 아닌 부모를 만나 근근이 사는 나는 그냥 어떻게 되겠지 태평합니다. 그날도 당신이 정치 얘기를 꺼내지만 않았으면 우리는 아무렇지 않게 된장찌개와 만두를 나눠 먹으며 웃고 떠들었을 겁니다. 그런데 당신은 '나쁜 짓을 하고도 책임지지 않고 자살한' 사람을 참을 수가 없었나 봅니다.

'앎知'은 '자신이 무엇을 알며 무엇을 모르는지 아는 것'이며, '모름 無知'은 '자신이 모른다는 걸 모르는 것'이라 하면, 당신처럼 많이 배우고 많이 가진 사람들 중에도 '무지한' 사람이 적지 않습니다. 소위 일류 대학을 나와 전문직에 종사하는 사람을 무지하다고 하면 말이 안 된다고 하겠지만, 특정 분야에 전문적 지식을 가졌다고 해서 세상이나 세상살이에 대해서도 잘 안다고 할 수는 없을 겁니다.

안타까운 건, 당신이 구독하는 신문의 기사와 논평만을 진실이라고 믿고, 그것을 근거로 사안이나 사람에 대해 신속하게 규정하는 단순함입니다. '단순함'은 소녀의 매력일진 모르나 중년의 미덕은 아닙니다. 당신은 자살한 이를 비난하며, 비난하길 거부하는 사람을 좌파라고 했습니다. 좌파와 우파를 결정하는 건 사람들의 '배경,' 즉 경제력이라고도 했습니다.

나는 이분법을 좋아하지 않지만, 사람들을 꼭 좌파와 우파로 나눠야 한다면 그 구분의 기준은 '배경'이 아니고 가치관이라고 생각합니다. 예를 들어, 가난한 사람을 자선과 봉사의 대상으로 보아 자신이 가진 것 일부를 나누어주는 것으로 할 일을 했다고 생각하면 우파이고, 가난한 사람들이 가난하지 않은 사람들과 같은 질의 삶을 살아야 한다고 생각하고 그걸 위해 제도를 바꾸려 하면 좌파라는 겁니다.

나는 늘 당신을 걱정에 빠트리는 당신의 부富를 부러워한 적이 없지만 일 년에 한 번, 워렌 버핏과의 점심을 놓고 경매가 시작될 때만은 부자가 되고 싶습니다. 지난달 경매가 시작될 때 사람들은 세계적으로 경제 상황이 악화되었으니 경매 낙찰가가 예년에 비해 현저히 낮아질 거라고 했습니다. 그러나 5일 후 끝난 경매의 최종 낙찰가는 사상 두 번째로 높은 미화 168만 300달러(한화 약 22억 원)였습니다.

버핏은 세계에서 제일간다는 투자자이고 둘째가는 부자이지만, 그가 부에 대해 갖고 있는 생각이 당신과 같았다면 오늘날과 같은 존경을 받진 못했을 겁니다. 그는 '시장 경제는 부의 쏠림'을 가져온다며 부유한 환경에서 자라는 사람들을 '운 좋은 정자 클럽lucky sperm club'이라 부르고, 상속세를 없애는 건 '2000년 올림픽 금메달리스트들의 맏아들들로 2020년 올림픽 팀을 짜는 것'과 같다고 합니다. 당신과 같은 우리나라의 부자들이 세금을 덜 내기 위해 머리를 쥐어짜는 동안 버핏은 세금을 더 내게 해달라고 목소리를 높입니다. 당신이 보기에 버핏은 좌파입니까, 우파입니까?

　우리나라 교육은 오랫동안 의심 없는 습득과 순응을 강조했습니다. 당신은 그 교육이 양산한 인재의 표본이라 할 만합니다. 지식도 많고 재산도 많지만 노후 걱정에 잠 못 이룰 당신에게 책 한 권을 권합니다. 한국전쟁 당시 좌우파의 대립 속에서 중도를 지키려 노력하다 39세에 저격당한 김성칠 교수의 『역사 앞에서』입니다. '한 번도 어느 편이 승세인가' 따지지 않고 '어느 편이 올바른가' 고민했던 그의 삶에, '무엇이 이익인가'를 잣대로 살아온 당신을 비추어 보고, 그가 살아보지 못한 노후에 우리가 할 일이 무엇인지 생각해보기 바랍니다. 부디 지난 500시간이 헛되지 않기를, 우리가 '절친'이 되기를 희망합니다.

나의 어머니

올 들어 귀뚜라미 소리를 처음 들은 건 8월 17일 새벽입니다. 여름이 가고 가을이 오는구나, 진부한 깨달음인데도 잠이 오지 않았습니다. 멀리 순환도로 위엔 여전히 자동차들이 달리고 있었습니다. 달리는 차의 번호와 운전자는 달라도 풍경은 1년 전, 2년 전과 마찬가지였습니다. 1년 후, 2년 후, 아니 지금 살아 있는 사람들이 모두 사라진 후에도 풍경은 남을 겁니다. 사람들은 여전히 웃고 울며, 아는 것과 모르는 것, 거짓말과 참말 사이를 오가다 죽어갈 겁니다.

죽음은 모두에게 찾아오고 구경꾼의 눈엔 다 같은 떠남이지만 이 세상에 같은 죽음은 없습니다. 죽음은 삶의 정화精華인데 같은 삶이 없기 때문입니다. 남의 죽음은 내 거울입니다. 죽은 이의 생애가 타인의 삶에 끼친 영향, 그의 타계가 타인에게 일으키는 슬픔을 보면 오래된 질문의 답이 보입니다. 무엇을 해야 하는가, 어떻게 살아야 옳은가.

엊그제 세상을 떠난 김대중 선생이 「사랑하는 자식들에게」 써 보낸 옥중 서신에 이런 구절이 있습니다.

인생의 목표를 무엇이 되느냐 하는 것보다 어떻게 값있게 사느냐에

두어야 한다…… 정상 도달은 경우에 따라서는 이루어지지 않을 수도 있다. 그러나 자기가 값있게 살려고 애쓴 일생이었다면 비록 운이 없어서 그 목적한 바를 이루지 못했다 하더라도 그 사람의 일생은 결코 실패도 불행도 아니다. 값있고 행복한 일생이었다고 할 것이다.

하도 시비가 잦은 시절이라 전직 대통령을 '선생'이라 부른다고 시비를 거는 사람이 있을지 모르나, 국민의 '선생' 노릇은 거의 평생에 걸쳐 했고, 대통령직에 있은 건 겨우 5년이니 '선생'이라는 호칭이 더 적합하다고 생각합니다. 제가 말하는 '선생先生'은 뒤에 오는 학생 '앞에 선 학생'입니다. 저는 아직 김대중 선생을 비난하고 폄하하는 사람들 중에 그보다 나은 '학생'을 보지 못했습니다.

늙고 젊은 사람들을 떠나보내며 인간의 위대함을 재는 척도는 총명이나 영리함보다는 따스함과 너그러움이구나, 깨달았습니다. 물론 대부분의 인간은 제 역사에서조차 배우지 못하는 어리석은 존재이니 타인의 삶, 즉 타인의 역사에서 배우기가 쉬운 일은 아닐 겁니다. 그래도 살아 있다는 건 아직 나를 변화시킬 시간이 있다는 것, 살아 있는 한 조금 더 따스하고 너그러워지기 위해 노력해야겠습니다. 생각을 고착시켜 딱딱해지는 건 몸이 굳는 죽음 이후로 미루는 게 좋을 것 같습니다.

죽음을 생각하니 제가 좋아하는 시가 떠오릅니다. 독일의 시인이자 극작가인 베르톨트 브레히트가 1920년에 어머니를 잃고 쓴 짧은 시 「나의 어머니」입니다.

그리고 그녀가 죽었을 때, 사람들은 그녀를 땅에 묻었다.

꽃은 자라고 나비는 재주넘고……

그녀, 너무도 가벼워 땅을 누르지도 않았다.

이렇게 가벼워질 때까지

얼마나 많은 고통을 겪었을까!

이 시를 읽으면 언제나 가슴이 아프고 부끄럽습니다. 제 삶도 제겐 버거웠지만 아직 제 몸과 마음은 너무나 무거우니까요. 그건 오랫동안 저를 지배해온 허무주의의 잔재 탓이 큽니다. 죽음이 저기서 기다리고 있는데 목표를 세워놓고 전력 질주하는 게 이상하다고, 아니 천박하다고 생각했었거든요. 그래서 달리기 경주에서 늘 꼴찌를 해도 창피하지 않았습니다.

목표를 세우진 않겠지만 조금 더 열심히 살아보려 합니다. 죽음이 저기서 기다리고 있으니 무엇이 걱정인가, 마음을 다지겠습니다. 성공도 실패도 살아 있는 사람들의 잣대이니 죽은 후 그들이 내 삶을 놓고 뭐라고 하던 나와는 상관없는 일입니다. 그냥 제 마음에 떳떳하게 살려 합니다. 김대중 선생도 얘기했습니다. "양심에 충실하게 산다는 것은 성공적인 인생을 사는 유일한 길이다." 선생만큼은 아니어도 양심껏 살아볼 생각입니다.

이 글의 첫 문장을 쓴 지 나흘이 되어갑니다. 그간 세상엔 많은 일이 있었습니다. 어디선 풍경이 조금씩 바뀌기도 했습니다. 저 또한 나흘 전의 제가 아닙니다. 제가 이곳에 있기 전에도 이곳을 다녀간 후에도 세상은 여전히 남아 사람들은 웃고 울다가 죽어갈 겁니다. 아니 사람이 모두 사라진들 어떻습니까? 우리에게 의미 있는 건 오늘, 언제나 오늘뿐이니 말입니다.

시도 좀 읽읍시다

법정 스님 가시고 삼 년, 지난 월요일은 스님의 기일이었습니다. 불교 신자도 아닌데 그날을 기억하는 건 벽에 붙어 있는 신문 기사 때문입니다. 그 한 뼘 종이 속 스님은 가사 장삼 차림으로 슬며시 웃으시고, 그 얼굴 위엔 '빈손으로 돌아간 법정스님 내일 다비식'이라 쓰여 있습니다.

스님, 기억하세요? 열반하시기 전, 그동안 "풀어놓은 말빚을 다음 생에 가져가지 않으려 하니" 그간에 낸 모든 출판물을 더는 출간하지 말라고 하셨지요? 그 말씀이 오히려 불쏘시개 되어 스님의 책마다 불티나게 팔리고 웃돈까지 붙었습니다. 오래전 천 원에 산 문고판 『무소유』가 이십만 원을 넘나드니 제 마음도 잠깐 흔들렸습니다.

제겐, 당신 책을 출판하지 말라는 당부보다 "어리석은 탓으로 제가 저지른 허물은 앞으로도 계속 참회하겠습니다"라는 마지막 다짐이 더 놀라웠습니다. 죽은 후에까지 양심을 놓지 않고 참회하시겠다니 살아 있는 철면피들에게 이보다 매운 죽비가 있을까요? 이젠 '무소유 소유 경쟁'도 그치고 스님을 잊은 사람도 많지만, 저는 새록새록 스님이 그립습니다.

말주먹을 주고받는 남북한을 보면, 6·25전쟁은 '겨레의 치욕'이라고 하시던 스님이 생각납니다. 후안무치한 권력 추종자들이 법을 조롱하는 걸 보니, 국회와 행정부를 국립묘지로 옮기면 흥정·음모·부정·부패가 줄어들지 모른다고 하시던 말씀이 떠오릅니다. 외국에서 박사학위를 땄다는 교수들의 세미나에서 정체불명의 우리말을 들으며, 모국어에 대한 사랑 때문에 다시 이 땅에 태어나고 싶다고 하신 스님을 생각합니다.

　지난주에는 취임 후 첫 대국민 담화를 발표하는 새 대통령의 얼굴이 무서워 스님을 생각했습니다. 1980년 11월에 쓰신 「우리들의 얼굴」에서, 사랑으로 싸이지 않은 얼굴은 얼굴이 아니고 '영혼이 빠져나가 버린 빈 꺼풀'이라고 하셨지요.

　"역사상 독재자들의 얼굴에는 누구누구 할 것 없이 웃음이 없다. 무섭도록 굳어 있기만 하다. 그의 내면이 겹겹으로 닫혀 있기 때문이리라. 누가 자기한테 오래오래 해 처먹으라고 욕이라도 하지 않나, 혹은 자기 자리를 탈취하려고 음모를 꾸미지나 않을까 해서 늘 불안하고 초조할 것이다. 이다음에는 어리석은 백성들한테 또 어떤 먹이를 던져줄까, 머리를 짜다 보면 잠자리인들 편하겠는가. 그래서 잔뜩 굳어져 무서운 얼굴을 하고 있을 수밖에."

　스님은 『무소유』에 실린 「아름다움」이라는 글에서도 얼굴에 대해 얘기하셨습니다. "얼굴이란 말의 근원이 얼의 꼴에서 나왔다고 한다면, 한 사람의 얼굴 모습은 곧 그 사람의 영혼의 모습일 거"라고.

　봄은 '보는' 계절이지만 티끌 날리는 하늘부터 '빈 꺼풀' 같은 얼굴들까지, 눈 둘 곳이 없습니다. 이 세상을 좀 더 볼 만한 곳으로 만들 방법은 정녕 없는 걸까요? 스님은 수상집 『산방한담』에 쓰신 「시도 좀 읽읍시다」에서, 정치인과 경제인들이 시를 외우고 공무원이 시를 메모하고, 근로자의 작업복 주머니와 주부들의 장바구니에 시집이 들어 있으면 이 세상이 훨씬 아름다워질 거라고 말씀하셨습니다.

스님 말씀 따라 시를 읽습니다. 2001년 이승을 떠난 이성선의 『산시 山詩』 속 「나 없는 세상」입니다.

"나 죽어 / 이 세상에서 사라진다 해도 / 저 물속에는 / 산 그림자 여전히 혼자 뜰 것이다."

대통령, 장관, 장군, 무서운 얼굴, 겁먹은 얼굴, 두꺼운 얼굴, 모두 사라진 뒤에도 산 그림자는 여전하겠지요. 스님, 스님 또한 사라지셨지만 당신의 '말씀'은 오히려 '말빛' 되어 길을 비춥니다. 지켜지지 않은 유언을 서운하다 마시고 돌아와주십시오. 높고 맑은 '법정(法頂: 법의 이마)' 보여 무너진 법 세우시고 참회하게 하십시오!

광주 생각

'**계**절의 여왕'이 왔다고 빛 고운 옷을 입고 교외로 나가는 사람이 많습니다. 하지만 오월이 곧 무채색 슬픔의 계절인 곳도 있습니다. 광주光州, 이름은 '빛고을'이지만 오월 광주엔 빛이 없습니다. 곳곳에 피어 있는 꽃들은 시인 김남주가 노래하던 '잠자는 피'입니다.

첫 미팅 파트너와 존경하는 선배 한 분이 광주 출신일 뿐 저와 광주는 아무런 연고도 없지만 오월이 오면 뭔가 무거운 것이 가슴을 누르는 것 같습니다. 33년 전 신문기자로 경험했던 '5·18민주화운동' 때문이겠지요.

1979년 10월 박정희 대통령이 사망한 후 전두환 소장이 이끄는 신군부는 '12·12사태'로 불리는 군사반란을 일으키고, 이듬해 오월엔 날로 거세지는 민주화 요구를 계엄으로 눌렀습니다. 계엄하 서울시청에 있던 '언론검열단'에 인쇄 직전의 신문 대장을 들고 가 러닝셔츠 차림의 군인들에게 검열받던 일이 어제 일처럼 선명합니다.

검열관이 마음에 들지 않는 기사에 빨간색 돼지꼬리를 달 때면 분노가 치밀었지만, 내색하면 다른 기사까지 다칠까 봐 꾹 참았습니다. 삭제된 기사의 자리를 미처 채우지 못해 빈칸이 있는 채로 신문이 인쇄되어 나온 일도 있었습니다.

1929년 일제 치하에서 '광주학생 항일운동'을 벌였던 광주가 신군부의 횡포를 보고만 있지 않은 건 당연합니다. 1980년 5월 14일부터 대학가와 전남도청 일대에서 거리시위가 벌어졌고, 18일엔 계엄군이 대학생들을 구타·연행하면서 시민의 항거에 불이 붙기 시작했습니다. 5월 27일 계엄군이 총으로 '광주사태'를 진압할 때까지 그 도시에서 얼마나 많은 사람이 죽었는지 아직도 정확히 알 수가 없습니다(참고: 5·18기념재단 www.518.org).

유엔 전문기구 유네스코는 5·18민주화운동이 우리나라와 아시아 다른 나라들의 민주화에 기여한 것을 기리기 위해 2011년 5월 '5·18민주화운동 기록물'을 '세계기록유산Memory of the World'에 등재했습니다. 1929년 11월 3일 일제의 4대 명절 중 하나인 메이지세쓰(명치절)에 일제강점기 최대 규모의 항일운동을 벌였던 광주, 그 광주가 반세기 만에 다시 피로 쓴 역사가 영원히 기억되어야 할 인류의 성장통으로 기록된 것입니다.

그러나 칭송이 슬픔을 지우는 것은 아닙니다. 나라와 세계의 민주화는 중요하지만 그것을 위해 내 아버지, 내 동생, 내 친구가 피 흘리는 건 막고 싶은 게 사람의 마음입니다. 5·18민주화운동 33돌이 일주일 앞으로 다가온 지금 광주는 다시 슬픔의 제상을 차리고 있습니다.

광주 밖의 사람이 할 수 있는 일은 많지 않습니다. 그저 광주 시민들이 원하는 방식으로 가신 이들을 추억하고 기릴 수 있게 돕는 것뿐입니다. 그들이 술을 따르고 싶어 하면 술을 따르고 노래를 부르고 싶어 하면 노래를 부르는 것이지요. 공식적 추모의 자리에서 「임을 위한 행진곡」을 부르고 싶어 하면 "사랑도 명예도 이름도 남김없이…… 앞서서 나가니 산 자여 따르라"고 함께 목 놓아 부르면 됩니다.

　박근혜 대통령이 취임한 지 석 달이 되어갑니다. 박 대통령과 전임자는 같은 당 출신이어도 다르다고 생각하는 국민들이 있습니다. 전임자는 취임 첫해를 빼곤 한번도 5·18 기념식에 참석하지 않았지만 박 대통령은 이 중요한 행사에 꼭 참석해주길 바랍니다. 민주화에 목숨을 바친 '임'들을 위한 행진곡을 선창하여 이 노래로 분열된 국민의 통합에 기여하고, 이 나라가 광주에 진 빚을 아주 조금이나마 덜어주길 바랍니다. '잠자는 피'가 다시 꽃으로 피고 광주가 제 이름 '빛고을'을 찾는 날, 그날을 향한 한걸음을 간곡히 부탁합니다.

자살 권하는 사회

오늘은 제 아우의 생일입니다. 그는 태어난 것에 대해 어떻게 생각하는지 몰라도, 제게는 그의 생일이 참으로 감사한 날입니다. 그가 태어나지 않았다면 저의 삶은 꼭 그만큼 불충분했을 테니까요.

살아가는 것은 힘든 일이지만 태어나는 것도 힘겨운 일입니다. 정자와 난자가 만나 이루어지는 게 임신이라고 하지만, 임신은 그 단순한 문장보다 훨씬 복잡한 과정, 즉 정자의 긴 여행, 난자와의 만남, 수정, 수정체의 착상 등을 거칩니다. 착상이 된 후에도 평균 270일이라는 긴 시간이 지나야 출생의 순간이 찾아옵니다. 우주적으로 말하면, 어떤 사람의 탄생에는 270일의 몇 곱절이 되는 긴 준비 기간이 있습니다.

그렇게 힘겹게 태어났으니, 모든 생명체는 생명이 지속되는 한 타고난 잠재력을 발휘하기 위해 최선의 노력을 합니다. 잘생기게 태어났든 못생기게 태어났든, 소위 정상적인 몸을 가지고 태어났든 정상과 다른 몸을 가지고 태어났든, 모든 생명체는 죽음이 찾아올 때까지 생명을 유지하기 위해 노력하고 노력합니다.

고속도로변의 민들레, 보도블록 사이를 비집고 자라는 풀들, 수없이 많은 산과 들의 식물들, 잔인한 먹이사슬에 묶인 채 평원과 사막과

산과 들을 떠도는 무수한 야생동물들, 이 생명체들 모두 자신에게 부여된 생명을 유지하기 위해, 그 생명의 본업에 충실하기 위해 오늘도 애쓰고 있습니다.

그런데 이 나라에선 하루 평균 40명이 스스로 목숨을 끊습니다. 작년 한 해에만 14,579명이 자살로 사망하여 2008년보다 18.8퍼센트나 늘었으며, 최근 5년 중 최고 수치를 기록했다고 합니다. 더욱 놀라운 것은 초·중·고교생의 자살입니다. 2008년 137명에서 2009년엔 202명으로 늘었다고 하니 47퍼센트나 증가한 겁니다. 그중 69퍼센트인 140명은 고등학생이었고, 중학생이 56명, 초등학생이 6명이었습니다. 202명의 청소년이 목숨을 버렸다는 건, 202개의 꿈이 꺾였다는 것입니다.

신문 기사에는 "평소 대인관계가 원만하고 성적이 나쁘지 않아 자살의 사전 징후나 유서가 전혀 발견되지 않은 학생 자살자도 59명"이나 되었다는데, 문장의 앞부분을 보니 코웃음이 나옵니다. 제 어린 시절의 자살 시도가 성공했다면 누군가가 "평소 대인관계도 원만하고 성적도 나쁘지 않았는데 왜 자살했을까?"라고 했을 것 같아서입니다.

교육과학기술부 관계자는 "일선 학교를 통한 예방 활동을 더욱 강화하겠다"고 했다는데, 글쎄…… 하는 마음이 듭니다. 자살 원인 중에서는 가정불화를 비롯한 집안 문제가 가장 크다고 하는데, 그런 이유로 자살하고 싶어 하는 청소년의 자살을 예방하기 위해 교과부가 하려는 활동은 무엇일까요?

자살 욕구에 시달리며 10대를 보낸 제 경험에 비추어 보면, 자살을 결심하게 하는 건 괴로움보다는 외로움입니다. 부모가 불화하여 괴롭다 해도 그런 문제를 털어놓고 얘기할 상대가 있으면 자살을 결심하진 않을 겁니다. 부모 사이가 좋아도 그 부모에게 내 고민을 털어놓을 수 없을 때, 세상 사람은 모두 행복한데 나만 소외되어 있다는 생각이 들 때 자살을 결심하게 됩니다.

지금 우리나라와 같은 분위기, 초·중·고교생들에게 주변의 모든 친구가 네 경쟁 상대라고 가르치는 분위기에서, 자살하는 10대가 늘어나는 건 당연합니다. 부모에게서 찾기 힘든 또래 간의 공감과 우정으로 위로받기는커녕 자나 깨나 경쟁에 시달리며, 키가 자라듯 쌓여가는 외로움과 홀로 싸워야 하니까요. 지금과 같은 교육제도가 계속되는 한, 아무리 예방 활동을 강화해도 자살하는 청소년은 줄지 않을 것입니다.

자살 욕구에 시달리는 청소년들에게, 주변이 어떻든, 어른들이 뭐라고 하든, 네 인생을 살라고 말해주고 싶습니다. 어떤 아인 갖고 싶은 것을 다 갖는데, 왜 내겐 없는 게 많을까, 어떤 아인 성적이 자꾸 오르는데 왜 나는 성적이 오르지 않을까, 쟤네 부모는 사이가 좋은데 왜 우리 부모는 늘 싸울까…… 그런 차이의 사소함을 깨닫도록 돕고 싶습니다. 아주 뛰어난 10대조차 사소한 것의 사소함을 모르는 경우가 많습니다. 죽고 싶을 땐, 죽고 싶게 만드는 요인이나 상황이 정말 중요한 것인지, 자신이 아는 게 정말 옳은지, 자신이 아는 게 전부인지, 곰곰이 생각해보기 바랍니다.

자살을 생각하는 사람은 타살을 생각하는 사람보다 선량한 사람들일 겁니다. 그들이 자살 욕구를 넘어 살아남기 바랍니다. 자살 욕구에 시달리는 10대들이 자신의 생일을 국가 기념일로 만들겠다는 포부에 기대어 죽어라 살아가기 바랍니다. 언젠가 누군가로부터 "네가 아니었으면 내 인생은 꼭 그만큼 불충분했을 거야"라는 말을 듣게 되기 바랍니다.

사회장과 바디 팜

지난 토요일 도하 각 신문에는 검은 바탕에 흰 글씨로 '사회장 공고'가 실렸습니다. '故 김준성 前 부총리 이수그룹 명예회장 사회장 장의위원회 위원장 김수한' 이름으로 실린 광고에는 장의위원회 부위원장 여섯 분, 고문 열 분, 장의위원 마흔세 분과 가족의 명단이 있었습니다. 사회장 공고와 별도로 실린 기사들을 보면 고인은 부총리, 사업가, 은행가, 소설가로 '폭넓은 삶'을 살았습니다. 장의위원회를 구성하고 있는 유명인들은 고인의 활약상을 지켜본 증인들이라고 하겠습니다.

기사를 읽다 보면 고인은 참 복도 많은 분이라는 생각이 듭니다. 당시로선 흔치 않게 고등교육을 받았고 사업가로 은행가로 성공했습니다. 관운까지 있어 부총리를 역임한데다 노년이 이슥하도록 문청文靑으로 살았고 자식 농사도 잘 지었다고 합니다. 게다가 40~50대는 말할 것도 없고 20~30대들도 직장 없이 기죽어 지내는 사람이 많은 시대에 여든일곱 최근까지 전국경제인연합회 고문으로 이수그룹 명예회장으로 활동하면서 조언하고 집필했다고 합니다.

"그런데 왜 사회장을 한다지? 사회장이 뭔데?" 같이 신문을 보던 친구가 묻습니다. 글쎄, 사회장이 뭐더라, 대충 짐작은 가지만 남에게 설명하기엔 자신이 없습니다. 기사마다 '장례는 사회장'이라고 쓰면서도 사회장이 무엇인지에 대해선 말이 없습니다. 요즘 신문들은 사적私的인 일엔 시시콜콜 친절하지만 공적인 궁금증에 대해선 함구하는 일이 많습니다. 사전을 찾아보니 사회장은 "사회에 이바지한 공적이 많은 사람이 죽었을 때 각 사회단체가 연합하여 치르는 장례"라고 나와 있습니다.

사회장의 역대 주인공들을 보니 과연 그렇습니다. 1927년 독립운동가이며 사회운동가였던 이상재 선생을 기리는 사회장이 최초로 치러졌고, 1930년엔 교육가이며 항일 무장독립군 총사령관이었던 김좌진 장군의 사회장이 있었습니다. 해방 후 최초의 사회장은 1947년에 거행된 여운형 선생의 '인민장'이었다고 합니다. 해방 전에는 항일 독립운동가로, 해방 후에는 좌우합작운동에 헌신하다 암살당한 여 선생의 '인민장'은 표현만 다른 사회장이었습니다. 가장 최근의 사회장은 인권운동가이며 평화운동가인 이우정 선생을 애도하기 위해 2002년에 치러졌습니다. 그 밖에도 기업가이며 독립운동가이고 교육가였던 이승훈 선생, 시조 시인 이은상 선생 등도 사회장의 주인공이었습니다.

이쯤 되자 사회장이 뭐냐고 물었던 입에서 또 하나의 질문이 나옵니다. "그런데 김준성 씨는 왜 사회장을 한대요?" 글쎄, 왜일까요? 국내 첫 지방은행을 세워 초대 행장을 지내고 여러 은행 총재와 국내 굴지의 기업 회장을 역임하며 적자 기업을 흑자로 전환시켰기 때문일까요? 아니면 5공화국 시절 부총리 겸 경제기획원 장관을 맡아 고물가를 잡는 공을 세워서일까요?

고인의 성취를 얘기하자 그렇게 번 돈을 어디다 썼느냐고 반문하며 기업하여 번 돈을 독립운동과 교육기관 설립, 나아가 공동체 운동을 벌이는 데 쓴 이승훈 선생을 상기시킵니다. 뭐라고 대꾸하지 못하는 사이 이어지는 한마디, "시신을 기증하지도 않은 것 같은데……." 공고에 '장지: 충북 음성군 대지공원'이라 쓰여 있고, 어느 기사에도 기증 얘기는 없는 걸 보니 시신이나 장기를 기증하진 않은 듯합니다.

그 친구 말고도 김준성 씨의 사회장에 이의를 제기하는 사람을 여럿 보았습니다. 그들의 의견이 옳을 수도 있고 그렇지 않을 수도 있겠지요. 그들의 내심에 그분이 누린 복락에 대한 질투, 그만큼 성취하지 못한 자신의 삶에 대한 회오가 깔려 있을 수도 있습니다. 이런저런 생각 끝에 "창백한 죽음, 가난한 사람의 오두막이나 왕의 궁전이나 공평하게 찾아간다"는 로마 시인 호라티우스의 말이 떠오릅니다. 어쩌면 늘 결핍과 이루지 못한 열망에 시달리는 서민들보다 성취 많은 부자가 죽음을 받아들이기 어려울지 모릅니다. 빈부도 공과功過도 가리지 않는 죽음, 참으로 공평합니다.

언젠가 다큐멘터리 채널에서 보았던 '바디 팜'이 생각납니다. 바디 팜Body Farm은 말 그대로 '시체 농장'입니다. 미국 테네시 대학교의 인류학자 윌리엄 베이스 박사에 의해 1971년에 시작된 바디 팜, 그 3에이커(12,140평방미터)에 달하는 농장 아닌 농장에서 시신들은 다양한 부패와 해체의 과정을 거쳐 자연으로 돌아갑니다. 길가에 방치되어 있는 시신, 얕은 무덤에 매장되어 있는 시신, 자동차의 트렁크에 실려 있는 시신……. 모두 법의학적 연구를 위한 의도적 배치입니다.

처음엔 무연고 시체로 연구를 시작했지만 이젠 기증 시신의 수가 삼백을 넘었다고 합니다. 시신을 바디 팜에 기증하는 사람들 덕택에 미국의 법의학은 놀랍게 발전하고 있습니다. 시신의 부패 정도와 방식을 보고 역추적하여 사망 날짜와 원인을 알아내고 범인을 찾아내는 건 이제 영화 속 얘기가 아닙니다. 제가 본 다큐멘터리 속 70대 남자는 바디 팜의 거리에 누워 있었습니다. 스포츠를 즐기던 생전의 멋진 모습과 한낮의 태양과 밤이슬 아래 흙으로 돌아가는 모습을 보며 죽음의 공평함, 나아가서 자연의 공평함을 생각했습니다.

사회장을 거행하기로 한 결정이 어떻게 이루어진 건지, 김준성 씨를 위한 사회장이 얼마나 많은 사회 구성원들의 공감을 불러일으켰는지 알 수 없는 일이지만 한 가지 의미는 찾을 수 있을 것 같습니다. 잊혀졌던 '사회장'을 신문 지면에 불러내어 보는 이들로 하여금 잠시나마 사회에 기여하는 삶에 대해 생각하게 한 것이지요. 남의 죽음에 대해 이러쿵저러쿵하는 대신 우리 또한 미래의 시신임을 기억하며 후회하지 않을 하루를 살았으면 좋겠습니다. 네? 바디 팜에 시신을 기증하고 싶다고요? 그렇다면 결핵, 에이즈, 간염, 항생물질에 내성이 있는 세균성 감염에 걸리면 안 됩니다. 참, 그곳으로부터 200마일 이상 떨어진 곳에서 사망하면 거기까지 가는 여행 경비도 기증자나 유족이 부담해야 한다는데…… 괜찮으시겠어요?

어른

찻집엔 사람이 많지만
저보다 늙은 사람은 없습니다.
어른이 되려고 생각한 적이 없는데
어느새 어른이 된 것입니다.

모르는 게 갈수록 많아지는데
어른 노릇을 어떻게 하나 고민하다가
결론을 내립니다.

어른은 어린이와 젊은이를 달래고 '어르는 사람'이다……
그러니 모르면서 아는 척하지 말고
나무처럼 그늘을 주고 바위처럼 앉을 곳을 주면
젊은이들 스스로 길을 찾아낼 거다……

나무나 바위처럼 조용히 살다 보면
어느 날 문득 어른이 어르신이 되고
조용한 어르신으로 또 몇 년 살다 보면
마침내 흙이 되어 거대한 침묵의 일부가 되겠지요.

존경스러운 어르신들의 말수가 적은 이유를
이제야 알겠습니다.

저는 노인이 아닙니다

해 바뀐 지 보름이 되어가지만 아직 작년의 부록 같은 시간이 흐르고 있습니다. 바뀐 나이는 바뀐 연도처럼 서먹해도 저는 노인입니다. 생물학적으로도 사회적으로도 젊지 않습니다. 제가 타고 가는 버스에도 창밖 거리에도 노인이 넘쳐납니다. 코언 형제는 「노인을 위한 나라는 없다」라는 영화를 만들었지만 지금 이 나라는 노인들의 나라입니다. 지난달 선거에서도 쉰 넘은 유권자들의 표가 결정적이었다고 합니다.

'늙고 추함'을 뜻하는 단어 '노추老醜'는 있어도 '젊고 추함'을 뜻하는 '청추靑醜'는 없는 걸 보면 늙으며 추해지는 사람이 많은가 봅니다. 지난 선거는 노추를 구경하기 좋은 행사였습니다. 평생 세계적으로 존경받는 지도자의 안마당에 머물던 정치인들이 노욕을 좇아 반대편 사람이 되는가 하면, 젊은 시절 독재자를 비난하여 이름을 얻은 사람이 그 독재자의 유지를 받드는 세력에 가담하여 조롱거리가 되었습니다.

지역·문화·인종에 상관없이 모든 사람에게 찾아오는 나이처럼, 나이 들어 추해질 가능성 또한 보편적입니다. 프랑스의 부자 과세 정책이 싫다고 러시아로 간 배우 제라르 드파르디외가 좋은 예입니다. 우리 나이로 65살인 그는 프랑스 정부가 100만 유로(약 14억 원) 이상 고소득자에게 최고 75퍼센트의 소득세를 부과하도록 세법을 개정하겠다고 하자, 13퍼센트의 소득세만 내면 되는 러시아 사람이 되었습니다.

신년 인사회에 가느라 버스를 탔지만 마음은 새롭지 않습니다. 마침내 목적지, 행사가 시작되려면 20여 분이 남았지만 행사장엔 나이든 사람들이 가득하고, 한쪽에 배치된 의자들은 아예 경로석입니다. 여든 가까워 보이는 어른 한 분이 들어섭니다. 빼빼 마른 몸을 어서의자에 앉히셨으면 좋겠습니다. 그러나 어른은 의자는 보는 둥 마는둥 인파 속에 설 자리를 잡습니다.

제 젊은 동행도 그분을 보고 있었나 봅니다. "저분이 누구예요?" 그의 눈이 존경심과 호기심으로 반짝입니다. "한승헌 변호사님"이라고대답하는 제 목소리에 힘이 들어갑니다. 멋있게 나이 드는 어른을 뵈면 젊지 않은 게 자랑입니다. "늙으면 필연코 추해진다"고 노래했던 이영광 시인이 옆에 있다면 "저분을 보시오. 저분을 보고도 그렇게 말할수 있겠소?" 하고 묻고 싶습니다.

젊은이는 한 변호사님을 잘 모릅니다. 박정희, 전두환 정권 시절 수많은 양심수를 변호하신 인권 변호사, 민주화 과정에서 두 차례나 옥고를 치르시고 8년 동안이나 변호사 자격을 박탈당했던 분이라고 얘기하니 "그렇게 살아오신 분답네요"라는 응답이 돌아옵니다. 그분에게서 눈을 떼지 못하는 젊은이에게, 다가가 인사라도 드리지 그러냐고하자 "아직은 제가 저렇게 훌륭한 분께 인사를 청할 자격이 없습니다"하며 고개를 숙입니다.

젊은이에게 얘기하진 못했지만 한 변호사님은 어떤 경우에도 유머를 잃지 않으시는 분으로도 유명합니다. 젊은 만큼 강성 일변도인 그에게 변호사님의 유머 책 한 권 선물해야겠습니다. "바쁘신데 시간 내주셔서 감사합니다" 하는 기자에게 "나는 한가라서 평생 한가합니다"라고 대답하신 그분의 유머가 그분의 청정한 모습처럼 깊은 깨우침을 줄 테니까요.

집으로 가는 버스도 올 때 탔던 버스처럼 나이 든 사람 일색입니다. 그러나 저는 이제 노인이 아닙니다. 한 변호사님을 생각하면 드파르디외나 저는 아직 아이입니다. 떠밀리듯 들어선 새해, 한 변호사님 덕에 결심합니다. 그분처럼, 다만 서 있는 자세만으로 젊은이의 마음을 움직이는, 그런 노인이 되리라. 육신은 '노화'해도 '노추'는 불가능한 그런 사람이 되고 싶습니다. 한승헌 변호사님, 감사합니다. 부디 오래 건강하소서!

그 사람을 가졌는가

날씨도 사람을 닮는다더니 안개 낀 서울은 자꾸 어두워지는 마음을 닮았습니다. 이런 날 집에 있으면 아주 눕게 됩니다. 마침 동교동 김대중 도서관에서 함석헌 선생 서거 20주기와 마하트마 간디 서거 61주기를 추모하는 학술모임이 열린다니 그리로 향합니다.

버스는 철거와 재개발이 한창인 가재울 뉴타운을 지나갑니다. 대낮인데도 굳게 닫힌 셔터엔 검고 붉은 스프레이로 그린 X자가 무섭고, 뜯기다 만 벽, 유리창이 사라진 건물들이 퀭한 눈으로 서 있는 한쪽에선 작은 가게들이 아직 영업 중입니다. 자연히 용산 철거민 참사의 희생자들과 검은 치마저고리 차림의 유족들이 떠오릅니다.

1966년 『사상계』 3월호 권두에 "항거할 줄 알면 사람이요, 억눌러도 반항할 줄 모르면 사람 아니다. 그리고 혼자서 하는 항거는 참 항거가 아니요, 대중이 조직적으로 해서만 역사를 보다 높은 단계로 이끄는 참 항거이다"라고 썼던 함석헌 선생이 오늘 서울에 계셨다면 무엇을 어떻게 하셨을까, 생각해봅니다. 간디처럼 비폭력 저항을 주장하여 '한국의 간디'로 불리던 분이니 화염병을 던지진 않으셨겠지요. 우리 나이 19세에 3·1운동에 참여한 이래 이승만, 박정희, 전두환 정권에 이르기까지 지칠 줄 모르고 저항하다 투옥을 일삼던 분이니 가만히 계시진 않았겠지요?

1901년 3월 13일 평안북도 용천군 바닷가 원성목에서 태어나 1989년 2월 4일 병원에서 세상을 떠난 함 선생과 1869년 10월 2일 인도 서부 해안의 포르반다르Porbandar에서 태어나 1948년 1월 30일에 암살을 당한 간디, 두 선인들은 출생지가 바닷가라는 공통점 외에도 삶에 대한 태도와 방식에서 닮은 점이 많습니다. 그 닮은 점이 오늘 모임의 주제일 겁니다.

모임이 열리는 지하 1층 대강당, 벽을 따라 서 있는 책꽂이의 빼곡한 책들 중에서도 김병희 편저 『씨알소리소리 함석헌』이 눈을 끕니다. 아시다시피 곡식의 낟알이나 과일, 생선 등의 크기를 뜻하던 '씨알'이란 말이 함 선생 덕에 백성을 일컫는 말이 되었습니다. 함 선생은 '씨알'의 '알'자를 쓸 때 'ㅇ' 아래에 마침표를 찍은 '아래 아'를 쓰셨지만 컴퓨터 자판엔 '아래 아'가 없어 그냥 '씨알'로 표기해야 하니 안타깝습니다. 무심코 펼쳤는데 하필 글 쓰는 사람들을 향한 일갈입니다.

> 隔靴搔癢(격화소양)이라, 신 위를 긁는다는 말이 있다…… 요새 글 쓰는 사람들 보면 어찌 그리 신은 것이 많은가? 양말 신고 구두 신고 덧구두 신고 그 위를 긁는 것 같은 글뿐이다. 그러면 시원하긴 고사하고 더 가려워. 예배당, 절간에 아니 가려는 것이 웬 까닭인지 몰라? 신문 잡지 보다가 내팽개치는 것이 무슨 때문인지 몰라?…… 이 씨알의 가려운 데 말 못할 속의 가려운 데를 시원히 긁어 노래가 나오게 할 예술가, 평론가는 아니 오려나? 신을 좀 벗으려무나?

선생은 자신의 글에 대해서도 조롱을 아끼지 않습니다.

"글이라고 쓸 때는 있는 맘껏 다해 쓰노라 하여도 써놓고 보면 이거 내 소리냐? 하고 찢어버리고 싶지 않은 글은 하나도 없었다. 그러면서도 역시 이날껏 글 쓰고, 찢지 않고, 돈 받는 것이 나의 나밖에 못되는 설움이 있는 것이다. 감옥에서 나와서는 또 도둑질을 하는 상습범, 회개하는 기도를 하고는 또 민중의 피 빨아먹는 살림을 다시 하고 다시 하는 성당·예배당·절이라는 감옥에 있는 상습범, 신문 잡지를 보고는 미안하다는 생각을 하고는 또 나라의 것을 도둑질해 먹는 정부 관청이라는 엄지 감옥에 있는 상습범, 그것들도 나 같아서 그러겠지. 너나 나나 가엾은 존재들이로구나!"

선생의 힐난이 부끄러워 슬며시 책을 덮습니다. 연단에선 논문 발표가 한창입니다. 이치석 '씨알의 소리' 편집위원은, 선생은 학교 체제를 비판하는 데 그치지 않고 전면 부정하셨으니 공교육 혁명가라며 『함석헌전집』 2권의 일부를 인용합니다. "졸업장이 있어야 출세한다는 사회제도 때문에 학교가 있는 것이지, 결코 학교가 아니고는 사람이 될 수 없다 해서 있는 것은 아니다…… 공장이지 학교가 아니다. 거기서는 아동이라는 원료를 넣고 교사라는 기술직공이 교수라는 기계작업을 하면 다수의 제품이 나온다. 그러면 일정한 자격이 있어서 거기 맞으면 상품으로 나가고 맞지 않는 것은 아낌없이 내버림을 당한다. 공장주는 채산이 목적이지 그 개체의 운명은 문제로 삼지 않는다." 50년 전 말씀이 오늘에 더 잘 맞는 것 같으니 비감합니다. 젊은이들이 들으면 환호할 테지만 젊은 얼굴은 별로 보이지 않습니다.

법무법인 민중의 박종강 변호사가 전해주는 간디의 '내가 꿈꾸는 인도'는 서글픔을 자아냅니다. 요약하면 이렇습니다. "나는, 가난한 사

람도 이것은 우리나라라고 생각하고 그 나라를 만들어가는 데 자신
도 참여하고 있다고 생각하는, 그런 인도를 위해 일할 것이다. 그 인
도에는 상류계급도 하류계급도 없다. 그 인도에는 모두가 화목하게 산
다. 여자는 남자와 동등한 권리를 가지며, 세계 누구와도 평화롭게, 착
취하는 일도 착취당하는 일도 없기에 군대는 가능한 소수로 둘 것이
다. 대중의 이해를 위반하지 않는 한 외국인이나 국내인이나 차별 없
이 존중될 것이다." 간디의 꿈은 아직 우리의 꿈입니다.

함석헌씨알사상연구원 원장인 김영호 인하대 명예교수는 우리나라
정치인들에 대한 선생의 탄식을 들려줍니다.

"간디의 자서전을 읽으면서 얻은 좋은 인상의 하나는 그 인맥의 장
관이다…… 한편 찬탄을 금치 못하면서 또 한편 가슴속으로 흘러드
는 눈물을 금치 못했다. 우리 인맥의 너무도 낮고 적음을 한해서 말이
다…… 오늘 우리같이 인물이 필요한 때는 없는데 인물이 없다. 특히
정치에서 그렇다. 왜 그런가? 재목은 숲에서만 난다면 인물은 인물에
서만 난다. 전에 인물이 없었는데 지금 어디서 인물을 구하겠나?"

함 선생의 저서 『뜻으로 본 한국역사』는 큰 뜻을 펴지 못하고 억울
하게 사형당한 인물들(묘청, 최영, 임경업 등), 제거된 개혁파 인물들(조
광조, 남이), 지조를 지킨 인물들(정몽주 등 사육신)의 전기집이나 같
다는 게 김 교수의 생각입니다. 김구, 여운형, 조봉암, 장준하 등 해방
후 죽임을 당한 큰 인물들이 살아서 제 몫을 했더라면 오늘 이 나라
가 달랐을 거라는 겁니다.

도서관 밖은 여전히 우울한 2월입니다. 간디는 국부國父로 추앙받
고, 그의 생일은 인도에선 국경일로 세계적으로는 '국제 비폭력의 날'
로 기념되지만, 함석헌을 아는 젊은이는 이 나라 안에도 드뭅니다. 인

물은 없고, 교육은 공장을 벗어나지 못하고, 격차는 벌어지고, 모두가 화목한 우리나라는 꿈에서조차 그려보기 힘든데 저는 신발 위를 긁는 것 같은 글이나 쓰고 있습니다. 자괴감은 지대하나 비겁이 체질화되어, 집으로 갈 때는 가재울 뉴타운을 피해 가야지 생각하는데 선생의 목소리가 죽비 되어 머리를 내려칩니다.

그 사람을 가졌는가

만리길 나서는 길
처자를 내맡기며
맘 놓고 갈 만한 사람
그 사람을 그대는 가졌는가

온 세상 다 나를 버려
마음이 외로울 때에도
'저 맘이야' 하고 믿어지는
그 사람을 그대는 가졌는가

탔던 배 꺼지는 시간
구명대 서로 사양하며
'너만은 제발 살아다오' 할
그 사람을 그대는 가졌는가

불의의 사형장에서

'다 죽여도 너희 세상 빛을 위해
저만은 살려두어라' 일러줄
그 사람을 그대는 가졌는가

잊지 못할 이 세상을 놓고 떠나려 할 때
'저 하나 있으니' 하며
빙긋이 웃고 눈을 감을
그 사람을 그대는 가졌는가

온 세상의 찬성보다도
'아니' 하고 가만히 머리 흔들 그 한 얼굴 생각에
알뜰한 유혹을 물리치게 되는
그 사람을 그대는 가졌는가

이 세상 저세상

영안실 몇 번 다녀오니 9월이 끝나갑니다. 길고 독했던 더위의 영향 때문이었을까요? 여름 끝자락에서 이승을 떠나는 사람이 많았습니다. 대부분의 망인이 저보다 어린 분들이니 영안실에 다녀올 때마다 며칠씩 아팠습니다.

누구나 한 번은 죽지만 나이 들수록 쇠잔해지는 몸과 마음을 지니고 사는 것은 적잖이 고통스럽습니다. 지난달, 여든아홉 연세에 평생처음으로 병원에 입원해보신 저희 아버지는 가끔 당신의 몸을 가리키며 "네가 자꾸 나를 못살게 굴면 내가 너를 아주 보내버리는 수가 있어." 하고 웃습니다. 아버지에게서, 잘 늙는다는 것은 육체와 정신을 분리할 줄 알고 둘의 균형을 맞추는 일, 무엇보다 유머를 유지하는 일임을 배웁니다.

노년의 삶이 얼마나 고통스러운가는 우리나라 노인들의 자살률을 보면 알 수 있습니다. 노인의 자살률은 연령에 비례해서 증가하니까요. 60대보다 70대의 자살률이 높고, 70대보다 80대의 자살률이 높은 거지요. 늙음이 수반하는 육체적 정신적 피폐, 외로움과 소외감 등을 생각하면 '너무 늙기 전'에 이곳을 떠나는 것이 '기품 있게' 살아내는 방법일 거라는 생각이 듭니다.

오래도록, 모두에게 잊힌 채 아무도 그리워하지 않는 시간을 사는 노인들 중엔 일찍 떠난 친구들을 부러워하는 분들이 있습니다. 젊은 이들은 그런 분들을 보고 '괜히 말로만 저러지 사실은 오래 살고 싶은 거야'라고 말하지만, 그들은 늙어보지 않았으니 늙은 사람의 마음을 헤아리기 어렵겠지요. 물론 노인들 중에도 죽음을 몹시 두려워하며 죽지 않으려 하는 분들이 있지만 모두가 그런 것은 아닙니다.

몇 년씩 의식을 잃고 병석에 누워 아직 이승에 머무는 사람이 있는가 하면, 엊그제 본 사람이 문득 저세상 사람이 되는 일도 있습니다. 몸을 위해 여러 가지 노력을 하는 사람이 회갑도 못 되어 죽는가 하면, 몸에 크게 신경 쓰지 않는 듯한데 오래 사는 사람이 있습니다. 그러니 '죽고 사는 것은 하늘의 뜻(人命은 在天)'이라는 말이 있겠지요.

영안실을 드나들며 느낀 것은 소위 '평균수명'을 살고 떠난 분들의 빈소엔 슬픔과 웃음이 있으나 그전에 떠난 분들의 빈소엔 슬픔뿐 웃음이 없다는 것입니다. 그러고 보면 '평균수명'이란 '살 만큼 산 나이', '떠나도 좋은 나이'의 다른 말일지 모릅니다. 떠나는 이 스스로도 그렇고 남는 가족들도 그렇고 '평균수명'을 살고 떠날 때, 죽음이라는 '영원한 이별'을 받아들이기 쉬운 것 같습니다.

이 세상이 너무 시끄럽고 더럽고 비열하여 가능하면 빨리 이곳을 떠나고 싶다고 생각하는 분들, 남을 가족들의 슬픔을 생각하여 죽음의 시각을 늦춰주길 바랍니다. 더구나 당신이 정의롭고 사람에 대한 사랑이 충만한 사람이라면 부디 오래 이곳에 머물러주십시오. 당신은 괴롭겠지만 이곳엔 당신 같은 사람이 꼭 필요하니까요. 어젯밤 추석 달을 보며, 내가 알았던 사람들, 내가 알지 못했던 사람들, 한때 이승

에 동행했던 죽은 이들 모두의 안식을 빌었습니다. 이승에 남은 자들
을 동정하소서!

이 세상은 더 나은 곳이 되었다

세계적으로 잘 알려진 자살자들 중 제가 가장 존경하는 이는 스콧 니어링Scott Nearing입니다. 목을 맨 것도 아니고, 달리는 자동차에 뛰어든 것도 아니니 자살한 게 아니라고 하는 사람들이 있겠지만, 그런 극단적인 방법을 쓰지 않았다 해도 자의로 떠날 시간과 방법을 선택하고 그에 따라 행동했다면 자살한 게 아닐까요?

니어링은 1883년에 미국 펜실베이니아에서 태어나 펜실베이니아 대학교에서 교수 생활을 하던 중 아동 착취 반대 운동을 하다 해직되었고, 톨레도 대학에서 정치학 교수로 일했으나 제국주의 국가들이 세계대전을 일으킨 것에 항의하다 다시 해직되었다고 합니다. 1932년부터 아내 헬렌과 함께 버몬트와 메인 주의 시골에서 문명에 저항하고 자연에 순응하는 삶을 살다가 1983년 100세의 나이에 세상을 떠났습니다. 니어링 부부가 쓴 『조화로운 삶』, 헬렌이 쓴 『아름다운 삶, 사랑 그리고 마무리』는 우리나라에서도 베스트셀러가 되었습니다.

『아름다운 삶……』에 보면, 스콧이 100세 생일을 한 달 반 앞두고 더 이상 먹지 않겠다고 말했으며 그 후로는 단단한 음식을 먹지 않았다는 얘기가 나옵니다. 그로부터 한 달 동안은 아내가 만들어주는 과

일 주스만을 먹다가 어느 날인가 이제 물만 마시고 싶다고 했고, 여전히 맑은 정신으로 대화를 나누다 생일 지난 지 18일째 되는 날 "나무의 마른 잎이 떨어지듯 숨을 멈추고 자유로운 상태"가 되었다고 합니다. 스콧보다 21세 연하였던 헬렌은 남편이 죽고 12년 후 1995년, 91세로 세상을 떠났습니다.

스콧은 80세 때인 1963년에 자신의 죽음에 대비해 5개 항목과 세부 사항으로 이루어진 '주위 여러분에게 드리는 말씀'을 작성했다고 합니다.

"나는 단식을 하다 죽고 싶다. 그러므로 죽음이 다가오면 음식을 끊고, 할 수 있으면 마시는 것도 끊기를 바란다…… 나는 죽음의 과정을 예민하게 느끼고 싶다. 그러므로 어떤 진정제, 진통제, 마취제도 필요 없다…… 나는 힘이 닿는 한 열심히, 충만하게 살아왔으므로 기쁘고 희망에 차서 간다. 죽음은 옮겨 감이거나 깨어남이다. 어느 경우든, 삶의 모든 다른 국면처럼 환영해야 한다."

니어링 부부의 삶과 죽음, 우리나라 노인들의 자살 급증, 이 두 가지는 언뜻 대조적인 것처럼 보이지만 실제로는 같은 것을 말해줍니다. 의미 있는 장수長壽를 위해서는 마음과 몸이 건강해야 한다는 것이지요. 니어링 부부가 실천했던 원칙 중 일부를 옮겨봅니다.

- 적극적이고 낙관적으로 생각하기.
- 깨끗한 양심.
- 바깥일.
- 깊은 호흡.
- 금연.

- 간소한 식사.

- 채식주의.

- 빵을 벌기 위한 노동은 하루 반나절만 하고 나머지 시간은 자기
  자신을 위해 쓸 것. 은행에서 절대로 돈을 빌리지 말 것.

- 하루에 한 번은 삶과 죽음에 대해 생각할 것.

- 커피, 차, 술, 마약, 설탕, 소금, 약, 의사, 병원은 멀리할 것.

그 수도자 같은 삶의 보상이 무엇이냐고요? 그건 마지막 순간까지
맑은 정신으로 살다가, 자기 집에서, 사랑하는 사람의 손을 잡고 편안
한 죽음을 맞이하는 것입니다. 스콧처럼 정의롭게 산다면 특별한 보너
스도 있을지 모릅니다. 그의 100번째 생일에 이웃 사람들이 들고 온
깃발에 쓰여 있었던 한마디 같은 것 말입니다.

스콧 니어링이 100년 동안 살아서 이 세상은 더 나은 곳이 되었다
(100years of Scott Nearing has left the world a better place).

잘 죽기 위한 준비

어제 참으로 고마운 기사를 읽었습니다. 잘 죽기 위해서는 무엇을 준비해야 하는가 알려주는 기사였습니다. 기사의 주인공은 호흡기 질환 전문의로 활동하신 김건열(82) 전 서울대 의대 교수입니다. '잘 죽지 못하는' 가장 큰 이유는 불필요한 생명 연장인데 김 선생님은 바로 그것을 막기 위해 '사전의료지시서'를 미리 써두라고 조언합니다. 본인은 이미 그것을 써서 변호사의 공증을 받아 자신의 영정 사진에 끼워두셨다고 합니다.

나이가 들어갈수록 죽음을 두려워하는 사람이 많습니다. 죽음에 관해 얘기만 해도 죽는 것처럼 죽음에 대해 얘기하는 것을 꺼리는 사람들도 적지 않습니다. 나이 들어가며 자라는 죽음에 대한 두려움 때문에 종교의 신자가 되는 사람도 흔합니다. 그러나 죽음은 삶의 끝입니다. 아무도 피할 수 없습니다. 인류가 존재하기 시작하면서부터 태어남과 함께 죽음이 있었습니다. 태어나는 사람은 누구나 죽으니 태어남과 함께 죽음이 시작된다고 해도 틀린 말은 아닙니다.

김건열 선생님이 작성하신 '사전의료지시서'에는 여섯 가지 요구 사항이 인쇄돼 있다고 합니다. 그 요구 사항은 보통 사람들이 죽을 때가 되어 병원에 실려 가면 주로 겪는 과정을 겪지 않게 해달라는 것입니다. 김 선생님이 이 서류를 준비한 건 십 년 전 안과 의사였던 부인 이옥희(81) 선생님이 뇌출혈로 중풍에 시달리면서라고 합니다. 두 분이 함께 어떻게 하면 잘 죽을까를 고민한 끝에 유언장과 사전의료지시서를 작성하게 된 것이지요.

김 선생님, 이 선생님, 두 분 덕에 인간으로서 존엄을 잃지 않고 죽음을 겪게 될 것 같습니다. 두 분께 깊이 감사하며 아래에 지시서 내용을 요약해 싣습니다. 기사 전문은 어제 『한겨레』 신문에서 볼 수 있습니다(http://www.hani.co.kr/arti/society/society_general/673061.html).

1. 의식이 없어진 상태에서 기도 삽관이나 기관지 절개술, 인공기계호흡을 시행하지 말라.
2. 항암 화학요법이 필요하다는 의료진의 판단이 있더라도 항암 화학요법을 시행하지 말라. 항암 화학요법의 효과를 불신해서가 아니라 내 연령 때문임을 이해해달라.
3. 인공영양법, 혈액투석, 더 침습적인 치료술을 하지 말라. 보호자가 보기에 의식이 없어도 환자의 촉각과 청각이 어느 정도 남아 있어 고통을 느끼지만 다만 표현하지 못하는 것이다.
4. 탈수를 막고 혈압 유지를 위한 수액요법과 통증 관리와 생리기능 유지를 위한 완화요법은 희망하나 임종 때 혈압상승제나 심장소생술을 하지 말라.
5. 여기에 기술되지 않은 부분은 '임종환자 연명치료 중단에 관한 의료윤리 지침'에 따라 결정하고, 의료진과 법의 집행관은 환자로서의 내 권리를 존중하고 지켜주길 바란다.

6. 이 사전의료지시서가 누구에 의해서도 변형되지 않길 원하며 법적인 효력을 발휘할 수 있게 가족에게 위임 발표한다.

  *본인, 가족 증인, 공증인의 도장.

이 책이 20세기 아버지가 20세기 딸을 키운 방식을 얘기한다고 생각하는 독자들이 있을지 모릅니다. 이제 21세기 첨단 디지털 시대이니 이 시대에 맞게 키워야 한다는 것이지요. 맞습니다. 시대가 달라졌습니다. 부모와 자녀가 함께 밥을 먹는 일이 드물고, 함께 먹는다 해도 밥상의 풍경은 제가 자라던 시대와는 아주 다릅니다. 그러나 그때나 지금이나 변하지 않는 것이 있습니다. 그건 여전히 누구나 행복을 추구하고, 누구나 리더가 되고 싶어 한다는 것입니다.

주말 아침 간단한 식사와 차를 파는 카페에 가면 자녀를 데리고 온 젊은 부부가 자주 눈에 뜁니다. 생김새와 차림새는 달라도 행동거지는 비슷합니다. 주문한 음식을 먹으면서, 혹은 대충 먹고 각자 스마트폰을 들여다보는 것이지요.

아이폰 등 소위 스마트 기기로 세계를 석권했던 애플사 창업자 스티브 잡스는 자기 자녀들의 스마트폰 사용은 금지했고, 페이스북의 공동 창업자이자 CEO이며 예비 아빠인 마크 저커버그는 13세 이하 자녀가 페이스북에 가입하는 건 금지하겠다고 했습니다. 페이스북 출범 초기 마크 저커버그와 함께 일했던 그의 누나 랜디 저커버그는 자신이 쓴 두 권의 어린이 책에서 아이들을 소셜미디어(SNS)에서 떼어놓아야 한다고 주장했습니다.

영국의 저명한 아동심리치료가 줄리 린 에반스는 중등학교 연령층의 80퍼센트가 스마트폰을 갖게 되면서 10대들의 정신질환이 늘고 심각해져서 자살을 시도하는 10대들이 거의 두 배나 증가했다고 지적합니다. 에반스는 예전 부모들이 자녀들의 텔레비전 시청을 제한했듯 오늘날의 부모들은 자녀들의 스마트폰과 인터넷 사용을 제한해야 한다고 조언합니다.

10대 자녀가 술집에 가거나 새벽에 공원을 배회하는 건 막으면서 가상 세계에서 많은 시간을 보내는 건 막지 않는 부모들이 많은데, 10대들은 실제 세계보다 가상 세계에서 더 많은 피해를 입는다는 것이 에반스의 분석입니다. 그는, 실제 세계에서 겪은 일에 대해서는 돌이켜 생각하며 뭔가를 배울 수 있지만, 가상 세계는 돌이켜 생각하거나 배울 수 있는 시간조차 주지 않는다고 말합니다(영국 일간지 『더 텔레그래프』 인터뷰, 2015년 3월 21일자).

한국의 전문가들도 비슷한 경고와 충고를 하지만 이 나라의 아동과 청소년들은 그 어느 나라의 동년배들보다 자유롭고 활발하게 스마트폰을 사용하고 있습니다. 정보통신정책연구원이 발표한 '2011~2014 미디어 보유와 이용 행태 변화'를 보면 우리 어린이들과 청소년들의 스마트폰 사용률은 2011년 19.2%에서 2014년에는 89.8%로 늘었습니다. 당연히 가상 세계에 길들여져 실제 세계에 적응하지 못하는 아이들이 많아지고, 체격 불균형과 수면장애로 고생하는 아이들도 빠르게 늘고 있습니다.

어떤 젊은 아버지는 여섯 살 딸에게 스마트폰을 주어 갖고 놀게 합니다. 스마트폰이 아이에게 나쁘다는 건 알지만 스마트폰을 주지 않으려면 아이와 놀아줘야 하는데 아이와 노는 게 피곤하니 줄 수밖에 없다는 겁니다. 초등학교에 다니는 자녀를 둔 다른 아버지는, 요즘 아이들은 어른만큼 피곤해서 나가 노는 대신 스마트폰을 갖고 노는 것을 더 좋아한다고 합니다.

2015년 한국은 '피로사회'입니다. 한국인의 연평균 근로 시간은 2,163시간으로 경제협력개발기구 34개 회원국 중 2위이고, 하루 평균 수면 시간은 7시간 49분으로 OECD 회원국 중 가장 오래 자는 프랑스인의 수면 시간(8시간 50분)보다 1시간이나 짧으니 피로할 수밖에 없을 겁니다. 통계청이 발표한 '2014년 생활시간 조사'에 따르면 30대 한국인의 90.3%가 '피곤하다'고 답했다고 합니다. 20대의 피로도는 84.1%, 40대는 89.2%, 50대는 81.6%였습니다.

종일 학교에서 공부한 아이가 방과 후에 학원을 전전하게 되면 피로할 수밖에 없습니다. 언젠가 텔레비전에서 방학을 맞아 템플스테이에 참가한 초등학생을 보았습니다. 평소 11개의 학원에 다닌다는 10세 소년은 108배를 하다가 울컥한 적이 여러 번이라고 지친 50대처럼 말했습니다.

제가 사는 동네엔 유치원부터 대학까지 각 급 학교가 모여 있는데, 대학생들은 물론이고 초등학생들이 "사는 게 피곤하다" "인생 뭐 있냐, 이렇게 살다 가는 거지!" 하고 말하는 걸 본 게 한두 번이 아닙니다.

21세기는 '창의성의 시대'고 창의적인 사람이 리더가 되는 시대라고 하지만, 피곤한 사람은 리더가 될 수 없습니다. 피로가 수반하는 가장 심각한 문제는 창의성의 훼손이니까요. 아시다시피 스티브 잡스나 마크 저커버그가 21세기의 리더가 된 것은 모두 창의성 덕택입니다.

2015년 6월 마크 저커버그는 페이스북 질의응답을 통해, 자신의 행복은 '사람들을 돕고, 자신이 사랑하는 사람들과 함께 의미 있는 뭔가를 하는 것'이라고 밝혔습니다. 그는 많은 사람들이 행복과 재미를 혼동한다면서, 매일 재미를 느낄 수는 없지만 매일 사람들에게 도움 되는 뭔가를 할 수는 있다고 말했습니다. 그는 "나이 들수록 가족과 일터의 동료들, 가까운 친구들과의 관계에 감사한다"며, "아무도 홀로 뭔가를 이룰 수는 없으며 오랜 시간에 걸친 관계가 매우 중요하다"고 강조했습니다. 1984년생이니 올해 겨우 31세인 저커버그, 젊은 나이에 이런 것을 알 정도이니 모두가 다니고 싶어 하는 하버드 대학을 2학년 때 그만두었겠지요. 스티브 잡스도 한 학기 만에 명문 리드 대학을 중퇴했습니다.

자신은 스티브 잡스나 저커버그 같은 리더가 되지 못했어도 자녀들은 리더가 되기를 원하는 부모가 많습니다. 그러면 어떻게 해야 자녀를 행복한 리더로 키워낼 수 있을까요?

요즘 '21세기형 리더' 저커버그를 키운 그의 아버지 에드 저커버그의 양육법이 연일 화제가 되고, 이들이 유대인이라는 점 때문에 유대인들의 육아법까지 부각되고 있습니다. 그러나 에드 저커버그는 자신에겐 특별한 양육법이 없었다며, 다만 '아이들이 하고 싶은 일을 하도록 격려'하고, 어떤 일보다도 아이들에게 가장 많은 시간을 쏟았다고 말했습니다. 그의 말에서, 사람을 잘 키우는 법은 시대의 변화와 상관이 없음을 알 수 있습니다.

예나 지금이나 '하고 싶은 일'을 하는 사람이 리더가 되고, 부모의 사랑을 듬뿍 받고 자란 사람이 행복합니다. 하고 싶은 일을 하다 보면 '자기만의 생각'을 갖게 되고, 바로 그 생각이 리더를 만드니, 부모의 역할은 자녀가 스스로 생각할 수 있게 돕는 것입니다. 하지만 지금 이 나라는 '자기만의 생각'을 가진 사람을 키우는 대신 '자기만을 생각' 하는 사람을 양산하고 있습니다. 자기만을 생각하는 사람은 외롭고 불행합니다. 아무도 그의 주변에 머물지 않기 때문입니다.

일에 지치고 시간도 없는 한국의 아버지가 자녀를 행복한 리더로 키우려면 제일 먼저 스마트폰을 꺼야 합니다. 스마트폰으로부터 자유로운 시간을 갖는 사람만이 '자기만의 생각'을 할 수 있고, 창의적인 리더가 될 수 있기 때문입니다.

퇴근해 집에 들어서는 순간 스마트폰을 끄고 가족과 함께 스마트폰 없는 시간을 공유해보세요. 밥을 먹든 차를 마시든 같은 일을 함께하며, 하루를 어떻게 지냈는지, 무슨 일이 있었는지 얘기하는 시간을 가져보세요. 한 시간인가 30분인가는 중요하지 않습니다. 마주 앉아 서로의 눈을 들여다보거나, 함께 음악을 듣거나, 동네를 산책하거나, 하늘의 별을 올려다보세요. 처음엔 쑥스럽고 불편해도 자꾸 하다 보면 재미있어지고, 재미있는 순간이 쌓이면 행복해집니다.

스마트폰이 습관화되듯 스마트폰 없는 시간도 습관화될 수 있습니다. 스마트폰 없는 시간을 갖는 게 습관이 되면 어쩌다 아버지가 함께 하지 못하거나, 만의 하나 아버지가 일찍 세상을 떠나도, 자녀들 스스로 그런 시간을 갖게 됩니다. 물론 그때는 아버지와 함께했던 시간이 가장 큰 힘이 되겠지요. 시대는 변하지만 변하는 것은 사용하는 기기 media일 뿐 인간의 본성과 인간 사회의 본질은 변하지 않습니다. 누구나 행복을 추구하고 사회의 리더가 되려 합니다.

이 책을 읽는 분들이 자신과 부모에 대해 생각해보길 바랍니다. 혹시 부모를 잘못 만났다는 생각이 들면 부모를 바꾸려 애쓰는 대신 자기 부모처럼 되지 않기 위해 노력하길 바랍니다. 부모도 남이고 남을 바꾸는 것보다는 '나'를 바꾸는 게 훨씬 쉬운데다, 부모가 저지른 잘못을 피하려 노력하다 보면 누구나 좋은 부모가 될 수 있으니까요. 이 책이 '부모 복 없는' 사람들의 친구가 되어 좋은 부모가 되는 걸 도왔으면 좋겠습니다. 좋은 부모 아래서는 좋은 자녀가 나오고, 좋은 자녀가 성장하면 좋은 사람이 되고, 좋은 사람이 많아지면 좋은 세상이 되겠지요. 이 책이 좋은 세상을 만드는 데 조금이라도 기여하길 바랍니다.

2015년 8월

김 홍숙

삶의 행복을 꿈꾸는 교육은
어디에서 오는가? 미래 100년을 향한 새로운 교육

 혁신교육을
실천하는
교사들의 필독서

▶ 교육혁명을 앞당기는 배움책 이야기
혁신교육의 철학과 잉걸진 미래를 만나다!

 핀란드 교육혁명
한국교육연구네트워크 총서 01 | 320쪽 | 값 15,000원

 일제고사를 넘어서
한국교육연구네트워크 총서 02 | 284쪽 | 값 13,000원

 새로운 사회를 여는 교육혁명
한국교육연구네트워크 총서 03 | 380쪽 | 값 17,000원

 교장제도 혁명
한국교육연구네트워크 총서 04 | 268쪽 | 값 14,000원

 새로운 사회를 여는 교육자치 혁명
한국교육연구네트워크 총서 05 | 312쪽 | 값 15,000원

 혁신학교에 대한 교육학적 성찰
한국교육연구네트워크 총서 06 | 308쪽 | 값 15,000원

 혁신학교
성열관·이순철 지음 | 224쪽 | 값 12,000원

 행복한 혁신학교 만들기
초등교육과정연구모임 지음 | 264쪽 | 값 13,000원

 서울형 혁신학교 이야기
이부영 지음 | 320쪽 | 값 15,000원

 혁신교육, 철학을 만나다
브렌트 데이비스·데니스 수마라 지음
현인철·서용선 옮김 | 304쪽 | 값 15,000원

 혁신교육 존 듀이에게 묻다
서용선 지음 | 292쪽 | 값 14,000원

 다시 읽는 조선 교육사
이만규 지음 | 750쪽 | 값 33,000원

 프레이리와 교육
한국교육연구네트워크 번역 총서 01
존 엘리아스 지음 | 한국교육연구네트워크 옮김
276쪽 | 값 14,000원

 교육은 사회를 바꿀 수 있을까?
한국교육연구네트워크 번역 총서 02
마이클 애플 지음 | 강희룡·김선우·박원순·이형빈 옮김
352쪽 | 값 16,000원

 **비판적 페다고지는
세상을 변화시킬 수 있는가?**
한국교육연구네트워크 번역 총서 03
Seewha Cho 지음 | 심성보·조시화 옮김 | 280쪽 | 값 14,000원

  미래교육의 열쇠, 창의적 문화교육
심광현·노명우·강정석 지음 | 368쪽 | 값 16,000원

 대한민국 교사, 어떻게 가르칠 것인가?
윤성관 지음 | 320쪽 | 값 15,000원

 아이들을 어떻게 가르칠 것인가
사토 마나부 지음 | 박찬영 옮김 | 232쪽 | 값 13,000원

 아이들의 배움은 어떻게 깊어지는가
이시이 준지 지음 | 방지현·이창희 옮김
200쪽 | 값 11,000원

 북유럽 교육 기행
정애경 외 14인 지음 | 288쪽 | 값 14,000원

 모두를 위한 국제이해교육
한국국제이해교육학회 지음 | 364쪽 | 값 16,000원
2015 세종도서 학술부문

 경쟁을 넘어 발달 교육으로
현광일 지음 | 288쪽 | 값 14,000원

 독일 교육, 왜 강한가?
박성희 지음 | 324쪽 | 값 15,000원

대한민국 교육혁명
교육혁명공동행동 연구위원회 지음 | 152쪽 | 값 5,000원

▶ 비고츠키 선집 시리즈
발달과 협력의 교육학 어떻게 읽을 것인가?

생각과 말
레프 세묘노비치 비고츠키 지음
배희철·김용호·D. 켈로그 옮김 | 690쪽 | 값 33,000원

성장과 분화
L.S. 비고츠키 지음 | 비고츠키연구회 옮김
308쪽 | 값 15,000원

도구와 기호
비고츠키·루리야 지음 | 비고츠키연구회 옮김
336쪽 | 값 16,000원

관계의 교육학, 비고츠키
진보교육연구소 비고츠키교육학실천연구모임 지음
300쪽 | 값 15,000원

어린이 자기행동숙달의 역사와 발달 I
L.S. 비고츠키 지음 | 비고츠키연구회 옮김
564쪽 | 값 28,000원

비고츠키 생각과 말 쉽게 읽기
진보교육연구소 비고츠키교육학실천연구모임 지음
316쪽 | 값 15,000원

어린이 자기행동숙달의 역사와 발달 II
L.S. 비고츠키 지음 | 비고츠키연구회 옮김
552쪽 | 값 28,000원

비고츠키와 인지 발달의 비밀
A.R. 루리야 지음 | 배희철 옮김 | 280쪽 | 값 15,000원

어린이의 상상과 창조
L.S. 비고츠키 지음 | 비고츠키연구회 옮김
280쪽 | 값 15,000원

▶ 평화샘 프로젝트 매뉴얼 시리즈
학교 폭력에 대한 근본적인 예방과 대책을 찾는다

학교 폭력 어떻게 만들어지는가
문재현 외 지음 | 300쪽 | 값 14,000원

아이들을 살리는 동네
문재현·신동명·김수동 지음 | 204쪽 | 값 10,000원

학교 폭력, 멈춰!
문재현 외 지음 | 348쪽 | 값 15,000원

평화! 행복한 학교의 시작
문재현 외 지음 | 252쪽 | 값 12,000원

왕따, 이렇게 해결할 수 있다
문재현 외 지음 | 236쪽 | 값 12,000원

마을에 배움의 길이 있다
문재현 지음 | 208쪽 | 값 10,000원

▶ 창의적인 협력수업을 지향하는 삶이 있는 국어 교실
우리말 글을 배우며 세상을 배운다

중학교 국어 수업 어떻게 할 것인가?
김미경 지음 | 332쪽 | 값 15,000원

이야기 꽃 1
박용성 엮어 지음 | 276쪽 | 값 9,800원

토론의 숲에서 나를 만나다
명혜정 엮음 | 312쪽 | 값 15,000원

이야기 꽃 2
박용성 엮어 지음 | 294쪽 | 값 13,000원

▶ 교과서 밖에서 만나는 역사 교실
상식이 통하는 살아 있는 역사를 만나다

 전봉준과 동학농민혁명
조광환 지음 | 336쪽 | 값 15,000원

 남도의 기억을 걷다
노성태 지음 | 344쪽 | 값 14,000원

 응답하라 한국사 1
김은석 지음 | 356쪽 | 값 15,000원

 응답하라 한국사 2
김은석 지음 | 368쪽 | 값 15,000원

 즐거운 국사수업 32강
김남선 지음 | 280쪽 | 값 11,000원

 즐거운 세계사 수업
김은석 지음 | 328쪽 | 값 13,000원

 강화도의 기억을 걷다
최보길 지음 | 276쪽 | 값 14,000원

 광주의 기억을 걷다
노성태 지음 | 348쪽 | 값 15,000원

 교과서 밖에서 배우는 역사 공부
정은교 지음 | 292쪽 | 값 14,000원

 팔만대장경도 모르면 빨래판이다
전병철 지음 | 360쪽 | 값 16,000원

 빨래판도 잘 보면 팔만대장경이다
전병철 지음 | 360쪽 | 값 16,000원

 김창환 교수의 DMZ 지리 이야기
김창환 지음 | 264쪽 | 값 15,000원

 영화는 역사다
강성률 지음 | 288쪽 | 값 13,000원

 친일 영화의 해부학
강성률 지음 | 264쪽 | 값 15,000원

 한국 고대사의 비밀
김은석 지음 | 304쪽 | 값 13,000원

▶ 살림터 참교육 문예 시리즈
영혼이 있는 삶을 가르치는 온 선생님을 만나다!

 꽃보다 귀한 우리 아이는
조재도 지음 | 244쪽 | 값 12,000원

 성깔 있는 나무들
최은숙 지음 | 244쪽 | 값 12,000원

 아이들에게 세상을 배웠네
명혜정 지음 | 240쪽 | 값 12,000원

 밥상에서 세상으로
김흥숙 지음 | 280쪽 | 값 13,000원

 선생님이 먼저 때렸는데요
강병철 지음 | 248쪽 | 값 12,000원

 서울 여자, 시골 선생님 되다
조경선 지음 | 252쪽 | 값 12,000원

 행복한 창의 교육
최창의 지음 | 328쪽 | 값 15,000원

▶ 4·16, 질문이 있는 교실 마주이야기
통합수업으로 혁신교육과정을 재구성하다!

통하는 공부
김태호·김형우·이경석·심우근·허진만 지음
324쪽 | 값 15,000원

주제통합수업, 아이들을 수업의 주인공으로!
이윤미 외 지음 | 392쪽 | 값 17,000원

내일 수업 어떻게 하지?
아이함께 지음 | 300쪽 | 값 15,000원

수업과 교육의 지평을 확장하는 수업 비평
윤양수 지음 | 316쪽 | 값 15,000원
2014 문화체육관광부 우수교양도서

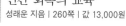
인간 회복의 교육
성래운 지음 | 260쪽 | 값 13,000원

교사, 선생이 되다
김태은 외 지음 | 260쪽 | 값 13,000원

교과서 너머 교육과정 마주하기
이윤미 외 지음 | 368쪽 | 값 17,000원

교사의 전문성, 어떻게 만들어지나
국제교원노조연맹 보고서 | 김석규 옮김
392쪽 | 값 17,000원

수업 고수들 수업·교육과정·평가를 말하다
박현숙 외 지음 | 368쪽 | 값 17,000원

수업의 정치
윤양수·원종희·장군 지음 | 280쪽 | 값 14,000원

▶ 더불어 사는 정의로운 세상을 여는 인문사회과학
사람의 존엄과 평등의 가치를 배운다

밥상혁명
강양구·강이현 지음 | 298쪽 | 값 13,800원

좌우지간 인권이다
안경환 지음 | 288쪽 | 값 13,000원

도덕 교과서 무엇이 문제인가?
김대용 지음 | 272쪽 | 값 14,000원

민주시민교육
심성보 지음 | 544쪽 | 값 25,000원

자율주의와 진보교육
조엘 스프링 지음 | 심성보 옮김 320쪽 | 값 15,000원

민주시민을 위한 도덕교육
심성보 지음 | 500쪽 | 값 25,000원
2015 세종도서 학술부문

민주화 이후의 공동체 교육
심성보 지음 | 392쪽 | 값 15,000원
2009 문화체육관광부 우수학술도서

교과서 밖에서 배우는 인문학 공부
정은교 지음 | 276쪽 | 값 13,000원

갈등을 넘어 협력 사회로
이창언·오수길·유문종·신윤관 지음 | 280쪽 | 값 15,000원

오래된 미래교육
정재걸 지음 | 392쪽 | 값 18,000원

동양사상과 마음교육
정재걸 외 지음 | 356쪽 | 값 16,000원
2015 세종도서 학술부문

대한민국 의료혁명
전국보건의료산업노동조합 엮음 | 548쪽 | 값 25,000원

교과서 밖에서 배우는 철학 공부
정은교 지음 | 280쪽 | 값 14,000원

교과서 밖에서 배우는 고전 공부
정은교 지음 | 288쪽 | 값 14,000원

▶ 남북이 하나 되는 두물머리 평화교육

분단 극복을 위한 치열한 배움과 실천을 만나다!

10년 후 통일
정동영·지승호 지음 | 328쪽 | 값 15,000원

선생님, 통일이 뭐예요?
정경호 지음 | 252쪽 | 값 13,000원

분단시대의 통일교육
성래운 지음 | 428쪽 | 값 18,000원

▶ 출간 예정

근간 **교과서 밖에서 배우는 사회 공부**
정은교 지음

근간 **핀란드 교육의 기적은
어떻게 만들어지나**
Hannele Niemi 외 지음 | 장수명 외 옮김

근간 **민주적 학교는
어떻게 사회정의 교육을 가르치나**
한국교육연구네트워크번역총서 04 | 마이클 애플 지음

근간 **도덕 수업, 책으로 묻고 윤리로 답하다**
울산도덕교사모임 지음

근간 **고쳐 쓴 갈래별 글쓰기 1**
(시·소설·수필·희곡 쓰기 문예 편)
박안수 지음(개정 증보판)

근간 **고쳐 쓴 갈래별 글쓰기 2**
(논술·논설문·자기소개서·자서전·독서비평·
설명문·보고서 쓰기 등 실용 고교용)
박안수 지음(개정 증보판)

근간 **조선근대교육의 사상과 운동**
윤건차 지음 | 이명실·심성보 옮김

근간 **조선족 근현대 교육사**
정미량 지음

근간 **마을교육공동체란 무엇인가**
서용선 외 지음

근간 **체험학습 학교협동조합이란 무엇인가**
주수원 외 지음

근간 **걸림돌**
키르스텐 세룹-빌펠트 지음 | 문봉애 옮김

근간 **체육 교사, 수업을 말하다**
전용진 지음

근간 **교실을 위한 프레이리**
아이러 쇼어 엮음 | 사람대사람 옮김

근간 **존 듀이와 교육**
한국교육연구네트워크번역총서 05 | 짐 개리슨 외

근간 **학교 혁신을 넘어 교육 공화국으**
정은균 지음

근간 **왜 따뜻한 감성 수업인가**
조선미 지음

근간 **톡톡톡! 토론해요**
명혜정·조선미 지음

근간 **고등학교 국어 수업 토론 길잡이**
순천국어교사모임 지음

근간 **함께 만들어가는 강명초 이야기**
이부영 외 지음

근간 **어린이와 시 읽기**
오인태 지음

참된 삶과 교육에 관한
생각 줍기